LOUCA POR VOCÊ

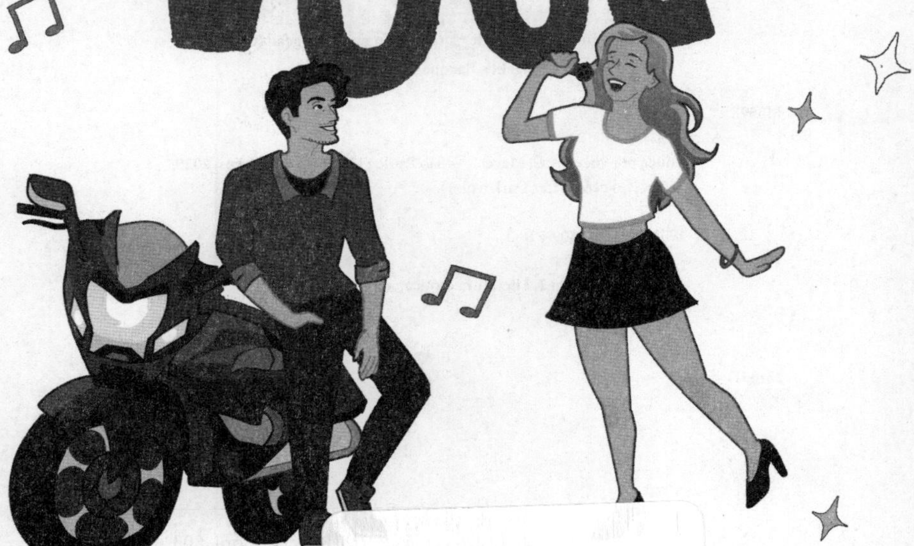

Copyright © 2025 by A. C. Meyer

© 2025 by Universo dos Livros

Todos os direitos reservados e protegidos pela Lei 9.610 de 19/02/1998.
Nenhuma parte deste livro, sem autorização prévia por escrito da editora, poderá ser reproduzida ou transmitida sejam quais forem os meios empregados: eletrônicos, mecânicos, fotográficos, gravação ou quaisquer outros.

Diretor editorial
Luis Matos

Gerente editorial
Marcia Batista

Produção editorial
Letícia Nakamura
Raquel F. Abranches

Preparação
Gabriele Fernandes

Revisão
Thiago Fraga
Ricardo Franzin

Arte e capa
Renato Klisman

Ilustração de capa
Bilohh

Diagramação
Beatriz Borges

Dados Internacionais de Catalogação na Publicação (CIP)
Angélica Ilacqua CRB-8/7057

M559L	
	Meyer, A. C.
	Louca por você / A.C. Meyer. -- São Paulo : Universo dos Livros, 2025.
	272 p. (Coleção After Dark, vol. 1)
	ISBN 978-65-5609-776-3
	1. Ficção brasileira 2. Literatura erótica I. Título II. Série
25-0911	CDD B869.3

Universo dos Livros Editora Ltda.
Avenida Ordem e Progresso, 157 — 8º andar — Conj. 803
CEP 01141-030 — Barra Funda — São Paulo/SP
Telefone: (11) 3392-3336
www.universodoslivros.com.br
e-mail: editor@universodoslivros.com.br

São Paulo
2025

À minha mãe. Porque não existe
amor no mundo igual ao seu.

CAPÍTULO UM

Julie

Está vendo essa moça deitada na cama? Sim, a loirinha magra, de óculos e pijama do Bob Esponja, enrolada no edredom e ouvindo os gemidos da casa ao lado?

Muito prazer, essa sou eu, e vou te contar minha história.

Todas as noites acordo assustada com os sons da casa vizinha. E todas as noites sofro de inveja ao ouvir os gemidos de garotas aleatórias que, na verdade, deveriam ser os meus...

Meu nome é Juliette Walsh, mas todo mundo me chama de Julie. Tenho vinte e três anos, e desde criança sou perdidamente apaixonada por um cara que não me nota. Ou melhor, me nota sim, mas me trata como se eu fosse sua irmã mais nova. E esse cara é quem provoca toda noite os gemidos alheios...

Convivi com Daniel basicamente a minha vida inteira. Ele é três anos mais velho do que eu, e sua irmã, a irmã de verdade, é a minha melhor amiga. Éramos vizinhos. Nossos pais eram muito amigos, e quando, aos catorze anos, perdi os meus pais em um acidente de carro, a mãe deles passou a cuidar de mim como uma filha.

Sou filha única, meus pais também eram, e naquela época meus avós já haviam falecido. Os Stewart foram a única família que me restou. A família do coração.

Minha mãe era uma mulher linda, com cabelos loiros longos e brilhantes, e olhos azuis expressivos. Herdei essas características físicas, mas não sou, nem de longe, tão bonita. Ela era uma dessas pessoas absurdamente apaixonadas — pelo meu pai, é claro. Perder toda a minha família de uma vez foi um grande sofrimento, mas, pensando por outro lado, foi melhor assim. Meus pais eram um casal irritantemente feliz, e não acho que sobreviveriam à perda um do outro.

Foi deles que herdei minha crença de que o amor deve mover nossa vida e de que um dia eu também encontraria um príncipe encantado que iria me resgatar dos meus problemas, me levaria para cavalgar ao pôr do sol e com quem eu seria feliz para sempre...

E eu o encontrei. Primeiro, na figura de um menino levado, que puxava minhas tranças e que fazia eu e Johanna corrermos atrás dele.

Depois, durante a adolescência, vi aquele menino levado virar um rapaz charmoso, que com um estalar de dedos conseguia conquistar o coração de todas as meninas da escola. Inclusive o meu.

Após a perda dos meus pais, fui morar na casa dos Stewart — que conseguiram a minha guarda, algo pelo qual sou extremamente grata —, e Danny passou a cuidar ainda mais de mim. Ele não me deixava namorar nem sair com os amigos dele, porque dizia que eu não tinha idade para brincadeiras de "gente grande". Isso não era só comigo, não. Ele também tratava a Jo mais ou menos da mesma forma.

Até que ele foi para a faculdade cursar Administração, e finalmente arranjei uns namoradinhos. Nada sério. Na verdade, eles serviam para me dar mais experiência para quando Danny voltasse definitivamente para casa e, é claro, para os meus braços.

Mas não foi o que aconteceu. Depois de se formar, ele voltou mais bonito, sedutor e charmoso, e me tratando ainda mais como a irmã caçula, como se eu continuasse sendo aquela garotinha de catorze anos, e não uma mulher de vinte e um, o que me deixava louca de raiva.

Danny voltou da faculdade com um projeto de vida que se encaixava perfeitamente com o meu: ele decidiu abrir um negócio, em sociedade com seus dois melhores amigos, Rafe e Zach. Um bar, com música ao vivo todos os dias e um grupo de barmen megassimpáticos. Dezoito meses depois, o After Dark abriu as portas com um sucesso estrondoso e virou o *point* dos jovens de Los Angeles.

Você deve estar se perguntando como é que o meu projeto de vida se encaixava com o dele. Simples: o que eu faço de melhor nesta vida é cantar. É a única coisa que sei fazer, a única coisa com a qual sonhei e me preparei para pôr em prática... mas que o Danny não me deixa fazer. Dá para aguentar?

Quando eles começaram a entrevistar as bandas para o bar, me ofereci, pedi, implorei por uma chance, mas Daniel dizia que eu não estava preparada para enfrentar uma multidão, e proibiu os caras de tocarem nesse assunto.

Quando eu dizia que faria testes em outro lugar, era um terror. A gente discutia muito e eu sempre acabava cedendo. Por quê?

Porque o amor suporta tudo.

Como eu não podia seguir o meu sonho de cantar, acabei aceitando trabalhar no After Dark como garçonete.

Nunca quis ir para a faculdade. O sonho da minha vida era viver de música. Fiz inúmeras aulas de canto e dança, aprendi a tocar vários instrumentos. Por isso, nunca me preparei para outro tipo de emprego.

Pouco tempo depois da inauguração do After Dark, resolvi me mudar da casa dos Stewart. Amo os pais de Daniel como se fossem os meus, mas queria ter meu próprio espaço. Por coincidência, um imóvel ao lado da casa do Daniel — que mora sozinho — ficou vago, e ele sugeriu que me mudasse para lá. Assim, ele não teria de se preocupar comigo, e eu teria alguém da "família" por perto.

Eu só conseguia pensar que ele tinha entendido que cresci, que não era mais a garotinha de tranças que ele conhecia. Resgatei um dos investimentos que o contador havia feito com a herança que meus pais deixaram e comprei a casa, sonhando que, se eu ficasse por ali, um dia finalmente Danny me notaria.

E você achou mesmo que isso daria certo? Pois é, eu também não deveria ter achado. É por isso que estou deitada na minha cama, sozinha, durante a minha folga de sexta-feira à noite, ouvindo os gemidos cada vez mais altos da "periguete" da vez, que está se fartando com o homem que deveria ser meu.

A casa do Danny mais parece um bordel. Ele é um mulherengo assumido e, a cada noite, tem uma companhia diferente. Ainda bem que a maioria da vizinhança também é solteira e não se importa com isso. Seria complicado se tivéssemos vizinhos idosos querendo assistir à novela ao mesmo tempo que o canal pornográfico parece estar em exibição ao vivo, na casa ao lado.

O fato de ser dono de um bar facilita, e muito, as suas conquistas. Todo dia Daniel sai de lá com uma garota pendurada no braço rumo ao seu ninho de amor. E, apesar de toda essa rotatividade e variedade de mulheres, ele nunca me deu a oportunidade de experimentar nem sequer o sabor do seu beijo.

Claro que não. Eu fico aqui arfando e frustrada enquanto ele se sacia com a transa da vez.

Você deve estar se questionando por que não me mudo, por que não mudo a minha vida.

Eu vou responder, e tenho certeza de que você vai me achar mais doida ainda: o que me mantém aqui é a esperança... É o que me faz ficar neste lugar e aceitar um emprego com o qual não sonhei, abrir mão do meu desejo, e passar as noites ouvindo os gemidos da casa ao lado. A esperança burra de que, um dia, ele acorde e veja que a mulher da vida dele sou eu. Ah, Deus. Isso parece idiota até para mim. Mas quem disse que consigo desistir desse homem?

E é por isso que toda noite eu passo pelo mesmo tormento. Primeiro raiva, depois frustração. Levanto e bebo água para tentar me acalmar, porque me recuso a me tocar em busca de algum alívio para o tormento enquanto ele está transando com uma garota qualquer. Então me deito de novo, ligo a TV, acesso a internet para ver se tem algo interessante nas redes sociais ou, pelo menos, alguém para conversar. Reviro na cama. Às vezes, fico inspirada e escrevo músicas que nunca vou cantar para ninguém, e que falam de todo o amor que sinto por esse idiota. E assim vou, até que a madrugada chega, a casa ao lado fica em silêncio, e eu, exausta, consigo dormir.

CAPÍTULO DOIS

Julie

No dia seguinte, me forço a levantar às sete da manhã para tomar um banho e me preparar para minha corrida matinal.

Há duas coisas de que não abro mão pela manhã: minha dose gigante de cafeína e corrida. Elas são essenciais para que eu consiga enfrentar o resto do dia, já que sou uma pessoa de hábitos e trabalho noturnos.

Hoje vou trabalhar no After Dark, e tenho que estar bem disposta para enfrentar a noite.

Visto uma *legging*, calço os tênis, pego o celular e seleciono a playlist "Divas Pop", com as músicas que me animam para correr.

Saio pela porta cantando "Baby One More Time" enquanto me aqueço a caminho da casa de George, meu companheiro de corridas e melhor amigo. Ele sabe tudo sobre mim — meus sonhos musicais, e também minha paixão não correspondida pelo Danny.

— George, vamos! Acorda!

Bato com força na porta da casa dele.

— Já vou, garotinha — ele grita lá de dentro. — Deixa eu me despedir de *mi amor*.

Se George não fosse gay e tão bem casado com o lindo do Ben, eu largava essa paixão doida pelo Danny e o pegava para mim. Ele é lindo, inteligente, bem-sucedido, cheiroso e se veste bem. Tem cabelos escuros e olhos profundamente verdes. É basicamente um Colin Egglesfield mais jovem... Seria perfeito, se ele não gostasse tanto da mesma coisa que eu!

— Garotinha, que cara é essa? Parece até que caiu de um caminhão de mudanças. O que foi, não dormiu de novo? — Enquanto fala, George enfia um *donut* na boca, sem me dar tempo de reclamar que ele está comendo besteira. Ele está numa dieta intensa, pois tem um casamento para ir e deseja muito usar seu terno Armani chiquérrimo.

— Pois é. O especial ao vivo da Playboy TV não me deixou dormir de novo — respondo, tentando encontrar bom humor a essa hora.

— Você precisa fazer alguma coisa: ou pular em cima do Danny Boy, aquele deus grego do sexo, ou arranjar um outro bofe para tirar as teias de aranha e espantar essa frustração.

— Se eu pular em cima dele, ele vai continuar achando que sou criança e que quero brincar de pique, e não tenho nenhum amigo ou conhecido atraente. Anda, liga a Rihanna aí e vamos correr.

Corremos cerca de cinco quilômetros na companhia das nossas divas pop e, na volta, paramos na Starbucks. Essa era uma rotina da qual não abríamos mão: tomar um cappuccino com baunilha e descansar um pouco em um dos sofás do café.

— Julie, e o teste para ser backing vocal daquela banda pop? Quando vai ser?

— Semana que vem. Mas não sei...

— Não, não, não! — ele me interrompe. — Nada de me enrolar com esse papo de que não sabe se deve ir. Você trabalha há anos no After Dark, e o belo idiota nunca te deu uma chance. Nada de jogar essa oportunidade pela janela. Você tem uma voz fenomenal.

Neste momento, meu celular emite o som da notificação de uma nova mensagem:

> **Jo:** Alguma novidade? Falou com ele?

Ela me manda a mesma mensagem todos os dias. Minha amiga ainda tem esperança de que, depois de todos esses anos, um dia eu vou acordar, bater à porta do Daniel e me declarar para encerrar logo esse assunto.

> **Eu:** *Nope.*

É a minha resposta-padrão. Assim que aperto "enviar", me assusto com o telefone vibrando em minha mão, e atendo sem nem checar quem está me ligando tão cedo.

— Alô?

— Ju, é o Danny. — Ele é a única pessoa que me chama assim. — Você está na rua? Estou batendo na sua porta e você não atende...

— Oi, bom dia — respondo. George revira os olhos ao ouvir minha voz melosa no telefone. Dou um empurrãozinho nele. — Eu e o George estamos na Starbucks. Precisa de algo?

— Só queria avisar que vou fazer uma viagem de emergência. Apareceu um imóvel que o corretor disse ser perfeito para a nova filial do After Dark. Os caras estão pensando em expandir para outras cidades.

— Ah, tudo bem. Vai ficar muito tempo fora?

— Ainda não sei. Estou planejando ficar uma semana para estudar o local e fazer alguns levantamentos. Talvez um pouco mais, mas eu te aviso.

— Certo, Danny. Pode ficar tranquilo, vai ficar tudo bem no After Dark. Os rapazes também vão?

— O Zach vai, mas o Rafe vai ficar cuidando de tudo. Se precisar de alguma coisa, liga para ele. Preciso correr para não me atrasar. Se cuida. Beijos.

— Pode deixar. Boa viagem. Beijos.

Encerro a ligação com cara de triste e George levanta a sobrancelha, questionando o que aconteceu.

— Ele vai viajar para ver um imóvel. Nem acredito que vou ficar tantos dias sem ver o Danny.

— Meu Deus, Julie, esquece esse homem! Você precisa crescer, amiga! Vou te arrastar para uma festa louca, aí você arranja um gato gostoso e tira o Daniel da cabeça.

Dou uma risada com seu comentário.

— Deixa isso pra lá. Neste momento, a única coisa quente que eu quero é um banho.

***

Às cinco da tarde, chego ao After Dark e me preparo para o meu turno. Antes de começar a trabalhar, as garçonetes sempre se reúnem para repassar detalhes, ouvir o ensaio da banda e receber um feedback da noite anterior.

Ao entrar no salão principal, me assusto com os gritos de Rafe ao telefone.

— FILHO DA PUTA! NÃO ACREDITO QUE VOCÊ VAI FAZER ISSO COMIGO HOJE!

Arregalo os olhos e levo as mãos à boca. Esse é o tipo de reação — seja lá qual fosse o motivo — que eu esperaria de qualquer um, menos de Rafe. Ele é educado, charmoso, seu tom de voz é meio rouco, o que enlouquece boa parte das frequentadoras do bar, e ele *nunca* fala palavrão.

Obviamente, assim como eu, todos os funcionários estão chocados.

Ele desliga o telefone com cara de quem perdeu o melhor amigo. E todo mundo se dispersa, com medo desse novo — e assustador — lado dele.

Menos eu, que não tenho medo do perigo.

— Rafe, o que aconteceu? Posso ajudar? — pergunto, sem me deixar abalar *muito* com o seu nervosismo.

— Não — ele fala em tom ríspido, mas imediatamente me olha e suaviza seu tom. — Desculpe. Não, Julie. — Ele passa as mãos pelos cabelos, demonstrando toda a sua tensão. — Vou ter que encontrar um novo cantor para daqui a duas horas. Estou ferrado.

— O que aconteceu com o Snash?

Snash é o vocalista da The Band — nome tão ridículo quanto o do cantor que toca aqui no bar durante os fins de semana.

— O idiota desistiu de cantar. Disse que teve uma visão com um guru qualquer que o mandou largar tudo e seguir para a Índia em busca da paz interior. Dá pra acreditar numa coisa dessa?

É, não dava. Ou melhor, até dava, porque o Snash sempre foi todo ligado nessas coisas de paz interior. Um porre.

— Eu posso ajudar, Rafe. Me deixa cantar? Por favooorrr. — Faço minha melhor cara de Gato de Botas para tentar convencer esse homem claramente precisando de ajuda.

Ele me olha, passa as mãos no seu cabelo já completamente bagunçado e abaixa a cabeça de novo.

— Gatinha, você sabe que esse tema é tabu por aqui. Se eu fizer isso, o Danny me mata.

— Não entendo por que ele não me deixa cantar no bar. Eu canto tão bem, vocês sabem disso. Não vou envergonhar vocês.

— Ele acha que, se você cantar aqui, os caras vão dar em cima de você, uma menina inocente demais para enfrentar esses tubarões.

— Vocês são ridículos. Eu tenho *vinte e três* anos, caramba. Não sou uma menininha. Sei muito bem me defender. Quando vocês todos vão se dar conta disso?

— Eu sei que você é uma mulher, mas o Danny encara você e a Jo como as irmãzinhas dele. Isso, para um cara, é sagrado.

— Isso é besteira e você sabe. E quem você vai colocar no lugar do Snash?

— Não sei, Julie, não sei.

Saio de perto dele espumando de raiva. Como eles podem ser tão imbecis? Preciso fazer alguma coisa para mudar isso.

Fico no bar ajudando Justin, o barman, a colocar as bebidas em ordem, até que Rafe vem até mim, uma hora mais tarde, com ar de derrota.

— Você sabe que, quando o Danny descobrir que deixei você cantar, ele vai acabar comigo, né?

— Não conseguiu ninguém?

— Não, Julie. Ninguém. Você pode?

Dou um grito e pulo em cima dele.

— Uhuuuuuuu! Claro!

Ele me coloca no chão e sacode a cabeça, soltando um "tô fodido" baixinho. Depois disso, ele vai para o escritório enquanto faço a minha dancinha da vitória e ligo para Jo e George, pedindo que eles me tragam roupas adequadas, maquiagem e apoio moral.

CAPÍTULO TRÊS
Julie

Enquanto espero minhas duas fadas-madrinhas, vou até o palco conversar com os rapazes da banda para saber qual a *setlist* da noite.

Tenho boa memória musical e zero dificuldade para decorar letras. Além disso, já cantei inúmeras vezes com eles antes de o bar abrir — e longe do Danny, é claro.

— Nossa estrela está pronta para brilhar? — Alan, o guitarrista, pergunta. Ele é o mais gato dos três músicos. Alto, cabelos castanhos bem lisos e todo tatuado. Costumo brincar com a Jo que ele é a personificação de Kellan Kyle, o mocinho do livro *Intenso demais*, da S. C. Stephens.

— Simm! Estou muito nervosa, mas quero fazer o meu melhor. Quero que seja a primeira de muitas apresentações.

— Você sabe que quando o Danny descobrir...

— Deixa o Danny fora disso. Sábado à noite as pessoas vêm pra cá na expectativa de dançar ao som da The Band. Não podemos frustrar os clientes — falo com um sorriso no rosto, demonstrando uma segurança que não sinto, enquanto tento enrolá-lo.

— Por mim tudo bem — ele declara, rindo. — Vai ser maravilhoso tocar *de verdade* com você. A nossa *setlist* de hoje era esta, mas acho que podemos fazer umas mudanças para mostrar um pouco mais da sua personalidade no show — diz, estendendo um papel com a lista de músicas.

Passo os olhos pelos títulos, aprovando suas escolhas e pensando em mais umas três ou quatro músicas que eu gostaria de incluir.

— Tem uma caneta aí? Queria incluir umas músicas, posso?

— Claro! Pode incluir e tirar o que quiser.

Eu me sento na beira do palco para escrever, enquanto penso que esta é uma oportunidade maravilhosa que não vou deixar passar.

Esta vai ser a primeira de muitas noites à frente da The Band, prometo a mim mesma.

***

— Amigaaa, chegamos! — Jo grita, me tirando dos meus devaneios.

— Trouxeram uma roupa legal? — pergunto animada, já me encaminhando para o camarim improvisado.

A casa só tem um camarim e, como era uma banda exclusivamente masculina, eles dividiam o espaço. Por isso, vou me arrumar no escritório do Danny, já que ninguém estará usando o local.

George me entrega três sacolas cheias de roupas de uma loja de grife do shopping, na qual tenho certeza de que nunca entrei.

— O que é isto, George? — pergunto remexendo nas sacolas. — Você não pegou uma roupa pra mim lá em casa?

— Garotinha, que roupa sua você queria que eu pegasse? Uma de corrida? Ou aquelas calças de ioga que você cisma em usar? Ou uma calça jeans e camiseta? É claro que eu e a Jo tivemos que ir ao shopping fazer umas comprinhas para você. E trouxemos umas coisas IN-CRÍ-VEIS! — ele fala animado, batendo palmas.

— Vai, amiga, tira a roupa, que a gente vai escolher! — Jo vai me empurrando enquanto eu os encaro aturdida.

— Mas… mas…

— Sem "mas", garotinha! Anda logo que não temos muito tempo.

Fico uns cinco segundos de boca aberta, olhando de um para o outro. Tudo bem, não sou mesmo a pessoa mais fashion do mundo. Vivo de tênis, *legging* ou com as tais calças de ioga, mas tenho um vestidinho preto no fundo do armário que serviria para cumprir o objetivo desta noite.

Saindo do estado de choque, agarro as roupas que eles me dão — uma minissaia preta, toda feita de paetês, e uma camiseta branca — e começo a me vestir.

— Esta saia é muito curta.
— Curta nada, amiga. Você tem que mostrar essas pernas incríveis.
— A blusa está justa...
— Tem que realçar a comissão de frente! Como você quer brilhar em cima do palco se não está vestida de acordo?

Me olho no espelho e me acho bonita, mas me sinto estranha. A minissaia é muito mini, mas não é justa demais e parece realmente algo bom para se usar em um show à noite. E, com a camiseta, o visual ficou ainda básico, o que me agrada bastante.

— Agora, calce estes sapatos!

Pego os sapatos que a Jo empurra na minha mão. Eles são pretos, com salto muito alto e solado vermelho.

Louboutin, reconheço a marca.

— Meu Deus, vocês devem ter gastado uma fortuna! — reclamo, incomodada por meus amigos gastarem tanto dinheiro comigo.

— Nada seria perfeito sem esses sapatos. Você *tem* que usá-los — George fala, soltando uma gargalhada.

Enquanto os calço, eles colocam pulseiras e um par de brincos pretos compridos em mim. Só consigo pensar que, graças a Deus, minha depilação está em dia, pois eu não ficaria confortável se tivesse que usar essa saia curta com as pernas peludas.

Não satisfeitos em me vestir e me adornar como se eu fosse uma versão da Barbie da vida real, meus amigos me colocam na cadeira que fica no canto da sala e, enquanto Jo abre uma maleta gigante de maquiagem, George começa a soltar meu rabo de cavalo, estudando meu cabelo como se fosse um experimento científico.

— O que vocês estão fazendo? George, prende meu cabelo de volta.

— Julie, você tem uma mina de ouro aqui e esconde não sei por quê. Vou te mostrar que a gente pode brincar com este cabelo e te deixar com cara de "me coma".

— Ah, meu Deus...

— Fecha o olho e aceita, amiga. Vai dar tudo certo.

Sem ter o que fazer, me aquieto na cadeira e deixo os dois artistas trabalharem. Rezo para ficar pelo menos apresentável e para não parecer um palhaço fugido do circo.

Meia hora de sofrimento depois, principalmente nas mãos de George — que me puxou, sacudiu e queimou minha cabeça inúmeras vezes —, sou autorizada a ficar de pé para que eles possam me "avaliar". Me sinto como um cavalo premiado.

Levanto parecendo uma gigante, já que não estou acostumada com sapatos de salto tão alto, que acrescentam pelo menos uns doze centímetros à minha pouca altura de um metro e cinquenta e oito.

Os dois estão boquiabertos e começo a ficar tensa, imaginando que estou ridícula e que não vamos ter tempo para fazer nada diferente porque já está na hora do show.

— O que foi, gente? Cadê o espelho? Quero ver!

Nós três nos sobressaltamos com uma batida na porta e George grita um "Entra!", ainda com cara de surpresa. Rafe aparece e começa a falar:

— Julie, está quase na... Puta merda!

Fico mais nervosa ainda. Devo estar péssima, porque Rafe soltou o terceiro palavrão do dia.

— O que foi? Gente, eu quero um espelho!

— Julie, é você? Minha nossa, o Danny tinha toda a razão. Quando ele souber que eu autorizei isso... *Estou fodido* — ele diz, mais para si mesmo do que para mim.

Quando George percebe que estou prestes a desmoronar em lágrimas, achando que minha carreira de "diva pop" terminou antes mesmo de começar, ele me leva até o banheiro para que eu possa me olhar no espelho.

Eu me sinto exatamente como a Cinderela deve ter se sentido ao ver a mudança que a Fada Madrinha fez nela para o baile.

Olhando no espelho, sinto um aperto enorme no coração. Estou me vendo, pela primeira vez, exatamente com os traços da minha mãe. É como se eu a visse refletida do espelho, olhando para mim, como eu me lembrava da aparência dela quando eu era criança.

Meus olhos azuis estão enormes, destacados pela sombra escura e pelo delineador que Jo havia aplicado. Na boca, um batom clarinho, com um leve brilho de gloss, deixa meus lábios sensuais.

E meu cabelo nem parece aquele que vive preso porque eu o acho sem graça. Não sei que mágica George fez, mas o deixou com ondas perfeitas, com volume e ar de "diva pop", exatamente como a gente vê nas capas de revista.

— Gostou, garotinha? Fala alguma coisa!

— George, eu amei. Seria louca se não gostasse. Nem imaginava que pudesse ficar tão linda.

Saio do banheiro com um sorriso gigante no rosto e dou de cara com Rafe, ainda desconcertado.

— Rafe, está na hora?

— Vinte minutos. Tem certeza disso? O Danny vai me matar e depois matar vocês três.

Decido ignorar seu aviso.

— Avise ao Alan que vamos começar com "Put Your Records On" — falo, dando a ele o que espero que seja meu olhar mais sensual.

CAPÍTULO QUATRO
Julie

Saio do escritório de Danny de cabeça erguida e me sentindo poderosa. É impressionante o que uma roupa nova e uma maquiagem perfeita podem fazer pela autoestima de uma mulher. Ei! Não precisa fazer essa cara para mim. Sei muito bem que eu não deveria me sentir segura e bonita só depois de passar pelas mãos da Fada Madrinha... ou do Gênio da Lâmpada, já que a responsabilidade pela minha transformação é do George! Bom, independentemente de quem tenha sido, é muito fácil se esquecer do próprio valor. Em especial quando se gosta de alguém e esse alguém não te dá a mínima. Prometo a mim mesma que a partir de hoje terei novas regras de conduta estabelecidas e farei o possível para cumpri-las:

- Regra nº 1: me amar mais do que a qualquer outra pessoa.
- Regra nº 2: acreditar mais em mim mesma e valorizar minha beleza.
- Regra nº 3: ir atrás do que eu quero e realizar meus sonhos.

E, me sentindo forte, segura e invencível, começo a seguir as minhas novas regras e assumir o controle da minha própria vida e destino. Dou um beijo em cada um dos meus amigos e sigo para a lateral do palco, aguardando minha deixa.

Quando me veem, os caras da banda parecem surpresos. Abro um sorrisinho e fico ao lado de Alan, que segura a minha mão, tentando me passar tranquilidade.

— Está tudo bem? — ele me pergunta ao sentir a minha mão gelada.

— Sim, estou um pouco nervosa, mas bem. — *Profissional, Julie. Seja profissional*, falo para mim mesma.

— Fique tranquila, você está linda e vai dar tudo certo. Pedi ao Rafe para nos apresentar de uma forma diferente — ele mal consegue completar a frase, quando Rafe anuncia no palco "Juliette & The Band".

Uau! Agora sim, a banda tem um nome legal. E com o meu nome na frente! Eu me mantenho impassível por fora, mas por dentro estou dançando "Macarena" de tão feliz.

Entramos juntos no palco, acenando para a plateia. Antes de começarmos, Alan faz um pequeno comunicado:

— Boa noite, galera! É um prazer receber vocês aqui. — As mulheres gritam com força. — Quem sempre vem aos nossos shows deve ter estranhado a chamada, mas gostaríamos de compartilhar com vocês que, a partir de hoje, ganhamos um belo reforço com a entrada da Juliette no grupo. Esperamos que vocês gostem do show e se divirtam!

Ele olha para mim com um sorriso sensual nos lábios. Sorrio de volta, meio sem jeito, e aceno para o público, me posicionando em frente ao microfone.

Os meninos começam a tocar a música que escolhi para a abertura. Fecho os olhos e me desligo completamente da plateia. Sinto o frio na barriga aumentar, mas de um jeito bom. A melhor parte de cantar músicas que amo é exatamente poder me entregar, transmitindo ao público toda a emoção. Ouço a minha deixa e começo, com um tom bem suave e charmoso, a cantar os primeiros versos da música:

> *Three little birds sat on my window*
> *And they told me I don't need to worry*
> *Summer came like cinnamon, so sweet*
> *Little girls double-dutch on the concrete*

Sinto um arrepio dos pés à cabeça. O público começa a aplaudir. A música segue e, de repente, me dou conta de que o bar está em completo silêncio. Abro os olhos e percebo que a maioria dos presentes está me encarando. Não há ninguém vaiando nem jogando latas no palco. Só pode ser um bom sinal, certo?

Abro um sorriso meio sem graça e fecho os olhos novamente, mergulhando nos versos da canção. Quando pronuncio as últimas palavras, o público irrompe em palmas, me pegando de surpresa e deixando Alan e os rapazes orgulhosos.

Prosseguimos, intercalando músicas lentas e outras mais animadas, e o público não para de dançar. Após tocarmos "She Will Be Loved", Alan anuncia um intervalo de vinte minutos, muito bem-vindo, já que estou morrendo de sede e calor.

Longe dos olhos do público, os três me abraçam, felizes.

— Julie, foi demais! Nosso show nunca teve uma energia como essa! — Brian, o baterista, fala ao me abraçar.

— Parabéns. Achei que não daria conta, mas você me surpreendeu — Levi, o baixista, me oferece uma piscadela.

— Você estava incrível no palco... e a sua voz deixou todos os caras no bar loucos. Inclusive a mim — Alan sussura no meu ouvido e me dá um beijo no pescoço.

Sinto um arrepio. Não é à toa que as mulheres ficam gritando quando ele aparece. Se eu não fosse apaixonada pelo Danny e não tivesse cem por cento de certeza de que o Alan faria picadinho do meu coração depois de me devorar, eu me derreteria aos seus pés e faria parte da fila — bem grande, a propósito — das conquistas de Alan Hunt.

— Obrigada — falo para todos, me afastando do toque sedutor de Alan. — Foi demais. Não tenho palavras para demonstrar o quanto estou emocionada e feliz. — Sorrio para eles e peço licença para falar com Rafe, que está vindo ao nosso encontro.

— Julie, que show! As pessoas estão loucas por você. O Danny vai me matar, mas tenho certeza de que foi a melhor decisão que já tomei. — Ele ri e me dá um abraço de urso muito apertado. Rafe é um fofo, mesmo com seu jeitinho sério.

— Obrigada! Vindo de você, isso é um superelogio. Obrigada mesmo por me deixar fazer isso. Preciso beber uma água e queria falar com o George e a Jo antes de voltar ao palco.

— Claro. Eles estão lá no bar. Vou falar com os rapazes.

Dou um beijo em Rafe e vou direto para o bar. No caminho, as pessoas sorriem para mim e eu retribuo, feliz.

Olho ao redor e vejo George acenando como louco para mim. Começo a gargalhar. Ele fica hilário fazendo isso, parece uma garotinha que acabou de ganhar uma Barbie nova.

— Garotinha! Você *ar-ra-sou*! Linda! Diva! Tudo! — Morro de rir, enquanto ele me abraça muito apertado.

— Obrigada, George. Cadê a Jo? Conta tudo! Você gostou? Eu não desafinei? Estava *tão* nervosa...

— A Jo foi lá fora atender ao celular. Ela anda meio misteriosa com esse telefone, viu? Disse que era trabalho. Trabalho num sábado, quase meia-noite? Sei... mas você foi *mara*! Cantou perfeitamente. Estavam todos emocionados, elogiando a sua voz. Garotinha, se eu não fosse gay, eu te pegava. Nunca imaginei que você fosse tão sexy.

Sorrio, pensando no quanto é bom realizar um dos meus sonhos, até que uma nuvenzinha escura passa pela minha mente.

— Tomara que o Danny não me proíba de continuar cantando aqui. Eu ficaria arrasada.

— Ele pode até tentar, mas, depois desta noite, se você não cantar aqui, vai cantar onde quiser. Tenho certeza de que a sua apresentação vai ser motivo de comentários por muito tempo.

Faço que sim com a cabeça. George tem toda a razão. Se o Daniel não quiser que eu continue cantando aqui, quem vai sair perdendo é ele.

— A propósito — ele continua —, o Alan não tirou os olhos de você. Se eu fosse você, aproveitaria aquele corpo quente e tatuado para tirar o atraso. Já escutei cada coisa sobre o jeito como ele "toca guitarra", se é que você me entende...

Droga! Esse comentário quase me faz cuspir a água que eu estava bebendo.

— George! Espera eu terminar de beber antes de falar essas coisas — reclamo, ainda que rindo, ao mesmo tempo que tento me recompor. É muito difícil ser uma dama perto de George.

— Não devia nem ter começado a beber. Já te falei: beber sem brindar, vinte anos sem dar. Você já está na seca sabe-se lá desde quando. Espere aí que vou pegar uma água pra te salvar dessa maldição.

Ele revira os olhos e vai até o barman, como se estivesse me fazendo um enorme favor. Rio tanto que meus olhos se enchem de lágrimas. Preciso me abanar para não chorar e não borrar a maquiagem.

Jo chega neste instante, com o rosto meio vermelho. Ela está corada? Sério? Nunca a vi com esse ar envergonhado. Antes que eu abra a boca para falar, ela pula em mim.

— *Amigaaaa!* Você estava linda! Até chorei quando você cantou a primeira música! — ela diz, e nos abraçamos, felizes. George se aproxima e nos abraça também. Tenho certeza de que parecemos três malucos carentes em frente ao bar.

— Pronto, uma água pra cada uma, porque nossa diva pop não pode beber álcool para não prejudicar o desempenho.

Levantamos nossas garrafinhas e brindamos.

Bebo a água rapidamente, antes que George me faça cair na gargalhada com mais algum comentário insano. Quando olho em direção aos bastidores, Alan faz sinal de que está na hora de voltar.

— Tenho que ir.

— Garotinha, posso pedir uma música? — George pergunta, fazendo a sua cara mais carente. Não consigo dizer "não" quando ele faz isso comigo.

— Claro. O que você quer que eu cante?

— "Fever", um clássico.

— Ai, George. Você é tão previsível. Só podia querer que eu cantasse algo da Madonna.

— *Adooooooro!* Minha diva favorita. — Ele pisca para mim.

— Depois de você, é claro.

Saio de perto deles, rindo, e volto para o palco com meus companheiros de banda. Antes de o show recomeçar, aviso ao Alan sobre o pedido de George.

— Perfeito, Julie. Vamos cantar como um dueto?
— Está bem.

Eles começam a tocar "Fever", com uma pegada mais acústica. Eu me posiciono em frente ao microfone e Alan canta os primeiros versos:

You give me
You give me fever
Never know how much I love you
Never know how much I care

Uau! Essa música é sexy! Automaticamente, fico pensando em Danny e seus olhos tão verdes. Alan dá a deixa para que eu comece a minha parte. De olhos fechados, me imagino cantando apenas para Danny. Minha voz sai mais rouca, e me espanto com quanto me sinto sensual.

Ao terminar minha parte, passo a vez para Alan, que segue a canção, me olhando como se estivesse pensando em coisas indecentes. Abaixo o olhar, constrangida, e sinto meu rosto ficar vermelho.

Romeo loved Juliet
Juliet, she felt the same
When he put his arms around her
He said Julie, baby, you're my flame
He gave her fever

Ah, droga! Vou matar o George. Me esqueci de que essa música mencionava o meu nome! Quando Alan canta "Julie, baby, you're my flame", ele pisca o olho para mim, como se achasse mesmo que eu sou sua inspiração, e a plateia vai ao delírio.

Me viro para a frente e sigo a canção, torcendo para acabar logo porque, pela empolgação de Alan bancando o popstar sedutor que ele parece encarnar tão bem, ele vai acabar me puxando para os seus braços e me beijando aqui no palco, na frente desta multidão. Aí sim é que o Danny vai me proibir de cantar!

Ele que tente, meu lado rebelde fala para mim mesma.

Continuamos a música e cantamos juntos os últimos versos. Ao terminar, somos aplaudidos de pé. Ouço gritos de "lindo" para o Alan e "gostosa" para mim. Mas isso acho que foi o George.

Safado!

* * *

O show prossegue sem mais situações estranhas. Não estou acostumada com um homem lindo e tatuado me olhando como se eu fosse uma sobremesa grande e apetitosa.

No fim da noite, após encerrarmos o show, me despeço dos rapazes da banda enquanto eles desmontam os equipamentos e desço para o salão, onde encontro Rafe.

— Julie, você foi perfeita. Acho que nunca tivemos um público tão animado! Fiz um levantamento prévio e já batemos o nosso recorde de faturamento. Parabéns! Vou fechar o caixa antes de ir para casa e amanhã você pega o seu cachê, tá?

— Ué, tem isso? — A pergunta escapa dos meus lábios antes que eu possa me impedir. Dã, Julie, é óbvio que você ganharia alguma coisa por cantar esta noite. Eles sempre pagam os músicos.

A resposta de Rafe só reafirma a minha ingenuidade:

— Claro. Achou que ia cantar de graça?

Dou risada e o abraço, agradecendo mais uma vez pela oportunidade.

Sigo até o bar para encontrar meus dois melhores amigos, que parecem muito "alegrinhos".

— Tome um prosecco com a gente, Julie *Fever* — George solta com um sorriso bobo.

— Que prosecco o quê! Estou acabada. Preciso ir pra casa, tomar um banho e colocar os pés para cima. E você me deve uma por ter escolhido aquela música! Pensei que o Alan fosse pular em cima de mim!

George e Jo soltam uma gargalhada, e ele abraça nós duas.

— Todos nós pensamos, garotinha. Vamos embora.

Seguimos para casa, rindo e falando dos melhores momentos da noite.

Entro em casa, tomo um banho e visto uma camiseta do Garfield. Então me deito na cama e percebo que esta noite poderei ter um sono tranquilo e feliz, já que a casa ao lado está em silêncio total.

CAPÍTULO CINCO
Daniel

Não consigo acreditar. Depois de horas visitando imóveis, fazendo reuniões com proprietários, corretores e investidores, e na sequência um jantar de negócios longo demais para o meu gosto, finalmente consigo entrar no quarto do hotel para tomar um banho e descansar.

Tive de ficar duplamente focado, já que Zach saía o tempo todo para falar ao telefone ou mandar mensagens de texto. Reviro os olhos ao me lembrar do número de vezes que ele fez isso. O cara vem para me ajudar e fica com a cabeça em outro lugar. Eu deveria ter trazido o Rafe, que é mais organizado.

Dou um grande bocejo enquanto me espreguiço, cansado. Sempre funcionei muito melhor à noite do que durante o dia. É por isso que acordar cedo para viajar e passar o dia fazendo essas atividades burocráticas me deixa mais quebrado do que passar a noite no bar.

É preciso confessar que ficar longe do After Dark me dói muito. O bar é a minha vida. Não tenho filhos nem sou casado (graças a Deus!). O foco dos meus dias é o meu negócio, que vem crescendo de forma promissora, e relacionamento sério não faz parte dos meus planos.

Não mesmo.

Ei, não me critique, nem revire os olhos para mim. Já basta a reprimenda da minha mãe hoje de manhã:

— *Mãe? Tô entrando* — *falei, depois de bater à porta da cozinha e virar a maçaneta. Como sempre, estava aberta.*

— Oi, meu filho! Já de pé tão cedo? — Minha mãe me abraçou no meio da cozinha e me empurrou para uma cadeira, querendo me empanturrar de café da manhã.

— Só vim para te dar um beijo. Vou viajar com o Zach para ver um imóvel. Acho que conseguimos o que estávamos procurando para a expansão do *After Dark*.

— Que ótimo, amor. Tome o café e coma este misto-quente. — Ela empurrrou o prato com o sanduíche e colocou a xícara cheia de café preto bem na minha frente. — Você não se alimenta direito, fica acordado a noite toda... Meu filho, você precisa se cuidar. Precisa se cuidar, crescer, constituir uma família...

— Mãe...

— Sem "mãe". Você tem quase vinte e oito anos. Não acha que já passou da hora de arrumar uma boa moça? Casar, me dar netos? Você não fica mais jovem a cada dia.

— Mãe, eu já te disse que não quero me cas...

— Daniel, está na hora de você repensar a sua vida. — Ah, droga. Me chamou pelo nome completo. Senta que lá vem bomba. — Essas meninas que se penduram em você no bar não vão estar lá quando você tiver cinquenta anos. Escute o que a sua mãe está dizendo. E agora trate de comer porque já sei que você vai passar o dia andando para lá e para cá e não vai se alimentar.

Mesmo com todo o seu argumento de que estou ficando velho — aos vinte e sete anos, pelo amor de Deus —, continuo sem querer saber de relacionamento sério. O *After Dark* é a minha vida e não estou disposto a dividir meu tempo em busca do sucesso com ninguém. Prefiro deixar esse papo de netos e casamento para as minhas irmãs, Jo e Julie.

Eu sei, eu sei, a Ju não é minha irmã de verdade, mas ela cresceu comigo e foi criada por meus pais desde que os dela morreram. Logo, se tornou minha responsabilidade, como a minha própria irmã. Confesso que, quando éramos mais jovens, eu tinha um sentimento especial por ela, até que o John, meu melhor amigo do colégio, me flagrou fitando-a como um cachorro que olha para o frango da padaria, e disse que era nojento o que eu estava fazendo, que eu deveria protegê-la de caras como eu, não babar em cima dela. Afinal, ela era *minha irmã*. Os argumentos dele foram muito convincentes. No fim das contas, me senti um pervertido por me sentir atraído pela menina que vivia sob a proteção dos meus pais. Então, sufoquei meu desejo e fiz o que qualquer irmão mais velho faria: protegi Julie o máximo que pude.

Até o momento, tem dado certo.

Ligo o computador enquanto tiro a camisa e o sapato. Estou mesmo precisando de um bom banho. Reviro a mala procurando uma cueca quando ouço o som da caixa de entrada do e-mail avisando que tenho mensagens não lidas. Levo um susto quando vejo a quantidade de notificações da página do bar no Instagram. Ah, caramba! Será que explodiu alguma bomba lá dentro?

Abro o Instagram, já sentindo o começo de uma dor de cabeça. Vou rolando a tela e fico em estado de choque. A quantidade de check-ins feitos no bar é infinitamente superior à de qualquer outra noite.

Continuo rolando a tela e lendo os comentários:

> **Lucy Smith**
> Night maravilhosa com as amigas! After Dark arrasou com o lindo Alan.

> **Michael Lewis**
> Show de hoje excelente! Parabéns, galera do AD!

> **Anne McCarty**
> Melhor night de todas!

> **Luc Robs**
> O que é a voz dessa gostosa que está cantando no AD?

Espere aí. *Gostosa?* Tem algo errado. O Snash e a The Band não têm nenhuma "gostosa" na linha de frente. Será que convidaram alguém para tocar com eles esta noite?

Desço um pouco mais a página e acho uma publicação do vocalista:

> **Snash:**
> Amigos, me despeço do AD. Rumo à Índia para encontrar meu equilíbrio e paz interior.

Ah, cacete! Perdemos o vocalista da banda e o Rafe nem me ligou? E quem é a gostosa que estava cantando no lugar dele? Pego imediatamente o celular a fim de ligar para Rafe e vejo cinco mensagens de texto não lidas:

> **Rafe:** Cara, me liga. Problemas.

> **Rafe:** Danny, vou ter que tomar medidas extremas. O Snash pulou fora quase na hora de começar o show. Liga pra mim!

> **Rafe:** Liga pra mim, PORRA!!

> **Rafe:** Foda-se. Quando vcs voltarem, a gente se acerta. Vc vai ficar puto, mas não tinha outra alternativa. Arrumei uma substituta para o FDP do Snash.

> **Rafe:** Sou demais. Casa lotada. Sucesso. Fiquem por aí que eu gerencio melhor com vcs à distância. 😊

Agora estou curioso. Quem será que ele contratou?

Um link na *timeline* do bar me chama a atenção. "Juliette & The Band cantando 'Fever' no After Dark." Que bom, alguém gravou o show da banda nova.

A qualidade do vídeo não é lá essas coisas, parece ser de um celular. A pessoa que filmou estava bem próxima ao palco. Ela foca o idiota do Alan, que começa a cantar primeiro. Ele, infelizmente, é um idiota que tenho de suportar, apesar de agir como um babaca, constantemente jogando charme para as fãs e sempre levando alguma para o camarim. Dá para acreditar que um imbecil com um cabelo daqueles tenha fãs?

O vídeo segue até que uma voz feminina rouca e sensual começa a cantar. A câmera aponta na direção dela e... Puta merda! Uma loira linda, gostosa e sensual está com os olhos fechados, balançando o corpo no ritmo da música conforme canta.

Sinto um arrepio percorrer minha coluna e a excitação tomar conta de mim. Há muito tempo não me sinto assim. Nem sei se já me senti dessa forma um dia. Na verdade, já, mas tive que abafar o sentimento. Nunca daria certo. É claro que tive muitas experiências, saio com várias mulheres lindas, mas esse tipo de desejo, do tipo que dá um nó no estômago e parece que levei um soco no peito, é mais raro. A sensação que tenho é de que ela está cantando só para mim. Tenho certeza de que cada homem presente no bar esta noite sentiu a mesma coisa. A música segue e, enquanto a loira canta a música sensual em um dueto com o idiota do Alan, não consigo me impedir de imaginar as coisas que aquela boca deve ser capaz de fazer.

Continuo encarando a tela e franzo o cenho. Ela me parece vagamente familiar. Será que já esteve no bar antes? Acho que não. Eu jamais me esqueceria de ter visto uma mulher como ela. A loira continua a cantar, com os olhos fechados e um sorrisinho no rosto, emanando sensualidade de um jeito sutil, quase como se não tivesse consciência do que pode provocar nos homens.

A música acaba e o vídeo também. Agora, além de cansado, estou excitado e incomodado. Me levanto da cadeira, tiro a calça e vou para o banheiro. Agora, mais do que nunca, preciso de um banho. Frio, de preferência.

CAPÍTULO SEIS

O domingo chega e acordo feliz como já não me sentia há muito tempo. Um misto de entusiasmo pelo show épico e pela sensação de dormir bem a noite toda, apesar de sentir falta do safado da casa ao lado.

Me sento na cama, alongando o corpo, e ouço o toque de mensagem no meu celular.

> **Daniel:** Bom dia, Ju. Correu tudo bem ontem no AD?

Ah, droga! E agora? Vou ter de me fazer de boba para ele não desconfiar de nada.

> **Eu:** Oi, Danny. Tudo bem com vc? Sim, a casa encheu bastante. Volta quando? Bjs

> **Daniel:** Sábado. Bjs

Os homens são tão econômicos com as palavras... Ufa! Ainda bem! Dessa eu escapei!

Mas no mesmo momento chega outra mensagem. *Ah, Deus!*

> **George:** Garotinha, vou passar aí em 15 min p/ te levar às compras. Se arrume logo. É proibido usar legging. Beijos do seu personal stylist, melhor amigo e produtor.

Todos os homens são econômicos com as palavras, exceto o George. Eu me levanto e vou correndo para o banheiro enquanto digito a resposta.

> **Eu:** Tá bom. Pode ser a calça de ioga? 😊

> **George:** Nãooooooooooooooooooooo 😠😠

> **Eu:** O q são essas 😠?

> **George:** Minha cara de raiva para sua falta de estilo, amada. ANDA LOGOOO!

Solto uma gargalhada e me enfio no chuveiro depressa, porque já sei que daqui a pouco ele deve estar batendo à porta.

***

— Até que enfim abandonou aquelas roupas horríveis que você costumava usar, hein? — George fala, me olhando dos pés à cabeça com ar de desdém.

Ele tem toda razão, mas não posso deixar de implicar com ele:

— Amigo, mas é tão confortável...

George parece me fuzilar com os olhos.

— Se você passasse por um daqueles programas de transformação, tipo um *Esquadrão da Moda*, seria humilhada em rede nacional com todas aquelas roupas horríveis.

— Julie, como você quer dar uns amassos no Alan Gostoso vestida daquele jeito? — Jo me pergunta, muito séria.

Solto uma gargalhada no meio do shopping.

— Ele ganhou um sobrenome novo? E quem disse que eu quero *dar uns amassos* no Alan?

— Garotinha, se você não ficar com ele, eu dou na sua cara! Ele está maluco, louco, pirado para tocar guitarra no seu corpo sedutor.

George faz um movimento com as mãos, como se estivesse desenhando um corpo em forma de violão. Reviro os olhos.

— Pelo amor de Deus, George! Você às vezes solta umas frases *tão* cafonas! Ele não quer tocar em nada. Aquilo era só cena de palco!

A boca de George se abre como se eu tivesse contado a ele que não existe Papai Noel.

— O quêêêê?! Você acha que aquilo era cena de palco? Amada, eu conheço muito bem o olhar de um macho quando ele está se preparando para pular na sua presa. Alan Gostoso te quer e você deveria querê-lo também, porque ele é gos-to-so!

— Mas, George…

— Se você vier com aquela história de que ama o Danny Boy, eu não vou mais ouvir. Garotinha, você sabe que eu te amo. E que eu queria, do fundo do meu coração, que você se acertasse com aquele idiota. — Ele se vira para Jo com uma expressão de pesar e aperta a mão dela de leve. — Sem ofensas, querida. — Jo assente, como se concordasse que o irmão é realmente um idiota. George se vira para mim e continua com seu discurso entusiasmado: — Ele é um gato, concordo com você. Mas é um idiota de grau cinco, numa escala de um a cinco. Você é apaixonada por ele há anooosss e ele não te dá a mínima. Nem enxerga que você cresceu. Você precisa arranjar alguém. Dar uma sacolejada na sua vida antes que fique parecendo uma mal-amada e cheia de gatos!

— Cheia de gatos não, cheia de livros — respondo, emburrada.

— Amiga, o George está certo. Você merece encontrar alguém que te ame. Eu queria muito que fosse o meu irmão, mas depois de todo esse tempo…

Ouço as palavras dos meus dois melhores amigos e meus olhos se enchem de lágrimas. Sei que eles estão certos. Só acho isso tão injusto. Minha vida não foi das mais fáceis… Por mais que os Stewart tivessem me dado todo o amor do mundo, perder os dois pais ao mesmo tempo é uma dor que jamais vai se curar em meu coração. Mas nunca reclamei, me lamentei ou me fiz de vítima. Aceitei meu destino e busquei fazer o possível para ser feliz. A única coisa que eu queria era a oportunidade de mostrar ao Danny o quanto eu o amo.

Fico pensando na noite passada. Realizei meu sonho de cantar. Me senti ótima no palco. Me senti viva. Linda. Desejada. Eu me lembro das regras que estabeleci para mim mesma. Fecho os olhos, respiro fundo e tomo uma decisão.

— George? Jo?

— Oi, garotinha.

— Vamos às compras. Quero me tornar uma nova mulher. Se, com o meu novo visual, eu não conseguir fazer o Danny acordar, pelo menos arranjo um namorado. Não quero virar uma velha sozinha e cheia de gatos.

— Isso mesmo! — George fala, batendo palmas. — Vai tocar a "guitarra" do Alan?

Eu e Jo soltamos uma gargalhada. George sabe como nos animar.

***

O dia passa e George nos faz entrar em várias lojas diferentes. Não aguento mais. Já compramos shorts, blusas e vestidos — muitos vestidos. Ele decidiu que meu visual de show será composto exclusivamente de itens que deixem as minhas pernas de fora. Agora tenho uma quantidade absurda de vestidos de balada, saias com brilho e blusas decotadas. Tudo acompanhado de sapatos de salto tão alto que, se eu me desequilibrar e cair, corro o risco de quebrar o pescoço.

— Vamos, gatinhas. Vamos entrar aqui — ele fala, me puxando em direção a uma loja. Olho para cima e fico espantada ao ver o letreiro de uma famosa loja de lingerie.

— Amigo, o que vamos comprar aqui?

— Pão é que não é! Você precisa de uma lingerie que te coloque pra cima.

Jo faz uma cara assustada. Ela tem estado esquisita. Sempre dispersa, e fica o tempo todo trocando mensagens de texto não sei com quem.

— Gente, vou dar um pulinho rápido na loja de bolsas de couro, no segundo andar. Preciso comprar uma pasta nova.

— Vai, linda. Qualquer coisa, só ligar.

— Mas, George... — Sou interrompida pela vendedora que se aproxima e oferece ajuda.

Obviamente, George assume o comando e separa as peças mais sensuais da loja. Franzo o cenho a cada item que ele pega. Não estou acostumada com tanta renda.

Um atendente nos serve bombons e prosecco. Fazemos nosso brinde, e me distraio comendo enquanto George parece estar em uma missão de guerra.

Quarenta minutos e algumas taças depois, sou empurrada para dentro de um provador com uma pilha de calcinhas, sutiãs, espartilhos e outras peças que nem sei para que servem.

Começo a experimentar, e o prosecco faz efeito, me levando a fazer um desfile pelo provador. George vai indicando à vendedora as peças que ele aprova para que ela possa separá-las. Se estivéssemos na Victoria's Secret, eu diria que me sentia uma Angel de tanto que sacudi meu bumbum para lá e para cá.

Enquanto analiso um espartilho, George murmura algo para a vendedora, que volta alguns minutos depois com uma pilha de camisolas e baby-dolls.

— Eu não preciso de pijama, George!

— Claro que não. Isso não é pijama. Você vai jogar fora aqueles lixos com os quais você dorme e passar a dormir como uma diva.

Imediatamente, me lembro das inúmeras vezes que Daniel apareceu lá em casa logo de manhã para tomar café, e eu estava usando uma das minhas camisetas de desenho animado. Abro um sorriso quando imagino a cara dele ao me ver numa camisola preta daquelas.

Experimento todas as peças e compramos coisas que, se não fosse pelo prosecco, eu jamais teria aceitado experimentar. Não sou de beber muito porque, com meu tamanho, qualquer coisa me derruba. Porém, a bebida deixa minha cabeça mais leve e, pelo visto, minha mão muito mais aberta — meu cartão de crédito que o diga!

— George?

— O que foi, garotinha?

— Estou bêbada. Preciso comer alguma coisa.

George ri e me leva para um restaurante na praça de alimentação. Quando nos sentamos, ele liga para Jo.

— Onde essa garota foi parar? Ficamos duas horas comprando lingerie, tempo suficiente para você ficar bêbada, e ela ainda está escolhendo uma pasta?

— Ela anda estranha... — falo com um sorrisinho no rosto.

— Não está atendendo. Vou mandar mensagem.

Estico o pescoço para ver George digitar:

> **George:** Beloved, cadê uc? Estamos naquele restaurante que uc ama. A Julie está bêbada de prosecco e precisa comer algo antes que devore o garçom gostoso que vai nos atender. ♡😊

Droga! Ele notou que estou babando no garçom que veio nos servir água? Olho novamente para a tela do celular e sorrio ao ver os emojis felizes na mensagem. Adoro receber mensagens do George. Sempre estão repletas de figurinhas divertidas e emojis.

Uma sombra aparece perto de mim. Olho para cima e vejo o garçom gostoso. *Nham nham.*

***

Estamos quase na metade do almoço — e já estou bem menos afetada pela bebida —, quando a Jo chega com cara de culpada.

— Amiga, onde você estava? Perdeu toda a diversão!

— Eu fui ao banco — ela fala e desvia o olhar, como se estivesse... constrangida. George não perdoa.

— Jo, meu anjo, três horas e meia para ir ao banco? Você saiu da porta da loja de lingerie dizendo que ia comprar uma pasta e volta dizendo que estava no banco. Foi dançar "Macarena" na mesa do gerente?

Cuspo um pouco do refrigerante em cima de George. É muito engraçado imaginar Jo, advogada, toda séria, dançando "Macarena" em cima de uma mesa.

— Argh, Julie. Que mania!

— Desculpa — falo, limpando-o com o guardanapo. — Mas a culpa é sua, que fala essas coisas enquanto estou bebendo.

Jo continua quieta, olhando o cardápio. Eu e George trocamos um olhar.

— Você não vai nos contar o que está acontecendo, Jo? — George funga. — Achei que fôssemos melhores amigos. Eu me sinto *tão* arrasado com essa sua atitude. Julie e eu contamos *tudinho* pra você, e você nos retribui como? — Ele olha para mim e leva a mão ao peito antes de olhar de volta para ela. — Nos ignorando e nos afastando da sua vida. É demais para um pobre coração, viu?

Reforço o discurso, segurando a mão de George e lhe dando batidinhas de leve. Jo nos olha, levanta uma sobrancelha com cara de quem não acredita no que está vendo e incorpora a advogada em um tribunal.

— Você é tão exagerado, George. Fui em três lojas procurar uma pasta nova porque a minha está horrível, mas não gostei de nenhuma. Depois fui ao banco fazer uns pagamentos. Encontrei com uma advogada no caminho e parei meia hora para bater papo. Se ainda quiser cronometrar o meu tempo, parei uns dez minutos para fazer xixi e vim encontrar vocês.

— Não sei por que, mas não me convenceu — George fala, olhando para mim. — Mas tudo bem, vou deixar passar. Vou respeitar o seu momento.

＊＊＊

Saímos do restaurante e decidimos parar na Starbucks. Um café vai cair muito bem para tirar o resto da minha bebedeira. *Lembrete: nunca beber mais do que duas taças!* Enquanto esperamos o barista chamar nossos nomes, Jo tira seu Kindle de dentro da bolsa e começa a ler.

— Qual você está lendo agora? — pergunto, me esticando para ver.

— *Uma razão para sonhar*, da Jennifer Van Wyk. — Ela sorri para mim.

— Ahhh... Capitão James... — George e eu suspiramos ao mesmo tempo.

— Vocês já leram? Mentira! Nem me esperaram. — Ela olha para nós dois, fazendo um biquinho.

— Jo, amada, sinto muito, mas eu não poderia, jamais, deixar o Capitão James me esperando — George responde, e nós duas rimos.

Nós três amamos ler, e estamos sempre trocando dicas de leitura.

Nesta hora, nossos nomes são chamados.

Levantamos para pegar nossos cappuccinos quando ouço atrás de mim:

— Ora, ora. Que surpresa deliciosa. Juliette, a cantora mais badalada do momento.

Me viro e dou de cara com Alan.

— Alan! Oi, que surpresa. — Eu me aproximo para dar um beijo no seu rosto. Nossa, como ele está cheiroso e... *Ops! Que safado!* Ele virou o rosto e quase beijou a minha boca! Eu me afasto um pouco, mas ele me puxa com força e sussurra no meu ouvido.

— Linda, desta vez foi no cantinho da boca, mas, na próxima, você não me escapa.

Meu Deus! Tenho certeza de que estou vermelha como um pimentão.

— Você sabia que o nosso dueto virou sucesso no YouTube? Já tem um número surpreendente de visualizações. Conversei com o Rafe hoje, e ele me disse que um crítico vai no After Dark na sexta-feira para nos conhecer. Legal, né?

— Nossa, Alan! Que ótima notícia! — respondo enquanto ele passa o braço pela minha cintura e me puxa para si. Ele me aperta com força e me sinto protegida em seus braços. Tudo bem, ele não é forte como o Danny. Sua estrutura é magra, mas ainda assim é musculoso. Tento me afastar, mas ele me aperta um pouco mais.

— Adoro a sua espontaneidade. E seu perfume — ele diz e dá uma lambida no meu pescoço. Dou um pulo e me afasto um pouco.

— Bom, Alan... é mesmo uma ótima notícia. A gente precisa ir, não é, George? — Olho para George, que está parado com nossos cappuccinos na mão e boquiaberto. Volto a olhar para Alan. — Foi bom te ver. Manda um e-mail pra mim com as músicas que vocês querem tocar na sexta!

Ele me olha com um sorriso malicioso e assente.

— Pode deixar, linda. Vou te mandar. E, na sexta-feira, você vai ser minha.

Pego meu copo da mão de George, dou um sorriso sem graça e saio arrastando meus dois amigos atrás de mim. Depois de subir as escadas rolantes até o quarto piso do estacionamento como se estivesse sendo perseguida pelas dez pragas do Egito, George me para, rindo da minha cara.

— Ora, ora, ora. O que foi aquilo?

— O quê? — pergunto, tentando desconversar, mas meu tom sai um pouco mais alto do que eu pretendia.

— Ele te lambeu! Jo, você viu aquilo? Uma lambida no pescoço!

— Claro que vi.

— Eu, se fosse ela, tinha lambido ele todinho, cada centímetro. E tenho certeza de que, em alguns lugares, ele tem *vários* centímetros!

— *George!*

— Ué, só estou falando a verdade. Você está vermelha.

— O quê? Não estou, não!

— Está, sim. Jo, como ela está?

— Em chamas! — minha amiga responde, olhando para mim.

Os dois caem na gargalhada.

Eu me viro e sigo para o estacionamento, com os dois morrendo de rir atrás de mim. Preciso ir para casa. Agora. Tomar um banho.

Bem frio.

CAPÍTULO SETE
Julie

Depois da maratona de compras, minha semana foi bem tranquila. Ensaiei bastante a *setlist* do show que apresentaríamos na sexta-feira no palco do After Dark. Daniel ainda não tinha voltado da viagem de negócios, o que me deixou tranquila. Rafe disse que ele só devia voltar mesmo no sábado e não se opôs à minha ida ao bar para ensaiar. Como dizem, quando os gatos saem, os ratos fazem a festa!

Estou em casa, terminando meu café, quando George entra na cozinha com um olhar de quem tem um plano mirabolante. Isso não deveria ser novidade para mim. Ele *sempre* tem um plano.

— Garotinha, preciso de você hoje à tarde. — Ele ergue as mãos unidas e fala isso como se estivesse me pedindo para salvar o mundo.

— Precisa de mim? Para quê? — pergunto, desconfiada. Todas as vezes que ele aparece dizendo que precisa de mim para alguma coisa, meu alerta vermelho dispara, pois sei que estou prestes a me meter em confusão.

— Para uma aula de dança! — ele fala como se fosse a coisa mais natural do mundo.

— O quê? Por quê? Eu mal consigo andar de salto alto sem tropeçar e você quer que eu dance?

O suspiro que George solta é tão dramático que me sinto como uma criança birrenta.

— Você quer brilhar no palco, não é? Quer ser a próxima Beyoncé ou vai se contentar em ser a Julie da calça de ioga para sempre?

Respiro fundo. Ele sabe exatamente como cutucar meu ego.

— Tudo bem, mas que tipo de dança é essa? Porque se for algo muito complicado, vamos precisar de um seguro de vida.

George dá uma risada e aponta para o quarto.

— Vá se trocar. E coloque um vestido.

* * *

Chegamos ao estúdio, um lugar pequeno, mas bem iluminado, com espelhos enormes cobrindo as paredes. Paro na porta e olho ao redor. A sala já está cheia de casais, a maioria composta de idosos, o que faz com que eu me sinta ainda mais deslocada.

— Vamos, garotinha, sem enrolação. — George me puxa para o meio da sala, e a professora, uma senhora baixinha de cabelos brancos, nos observa de cima a baixo, como se estivesse avaliando nossa capacidade de arruinar sua aula.

— Vocês são os alunos novos? — ela pergunta, sem esconder o tom de desconfiança.

— Sim! Estamos prontos para arrasar! — George responde, empolgado. Ele levanta os braços e agita as mãos, como se estivesse balançando dois chocalhos. Eu, em contrapartida, sei que minha expressão só pode ser de pânico.

A professora arqueia a sobrancelha e balança a cabeça. Tenho certeza de que ela consegue enxergar um letreiro luminoso sobre George dizendo: "Mestre do caos ambulante". E, claro, em cima de mim há um que reflete: "Grande problema".

Ela se afasta e vai até o aparelho de som.

— Vamos começar. E um, dois, três e…

A música começa. A professora orienta a turma a começar com passos simples, mas simplicidade não faz parte do vocabulário de George. Ele improvisa giros e movimentos exagerados, o que me faz perder o equilíbrio mais de uma vez.

— George, pare com isso! — sussurro, tentando não rir enquanto piso no pé dele pela quinta vez.

— Relaxa, garotinha, estou no controle — ele diz isso segundos antes de tropeçar e quase derrubar um casal ao lado.

A turma começa a ficar agitada. A grande maioria nos olha feio. Quando percebe, a professora vem até nós e cruza os braços.

— Vocês estão tentando dançar ou participar de um número de comédia?

George sorri para ela. Com a cara mais cínica do mundo, ele pisca o olho algumas vezes e fala com um tom de voz doce:

— Um pouco dos dois!

Ah, meu Deus. Por favor, abra um buraco para que eu possa me esconder!

— Então, mocinho, concentre-se na dança e deixe a comédia no lado de fora da minha sala de aula.

Antes que ele tenha tempo de abrir a boca e retrucar, belisco a cintura dele e respondo para ela:

— Nós vamos nos comportar.

— Acho bom.

A música muda e a aula continua. Os alto-falantes ecoam uma canção que parece um *reggaeton*. Os alunos começam a dançar, remexendo os quadris e fazendo giros elaborados.

A expressão de George se ilumina e ele começa a se mover no que tenho certeza de que seja o ritmo do cavalo manco — uma dança com movimentos de cabeça que fariam qualquer um ter labirintite. Se tivesse cabelos compridos, tenho convicção de que George estaria batendo as madeixas no rosto dos outros alunos. Dou graças a Deus pelos pequenos milagres.

Não satisfeito em dar um show de remelexo, George me puxa para perto, me tirando da minha pausa muito necessária. Quase caio sobre ele, que me empurra de volta, ainda segurando minha mão e me fazendo girar. Sinto meu corpo bater em duas ou três pessoas durante esse giro inesperado, e um murmúrio descontente começa a soar novamente na sala.

A música sensual continua a tocar, e nós dois nos movemos como se estivéssemos fazendo a dança da cobra. Tenho certeza de que a imagem não é bonita. Não mesmo. No auge da confusão, quando George e eu estamos tentando nos recompor de mais um tropeço, a porta do estúdio se abre e, para o meu total desespero, Alan entra. Ele nos vê e imediatamente vem em nossa direção.

Pronto. Era só o que me faltava.

— O que está acontecendo aqui? — ele pergunta, tentando segurar o riso ao nos ver no meio do salão, atrapalhados e completamente fora de ritmo.

— Alan? O que você está fazendo aqui? — Minha voz sai mais alta do que eu pretendia.

— Eu que pergunto. Vocês estão tentando dançar ou treinando para uma luta de boxe? — Ele aponta para os meus pés, que claramente estão em uma posição inadequada para a dança.

George, obviamente, aproveita a chance para provocá-lo:

— Dançar, é claro. Você deveria se juntar a nós, bonitão. Quem sabe você aprende alguma coisa?

Ele pisca e Alan ri, mas seu olhar permanece fixo em mim. Esse cara é sexy demais para o próprio bem. Não sei o que é pior: o constrangimento pelo fato de ele ter me visto neste estado ou o calor que tomou meu rosto quando ele fez uma reverência exagerada, estendendo a mão.

— Talvez eu deva aceitar sua sugestão. Julie, aceita uma dança?

Quero morrer, mas, antes que eu possa responder, George intervém:

— Sem chance! Essa dama já tem par.

E lá fomos nós de novo, com George me puxando para o centro da sala, enquanto Alan observa e ri. Pouco depois, eu o vejo falar com a professora, que se derrete toda ao vê-lo.

— Parece que ela não é imune ao charme do Alan, assim como nós, simples mortais.

Eu rio. E, apesar do constrangimento, uma parte de mim admite que está se divertindo com toda essa confusão. Sorrio. Talvez, *apenas talvez*, George tivesse razão ao me tirar da minha zona de conforto. Decidi que mudaria, não é mesmo? Sem ter outras experiências, não haveria possibilidade de mudança.

— Nos vemos mais tarde, então — Alan fala em tom alto para a professora e pisca para mim, antes de sair. Pelo visto, eu e George não somos os únicos a tentar dançar... Bem, sexy como Alan é, tenho certeza de que ele se movimenta muito melhor do que nós dois.

* * *

Finalmente a sexta-feira chega. Durante a tarde, eu e Jo vamos a um salão perto do After Dark para arrumar o cabelo e fazer as unhas. Visto um short jeans e uma blusa soltinha que cai no ombro, deixando-o de fora. Nos pés, uma sandália rasteira. Deixo o cabelo solto, apesar de não saber arrumá-lo do mesmo jeito que o George. Ainda. Aprender a me arrumar está entre uma das minhas metas para as próximas semanas. Pego o nécessaire de maquiagem e aplico máscara nos cílios e um gloss.

Quando termino, me olho com atenção no espelho e me sinto diferente. Não é só pelas roupas ou pelo cabelo solto. É como se houvesse um brilho especial no meu olhar. Uma consciência maior de quem sou, e a certeza de que preciso fazer mudanças na minha vida.

Perder meus pais na infância impactou demais a minha vida. A saudade e a tristeza por não tê-los ao meu lado são imensuráveis, claro. Mas, mais do que isso, o sentimento de estar sozinha no mundo, de não ter nenhum vínculo de sangue com mais ninguém — ainda que os Stewart sejam pessoas incríveis — e de perder as principais referências que uma criança pode ter na vida influenciou muito para que eu me tornasse a pessoa que sou hoje. Sim, tenho orgulho de mim, mas também tenho plena consciência de que preciso melhorar minha autoestima.

Ao olhar meu reflexo no espelho, vejo o rosto de uma pessoa ansiosa para mudar de vida. De uma mulher em processo de amadurecimento e de realização. E essa conscientização faz com que eu me sinta mais segura.

Com um suspiro, pego o celular e chamo um Uber para ir à casa de Mary e Paul. Combinei com Jo de tomarmos café lá antes de irmos ao salão.

No carro, ouço meu estômago roncar e mal consigo conter um sorrisinho. Fiz questão de não comer nada, já que Mary é uma dessas mães que gosta muito de alimentar a família. E quando digo alimentar, quero dizer empanturrar mesmo. É preciso um jejum de catorze horas para conseguir enfrentar seu café da manhã. Não sei como nenhum de nós teve problemas hormonais na adolescência.

 Mal saio do Uber e vejo Paul já na porta me esperando. Corro até ele e sou recebida com um superabraço.

— Julie, quanto tempo! Estávamos com saudade.

— Eu também, Paul — falo com um sorriso no rosto, demonstrando todo o carinho que sinto por ele.

— Deixa eu te ver. Você está tão bonita!

Neste momento, Jo sai de dentro de casa e sorri.

— Pai, você não viu nada. Ela cantou no AD na semana passada. Eu e o George arrumamos tudo e ela ficou uma gata. Nem parecia a mesma pessoa. Olha só.

Para minha surpresa, ela abre uma foto no celular que eu nem sabia que havia sido tirada. Reconheço perfeitamente o momento da foto. Eu estava nos bastidores, perto dos caras da banda. George estava falando alguma besteira, como sempre, e abri um grande sorriso. Eu me surpreendo com a minha expressão de total felicidade na foto.

— Jo, você tem toda a razão — Paul concorda. — Minha querida, você está linda. A Mary vai ficar emocionada de te ver assim.

Sorrio de novo e o abraço mais uma vez.

— Mas, filhas, o Daniel deixou?

Meu coração fica quentinho toda vez que Paul nos chama de filhas.

— Xi, Paul, essa é uma longa história. Vamos entrar e tomar café — falo, puxando os dois para dentro de casa.

***

Tomamos um café reforçado feito por Mary enquanto contamos tudo sobre o show. Depois de nos empanturrarmos, Jo faz sinal de que está na hora de irmos.

— Ah, não, Jo. Deixa eu ficar quietinha um pouquinho. Só quero rolar até encontrar uma cama — falo, gemendo.

— Nada disso. Pode arranjar forças que a gente tem que ir para o salão. E ainda vamos escolher sua roupa — ela responde, me empurrando.

— Julie? — Mary me chama quando estou prestes a me levantar da mesa. — Posso falar com você um minutinho?

— Claro. — Será que ela está aborrecida porque cantei no AD e desobedeci ao Daniel?

Andamos até o jardim, onde podemos conversar com privacidade.

— Você sabe que te considero uma filha, não sabe?

— Sim, eu sei.

— Então, vou lhe dar um conselho que a sua mãe daria. — Eu assinto, curiosa, mas não consigo impedir as lágrimas que se formam em meus olhos. Só de me lembrar da minha mãe sinto um aperto enorme no peito. — Apesar de considerá-la uma filha, dou graças a Deus, todos os dias, por você não ser. Sei sobre os seus sentimentos por Daniel. Posso vê-los em seus olhos toda vez que alguém toca no nome do meu filho, desde que você era uma menininha. E tenho certeza de que você é perfeita para ele. Eu não escolheria ninguém melhor do que você para cuidar dele e amá-lo — ela fala, e, desta vez, não consigo conter o choro, como a manteiga derretida que sou. — Meu conselho é: acredite em você e no seu potencial. Tenha fé no amor. E não desista.

Arqueio a sobrancelha, enquanto dou uma fungada. Ela ri.

— Não vai ser fácil. Tanto conquistar o seu lugar, muito merecido, no After Dark quanto o coração do meu filho. Você vai ter um longo caminho a percorrer. — Ela semicerra os olhos. — Mas faça o Daniel sofrer um pouquinho, tá? Não muito, sou mãe e não quero vê-lo arrasado. Só que ele precisa acordar e entender que a vida não se resume a uma mulher por dia e a cuidar do bar. E deve perceber que você tem todo o direito de fazer o que quiser. De ser quem você quiser.

Nós duas rimos, enquanto enxugo as lágrimas, tentando me recompor. Na volta para a cozinha, digo a ela:

— Mary?

— Sim, querida?

— Obrigada. Eu te amo.
Ela sorri para mim.
— Eu te amo mais.

**

Para minha surpresa, Jo marcou um dia de spa para nós duas. Começamos com uma massagem relaxante, banho de ofurô e depois terapia com pedras quentes. Estava tão relaxada que meu corpo parecia flutuar. Eu deveria ter desconfiado. Quando a esmola é demais, o santo desconfia.

— Srta. Walsh? Tsuki, a nossa esteticista, aguarda a senhorita na sala de depilação. Final do corredor à sua esquerda.

— Na sala do quê? — pergunto, de boca aberta. Não estou muito certa de que desejo passar por uma sessão de tortura.

— Depilação. Sua amiga marcou uma sessão de depilação completa para você.

Vou matar aquela filha da... Droga. Não tenho coragem de xingar a Mary, principalmente depois de hoje. Mas, ainda assim, isso que Jo fez não foi legal.

Agradeço e sigo na direção indicada. Bato à porta e uma senhora baixinha asiática me recebe com um sorriso tranquilizador.

— Srta. Walsh, seja bem-vinda. Pode tirar a roupa atrás daquele biombo e vestir o roupão. Quando estiver pronta, deite-se na maca.

Sigo até onde ela indicou e troco de roupa. Caramba, estou bem nervosa!

Deito na maca e fico aguardando a torturadora, ops, depiladora.

— Fique tranquila. Não vai doer nada — ela diz com calma, como se falasse com uma criança.

— Tudo bem — respondo, sem conseguir elaborar uma frase completa, de tanto medo. — É que nunca fiz isso.

— Vamos começar a depilação à brasileira, tá?

— Tá... — Mas o que é isso? Coisa boa não deve ser. Algo parece errado. Mal tenho tempo de concluir meu pensamento quando ela abre meu roupão e aplica a cera. Espera um pouquinho e...

aaaai! Grito de dor. Puta merda! Ela puxou! Vou matar a Jo com requintes de crueldade.

— Dona Tsuki, está bom, obrigada.

— Não, não, não. Ainda temos muito o que fazer aqui — ela me empurra de volta para a maca e me sinto como se tivesse sido condenada à forca.

***

Reencontro a minha ex-melhor amiga na sala da manicure. Quando ela me vê com o rosto vermelho e andando de um jeito estranho, começa a rir.

— Pode parar de rir. Neste momento, eu te odeio.

— Amiga, não fica assim. Foi para o seu bem. Considere um presente. Da próxima vez que o Alan resolver te lamber, ele pode querer fazer em outro lugar, né?

— Johanna! — exclamo. Pronto. Agora sim pareço um grande pimentão vermelho.

— Ué! Vai que você resolve dar uma chance pra ele! Se bem que você ainda tem o Danny na cabeça… Eca, não quero pensar no meu irmão lambendo ninguém!

— Jo! De onde você tirou essas ideias? Quem anda te lambendo por aí?

Agora quem fica roxa é ela. Pega no flagra!

— Eu? Deixa de ser boba. Não se pode mais fazer um agrado para uma amiga que você vem logo com desconfiança. Senta logo que a Mimi não vai te esperar a vida toda.

Mimi pega a deixa e me acomoda na cadeira, me entregando uma maleta lotada de esmaltes coloridos enquanto começa a fazer o meu pé. Depois de muito remexer, escolho um rosinha-claro.

— Ah, não! Você não vai passar essa cor! Se eu deixar você pintar a unha de rosinha, o George me mata.

— E de que cor a madame quer que eu pinte as *minhas* unhas? — questiono, fazendo uma carranca.

— Me empresta isso aí. — Ela nem espera. Tira a maleta da minha mão com força, fazendo Mimi errar e tirar um bife do meu pé. Ah, droga. — Esse não... também não... não... aqui! Perfeito!

Ela estende um esmalte vermelho metálico, quase da cor de uma maçã do amor.

— Mas é tão vermelho...

— Você agora é uma nova mulher. Esquece o rosinha e se joga no vermelho. Vai ficar lindo com o vestido de hoje à noite. Não vem brigar, amiga. Aceita.

— Tá bom.

Já sei que nem adianta tentar discutir. Recosto na cadeira enquanto Mimi cuida dos meus pés e tento relaxar, repassando mentalmente as músicas para o show.

***

Mais uma vez, aproveito que Danny está fora e uso seu escritório como camarim improvisado.

Estou usando um vestido todo preto, brilhante, com um decote nas costas tão profundo que não posso usar sutiã. Minha roupa íntima se resume a uma calcinha fio dental de renda preta que comprei no shopping com o George. Ele tinha toda a razão. Eu precisava de uma lingerie que me ajudasse na autoestima.

Sandálias de salto alto e um par de brincos compridos complementam o visual. De novo, meu cabelo está solto, com cachos largos, e a maquiagem destaca meus olhos.

Quando acabo de me arrumar, aproveito a solidão da sala e penso sobre a minha vida. Preciso tomar coragem e falar com Danny ou simplesmente esquecê-lo de vez. Sei que Alan está todo interessado, mas, apesar de gostar dele, lá no fundo o guitarrista da The Band não desperta esse tipo de sentimento dentro de mim. Sem contar que ele consegue ser mais mulherengo que o Daniel. A quantidade de mulheres esperando por ele ao final de cada show é ridícula.

Ando pela sala, olhando as fotos na estante, e encontro uma foto nossa, de quando eu tinha dezesseis anos e Danny, dezenove. Ele já era bem alto nessa época. Foi quando ele voltou para as primeiras férias de verão da faculdade. Passei o mês inteiro grudada nele como um chiclete. Ele parecia estar feliz com a minha presença. Vivia me abraçando, fazendo carinho. Naquele tempo, realmente achei que algo mais fosse acontecer. No entanto, de repente, ele mudou. Ficou mais sério, mais distante e mais... protetor, acho. Não sei o que aconteceu naquele verão, mas algo mudou no comportamento de Danny em relação a mim.

Uma batida na porta me afasta das minhas lembranças. Coloco a foto no lugar e vou abrir.

— Ah, você está linda! — George entra na sala, todo animado. Sorrio para ele, porque é impossível não sorrir quando George está comigo.

— Obrigada. Está na hora?

— Faltam dez minutos. Quer alguma coisa? Água? Champanhe? Bombons? Lambidas do Alan?

— *George!* — eu o repreendo, mas sou interrompida pela entrada de Rafe, que veio me chamar para o show.

Acho incrível que o Rafe ainda não tenha sido fisgado por ninguém. Ele é um cara lindo, sério, maduro. Aquele tipo que assume as responsabilidades. Não é mulherengo, muito pelo contrário. Ele faz o estilo "cara perfeito". Faria um par lindo com a Jo, mas, se o Danny imaginar algo desse tipo, vai ser um problema. Que homem ciumento, viu?!

— Julie, você está linda. Está pronta?

— Obrigada, estou sim. — Sorrio e ele me dá o braço como o perfeito cavalheiro que é. Caminhamos até os bastidores do palco e Rafe me pede licença para ir falar com alguém. Olho para a frente e vejo Alan vindo na minha direção e me olhando de cima a baixo com uma expressão maliciosa.

— Quer que eu pergunte se ele gostaria de maionese para acompanhar? Porque ele está te comendo com os olhos... — George sussurra no meu ouvido.

— George, *meu Deus*!

— Talvez eu devesse oferecer leite condensado. É mais gostoso de lam...

— GEORGE! — eu grito, e ele se assusta. Nossa, ele ficou fissurado com a lambida do Alan!

— Oi, linda! — Alan fala ao se aproximar.

— Oi!

Ele chega ainda mais perto.

— Você está ainda mais linda do que da última vez. Como pode?

Se ele chegar mais perto, vai ficar colado em mim. Parece que o nosso guitarrista não tem muita noção do que é espaço pessoal.

— Obrigada. — Dou um sorriso e o empurro um pouquinho. — Vocês estão prontos? Podemos começar?

— Linda, eu estou sempre pronto. — Ele me dá uma piscada e segue para o palco. *Deus*, esses homens querem me deixar louca.

Respiro fundo e subo no palco. O bar está lotado e as pessoas começam a nos aplaudir. Sorrio para a plateia e me posiciono em frente ao microfone.

Optamos por abrir o show com uma balada mais romântica. Alan começa a tocar os primeiros acordes de "Come Away With Me", da Norah Jones.

Fecho os olhos, me concentrando na canção. Mais uma vez, meu pensamento divaga até o Danny.

Come away with me in the night
Come away with me and I will write you a song
Come away with me on a bus
Come away where they can't tempt us with their lies

***

Daniel

Estaciono na minha vaga no After Dark. Eu e Zach voltamos de San Francisco um dia mais cedo do que o esperado. A volta foi bastante conturbada, pois o voo teve muita turbulência. E Zach foi um péssimo companheiro de viagem. Quase não abriu a boca para falar, o tempo todo prestando atenção no celular. E, para piorar, nossas malas foram parar na esteira do outro lado do aeroporto.

Cheguei em casa, tomei um banho rápido e vesti uma calça jeans e camiseta preta. Estava atrasado, então nem fiz a barba que já despontava no meu rosto. Uma semana longe do bar me deixava nesta ansiedade. E, devo confessar, sinto uma ponta de esperança de ver a loira gostosa cantando hoje à noite.

Desço da moto, uma BMW 1600 GT. Não sou um cara de ostentar nada, mas, quando o After Dark começou a prosperar, eu me dei ao luxo de investir na moto dos meus sonhos.

Sigo pelo estacionamento e, quando me aproximo da porta, escuto os primeiros acordes de "Come Away With Me" serem tocados em um violão. Abro a porta e sou envolvido pela voz rouca que está cantando.

Sinto um arrepio dos pés à cabeça. Olho para o palco e vejo a silhueta da loira do vídeo, se balançando em frente ao microfone no mesmo ritmo lento da canção. Me sinto atordoado, como jamais me senti... Ou melhor, como me sinto quando... Meu subconsciente afasta esses pensamentos e volto a me concentrar na loira.

Ela avança na canção e me sinto preso. Não consigo desviar o olhar, nem me impedir de seguir em frente para chegar mais perto dela.

É como se eu estivesse sendo puxado por uma corda imaginária sem conseguir desviar os olhos do palco. Pessoalmente, ela é ainda mais linda. Sua pele é clara, seu corpo é de tirar o fôlego, com uma cintura fina e marcada e seios que se encaixariam perfeitamente nas minhas mãos. Ela se vira sutilmente para o lado, ficando um pouco de costas para mim, e vejo a bunda perfeita enfatizada pelo decote profundo do vestido.

Me sinto entorpecido. Enquanto ela canta, a sua voz seduz meus sentidos, e tudo o que consigo ver em meus pensamentos é a sua imagem, deitada na minha mesa do escritório, nua, sussurrando essa música enlouquecedora no meu ouvido.

Ouço o estourar de champanhe sendo aberta e tento tirar esse pensamento da minha cabeça. *Pare com isso*, me repreendo. Sacudindo a cabeça para clarear meus pensamentos, vou até o balcão do bar, tentando recuperar o controle. Aceno para o barman e, subitamente, me dou conta de que Ju não está em seu posto hoje.

— Justin, onde está a Julie? — pergunto ao barman, que não tira os olhos da loira no palco. Ele move o queixo para a frente sem falar nada. Ouço a loira cantar. A voz dessa mulher está me deixando maluco e nem consigo raciocinar.

Eu me viro para o palco de novo. Ela segura o microfone e seus lábios fazem um biquinho, sussurrando a canção.

Me sinto excitado. Muito. Mas, mais do que isso, estou dominado pela magia sedutora da voz dessa mulher. Como se fosse uma sereia no mar, seu canto me envolve e mal me dou conta de que estou andando em direção ao palco.

O idiota do Alan toca os acordes finais da música e a loira sussurra "Come Away With Me" encerrando a canção. Ela se vira em minha direção, abre os olhos, sorri e... *Puta merda!*

É a Ju!

CAPÍTULO OITO

Daniel

Arregalo os olhos e sinto meu corpo esquentar. Acho que nunca me senti tão irritado. *Vou subir nessa merda desse palco e tirá-la daí, nem que seja à força*, penso. E, além da raiva, me sinto um pouco confuso, até com raiva de mim mesmo por me sentir atraído por alguém que eu deveria proteger, que eu jamais deveria enxergar com os olhos do desejo.

Porém, no meio daquela confusão de sentimentos dentro de mim, afasto tudo isso e continuo a me concentrar no fato de que Julie está no palco, cantando com o cara mais mulherengo que conheço depois de mim, exibindo curvas que eu nem sequer sabia que existiam. *Ela sempre teve essas pernas?*

Balanço a cabeça, tentando clarear os pensamentos. *Foco, Daniel, foco.* É o que digo a mim mesmo enquanto começo a seguir na direção do palco. Só que mal tenho chance de dar três passos quando Rafe se aproxima de mim e me puxa pelo braço na direção dos bastidores.

— Cara, calma...

— "Calma" uma merda! — explodo com ele. — O que a Julie está fazendo com aquela roupa minúscula no palco? *Puta merda*, Rafe! Cansei de dizer que não quero que ela cante aqui. Acho bom você tirar essa garota de lá antes que eu mesmo tire, e se eu fizer isso não vai ser nada legal! — digo, passando a mão na cabeça.

Estou tão atordoado que nem sei o que pensar. Nem o que vou fazer com a Julie quando conseguir tirá-la do palco.

— Daniel...

— Não quero saber. Eu quero que ela saia daí *agora*!

Passo as mãos pelos cabelos, um sinal de frustração novamente, me despenteando todo.

A voz de Rafe endurece. Como jamais ouvi. Olho para ele, que me encara sério.

— Daniel, não seja infantil. A casa está lotada e temos, pela primeira vez, um crítico do *Los Angeles Times* na plateia. Coloque a cabeça no lugar. Não vou interromper o show. E você também não — ele avisa, apontando o dedo para mim. Sua serenidade me deixa com mais raiva. Eu, Rafe e Zach somos bem diferentes um do outro, e talvez por isso a nossa sociedade dê tão certo. Enquanto sou estourado, desbocado e impulsivo, Rafe é um poço de tranquilidade e maturidade. Já Zach é descontraído e divertido, além de ter uma paciência sem limites para todas as coisas.

Ando para lá e para cá como um leão enjaulado. *Quando eu colocar as mãos nela...*, penso, mas, imediatamente, me vem a imagem dela cantando, de olhos fechados, e me sinto excitado de novo. Ah, merda! Balanço a cabeça. *Ela é a Julie, lembra? Sua irmã mais nova. Esquece essa merda*, tento me convencer, mas parece não adiantar.

Você sabe que esse seu ciúme não tem nada a ver com o fato de ela ser sua "irmã mais nova". Porque ela não é. No fundo, você nunca deixou de desejá-la só para si.

A força desse pensamento me atinge como um soco no estômago e me sinto ofegar, dividido entre o desejo e um senso protetor. *Não*, nego a mim mesmo. *Não*, repito, afastando esses pensamentos de mim.

— Daniel, bebe um pouco e se acalme. — George aparece não sei de onde e empurra um copo de uísque na minha direção. Pego o copo da mão dele e viro de uma só vez, sentindo o líquido queimar na minha garganta.

Depois de engolir a bebida, me viro para Rafe, que ainda está ali por perto:

— Rafe, eu a quero fora do palco em quinze minutos, com ou sem o crítico. Estou muito puto. Você não tinha o direito...

— Sou tão dono do bar quanto você — ele fala sem elevar a voz, mas o brilho em seu olhar é de quem está com tanta raiva quanto a que estou sentindo. Ainda que seja por outro motivo. — Se você ou o Zach tivessem atendido à *merda* do telefone quando o Snash largou tudo, eu teria conversado com vocês. Mas não. Vocês estavam ligados só na porra da expansão e não me deram a mínima.

Quando ouço Rafe começar a xingar, tento me controlar, pois sei que ele está chegando no limite. E ele é a última pessoa com quem quero brigar.

Ando mais algumas vezes pelo corredor, mas George me segura pelos ombros e me empurra em direção a uma cadeira até que eu me sente.

— Danny, sente-se aqui — ele fala baixinho, como se estivesse fazendo uma sugestão e não me empurrando para a cadeira. — Respire fundo. Meu querido, desse jeito, você vai enfartar. E não chegou nem aos trinta. Ainda bem que nenhum cliente entra aqui ou eles iriam ficar assustados. Seu cabelo está tão bagunçado que parece que passou por um furacão.

Ele se abaixa e eu encaro os seus olhos azuis, que parecem repletos de bondade ao me encararem de volta. Suspiro, me sentindo perdido.

— George, como você deixou que isso acontecesse? — pergunto a ele, baixando a cabeça e a apoiando nas minhas mãos.

— É o sonho dela.

— Sonho? Mostrar o corpo num vestido curto e justo em cima da porcaria de um palco? — estouro, falando a primeira coisa que me vem à cabeça.

George revira os olhos e me encara como se estivesse falando com uma criança.

— Você está aborrecido por ela cantar ou porque ela está usando um vestido curto? — ele pergunta e eu bufo de raiva. — Ela é uma mulher linda, Daniel. Merece usar roupas que a valorizem. Além do mais, a Julie não é mais uma menina. É uma mulher. Uma mulher adulta.

Quando o ouço falar isso, eu me lembro mais uma vez do que senti quando entrei no bar e a vi. Não sei o que me aborrece mais: ela estar cantando, a roupa curta ou a reação que eu tive.

— Além disso — George continua, me afastando dos meus pensamentos —, esse seu pensamento machista está totalmente ultrapassado.

Franzo o cenho para ele, mais irritado do que antes.

— Eu não sou machista! — protesto e George ri.

— Ah, não? Esse papo de ela não poder fazer o que ela quer, nem usar a roupa que ela quer, é o quê?

Minha cabeça gira com tantas informações e acusações. *Não sou machista. Só estou cuidando dela... não é?*

Você está querendo ela para si, aquela vozinha lá no fundo se eleva, falando verdades que não quero encarar.

Vejo um movimento à minha frente. É Rafe, que está indo até o palco anunciar o intervalo. A banda passa rindo e conversando pelas cortinas que separam o palco do *backstage*. Em seguida, sai o idiota do Alan segurando a mão da minha mulh... irm... Ah, merda. A mão da Julie.

Eu me levanto da cadeira e vou em direção aos dois como se estivesse possuído. Quando Julie se dá conta da minha presença, arregala aqueles lindos olhos azuis. Alan tenta escondê-la atrás de si, mas só consigo pensar em tirá-la de perto desse imbecil.

— JULIETTE, MEU ESCRITÓRIO, AGORA! — grito sem esperar uma resposta. Seguro o braço dela e a arrasto comigo.

Eu a conduzo para dentro da sala e bato a porta com força. Estou muito irritado e, ao mesmo tempo, desesperado.

— Mas que merda, Julie. Não falei que não te autorizava a cantar aqui?

— Daniel! — ela protesta, elevando a voz e cruzando os braços. É a primeira vez que ela me enfrenta dessa forma. — Você não está sendo razoável. Eu não tenho mais quinze anos para que você mande em mim. Sou uma adulta agora. Uma mulher.

Não posso negar que sua firmeza me excita. Suas palavras me atingem com a força de uma tijolada na cabeça. A consequência disso é que sou tomado por um turbilhão de sentimentos que jamais senti. Um turbilhão com o qual nem sei como lidar. Não sei o que essa mulher que floresceu diante dos meus olhos em um piscar de olhos faz comigo. Não posso ouvir sua voz que me sinto possuído por desejo. Enquanto seus olhos incendeiam de irritação e sua pele fica corada pela raiva, não vejo mais nada na minha frente. Só o desejo enlouquecedor. Algo que nunca senti por ninguém. Que nem sabia que era possível sentir.

    A capacidade de raciocínio me abandona. Simplesmente atravesso a sala e a empurro contra a porta. Seu perfume toma conta dos meus sentidos. E tudo o que quero é provar sua boca e fazê-la gemer no meu ouvido. Que é exatamente o que ela faz.

    — Dan...

    Eu a beijo com força, engolindo o que quer que ela fosse dizer. Ela envolve os braços ao redor do meu pescoço, me puxando para mais perto. Minhas mãos parecem ter vontade própria e percorrem seu corpo enquanto nos beijamos de forma selvagem.

    Não penso em nada a não ser em ter seu corpo nu colado ao meu. Seguro seu cabelo com força, sem afastar nossas bocas, enquanto a mão direita encontra a barra do vestido curto. Ela empina o corpo, facilitando para que eu levante a saia. Minha mão encontra uma calcinha muito pequena. Passo os dedos por cima da peça e sinto a evidência da sua excitação. A razão já me abandonou há muito tempo. Tudo o que restou foi o desejo. Puro, cru e intenso. Afasto a mão que estava segurando seu cabelo e, com as duas mãos, rasgo a calcinha que atrapalha o meu objetivo. Jogo o que restou no chão e passo os dedos entre suas coxas.

    Ela se surpreende e me dá um olhar tão excitado que não consigo me impedir. Não posso parar. Elevo seu corpo contra a porta, apoiado no meu. Ela envolve as pernas ao redor da minha cintura e eu começo a explorar sua intimidade com a ponta dos dedos.

    Eu a penetro com um único dedo. Ela geme em meu ouvido. Enfio mais um, pressionando o clitóris com o polegar.

    — Você está tão molhada — falo, puxando-a para um beijo. A essa altura, meu pau implora para se unir a ela.

    Julie empurra seu corpo contra a minha mão. Eu mantenho o ritmo e a sinto enrijecer e ofegar. Meus dedos entram e saem com mais velocidade. Ela geme mais alto, murmurando meu nome enquanto o orgasmo a atinge com força.

— Ahhh... Danny!

Quando ouço o meu nome sair dos seus lábios, me sinto partir em mil pedaços. E então só consigo pensar: *Que merda eu fiz?*

Tiro os dedos de dentro dela e a coloco no chão. Ela me olha, ainda ofegante do clímax, com os olhos nublados de prazer. Ao mesmo tempo, parece confusa. Abaixo seu vestido rapidamente, antes que a coragem me abandone, e me afasto sem conseguir encarar seus olhos.

Que merda eu fiz?

— Danny?

Ouço o som de alguém batendo à porta. É Rafe quem chama do outro lado.

— Daniel, libera a Julie. Ela precisa voltar a cantar. Os clientes estão impacientes e o crítico do *LA Times* ainda está aqui.

Continuo de costas, me sentindo arrasado e, ao mesmo tempo, excitado e querendo mais.

Que merda eu fiz?

— Danny? — Julie me chama de novo, com a voz trêmula, e me sinto ainda mais miserável por assustá-la assim.

— Vai, Julie. Volta pro palco.

— Danny, mas...

— Vai, Julie! — falo mais alto, com raiva de mim mesmo por permitir que ela volte para lá, onde todos os caras presentes vão desejar fazer o mesmo que eu.

Passo a mão na cabeça, pensando mais uma vez: *Que merda eu fiz?*

Eu a ouço respirar fundo e é como se ela estivesse buscando força dentro de si para me responder:

— Tudo bem, eu vou voltar pro palco. Mas nós vamos conversar sobre isso. Não vou abrir mão de cantar só porque você não quer. Chega disso. Se não for aqui, vai ser em outro lugar — ela avisa, e me sinto desesperado com a ideia de ela cantar em outro lugar onde eu não possa estar por perto para ouvi-la.

Ouço a porta se abrir e bater com força. Olho para trás, mas ela já se foi. A confusão, o desejo, o medo e a raiva de mim mesmo tomam conta do meu ser. Fico sozinho na sala, com seu perfume enlouquecedor e a calcinha rasgada no chão. Abaixo e pego a peça de renda.

Vou até a bancada perto da minha mesa e abro a garrafa de uísque. Encho um copo e viro de uma vez, tentando me preparar para o que virá pela frente.

Olho para a calcinha rasgada em minha mão e me convenço de que preciso aprender a pensar mais com a cabeça e menos com o pau.

***

Julie

Saio da sala de Daniel batendo a porta com força, como se mil demônios corressem atrás de mim. Empurro Rafe, que estava no caminho, e vou direto para o banheiro feminino, rezando para que esteja vazio. Não sei como, mas depois do que aconteceu dentro daquela sala, meu lado prático assume o controle, e tudo que consigo pensar é em me olhar no espelho e ver se consigo consertar o estrago.

Entro no banheiro e tranco a porta. Ao me olhar no espelho, levo um susto. Meu cabelo está uma verdadeira confusão. Não tenho mais batom e minha boca, meu rosto e meu pescoço estão vermelhos.

Marcas dos beijos de Daniel.

Não quero pensar em nada disso agora, ou não vou ter condições de subir no palco. E eu vou subir, ele querendo ou não.

Ouço uma batida na porta e a voz de George chama meu nome.

— Julie, meu bem, posso entrar?

Abro a porta para ele, que me olha de cima a baixo.

— Preciso de um pente. E de maquiagem.

Ele ergue sua maleta mágica.

— Estava no meu carro. Ainda bem — ele diz, com um sorriso carinhoso.

Aceno em concordância, enquanto ele me empurra até uma cadeira e começa a arrumar meu cabelo.

— Quer conversar sobre isso?
— Não.
— Tudo bem. Você vai voltar para o palco?
— Vou.
— Vai continuar monossilábica e me deixando morto de curiosidade?
— George, estou tremendo, com raiva, com vontade de socar alguém, descabelada, arranhada e sem calcinha. Acho que tenho o direito de ficar um pouco quieta, não?
— Ah. Meu. Deus! — George exclama e fica boquiaberto. Paralisado. Foram poucas as vezes que o vi perder a fala. Ele fica uns dez segundos nesse estado catatônico até que cai em si, sacode a cabeça e volta a arrumar o meu cabelo. Tento me distrair, murmurando a próxima música de hoje, mas meu corpo não para de tremer e fica cada vez mais difícil me concentrar. George percebe e toma conta da situação. Vai até a porta e chama Rafe.

— Ela vai voltar? — ele pergunta a George.
— Vai. Só precisa de uns minutos, um shot de tequila e um café quente. — Se Rafe estranha esse pedido, ele não demonstra.
— Pra que a tequila? — pergunto, quando ele volta a me arrumar.
— Pra você parar de tremer.
— E o café?
— Pra você tomar depois da tequila e não ficar bêbada enquanto canta.

George volta a arrumar meu cabelo. Uma batida à porta nos interrompe. Ele abre e se depara com Rafe, que trouxe o pedido.

— Obrigado. Mais alguns minutos e ela já estará de volta.

Rafe acena concordando e George retorna, me entregando a tequila. Viro de uma vez e ela desce queimando.

— Merda.
— Deixa descer enquanto eu termino o cabelo. — Ele tenta dar um jeito no ninho de pombo que meu cabelo se tornou. Aos poucos, meu corpo começa a relaxar e paro de tremer. Então ele se posiciona

na minha frente e retoca a minha maquiagem rapidamente. Antes de aplicar o batom, ele me entrega o copo de café. Quando começo a beber, ele se ajoelha para ficar na altura dos meus olhos e fala:

— Garotinha, chegou a hora da virada. — Seu tom é firme, como o de um técnico orientando o seu time durante os minutos finais de uma partida. — Não sei o que aconteceu naquela sala, nem vou te pressionar para falar. Vou esperar até que você se sinta confortável para me contar, mas consigo imaginar. Você vai sair deste banheiro agora, com toda a dignidade do mundo, e vai subir naquele palco e cantar lindamente, como se a sua vida dependesse disso. Vai dançar e flertar com Alan, o Gostoso. E, quando o show acabar, você vai embora, sem dar um pio para o Daniel. Vai dormir e descansar, porque de manhã faremos uma reunião de emergência na sua casa para traçar um plano de ação.

— George, do que você está falando? — pergunto, confusa. *Beijo e amasso com Daniel, tequila, plano de ação.* É coisa demais para a minha cabeça neste momento.

— Nós vamos fazer esse homem comer na sua mão. Ou eu não me chamo George Preston.

***

Sigo as instruções do meu melhor amigo e saio do banheiro pisando firme a caminho do palco. Quando estou quase chegando, Alan me intercepta, me pegando de surpresa.

— Lind...

— Alan, por favor, agora não.

— Você está bem? — ele pergunta, soando verdadeiramente preocupado.

— Estou. Mas não quero conversar. Quero me concentrar para voltar a cantar.

— Certo. Se precisar de alguma coisa, seja o que for, sabe que estou aqui, não é?

— Sei, sim, obrigada. — Eu me afasto dele, voltando ao palco fazendo cálculos mentais de onde eu teria de me posicionar para que a plateia não visse o que não deveria por baixo do meu vestido, já que aquele, *cujo nome não quero mencionar*, rasgou a minha calcinha nova.

A banda sobe no palco atrás de mim e recomeçamos o show. Olho ao redor do salão e o vejo, encostado no balcão, sem tirar os olhos de mim. Desvio o olhar, me lembrando de que temos um crítico do *LA Times* na plateia para me ver, e tento manter o foco, sabendo o quanto isso pode ser crucial para a minha carreira que mal começou.

O show prossegue, eu canto e danço com Alan durante várias canções. O público vibra e dança conosco, cantando junto a maioria das músicas.

O show se aproxima do final e combinamos de fechar com um dueto. A música escolhida foi "Need You Now", de Lady Antebellum. Alan e eu cantamos virados um para o outro, dando ênfase a toda emoção que essa música merece.

Desvio o olhar de Alan e, automaticamente, acabo olhando para Danny. Ele parece irritado de novo ao ver o clima de sedução no palco. Dou de ombros e continuo cantando. Fecho os olhos e a imagem do homem selvagem que me tomou contra a porta do escritório me vem à cabeça outra vez. Ele me assusta e me excita ao mesmo tempo. Acho que estou ficando louca. Só pode ser isso.

A música vai chegando ao fim. Alan solta a guitarra, que está pendurada no ombro, e incentiva a plateia a cantar e bater palmas. Olho para ele e sorrio, animada com a participação de todos.

No último verso da canção, vem uma surpresa: ele segura minha mão, me puxa para mais perto, me inclinando em seus braços, como se eu fosse uma daquelas princesas da Disney ao ser beijada pelo príncipe encantado... exceto pelo fato de que ele está mais para lobo mau. Alan me olha nos olhos e murmura com os lábios bem pertinho dos meus:

— Eu disse que hoje você seria minha.

CAPÍTULO NOVE

Santo Rafe! Preciso me lembrar de incluí-lo em minhas orações.

Quando penso que tudo está perdido e que Alan vai me beijar na frente desta multidão — e pior, na frente de Danny, o que deixaria as coisas mais tensas entre nós —, Rafe aparece para me salvar como um príncipe em um cavalo branco.

Quando Alan me segurou, entrei em pânico, e por dois motivos. Primeiro, com medo de que alguém visse o que não deveria, já que o vestido era curto e a calcinha estava em falta. Segundo, a cara que o Danny fazia quando nós dois estavamos apenas cantando já não era boa. Eu não queria nem imaginar a explosão que ele teria com um beijo na boca no final do show.

No momento em que Alan disse que hoje eu seria dele, Rafe entra no palco e agradece aos músicos pelo show, interrompendo o romantismo súbito do meu companheiro de banda. Aproveitando a deixa, agradeço à plateia e saio do palco mais rápido que um foguete. Não paro para falar com ninguém. Puxo George, que estava me esperando no backstage, e então vamos embora pela saída dos fundos.

Só quando estamos dentro do carro, já no caminho para casa, percebo ter esquecido minhas coisas na sala de Danny. Não trouxe nem a carteira.

— George?
— Oi, querida.
— Minhas coisas ficaram lá — digo, com um tom triste.
— Eu pego pra você amanhã, garotinha.

Assinto e continuo quieta, pensando em tudo e, ao mesmo tempo, em nada. Em pouco tempo, George para o carro em nosso condomínio e me acompanha até a porta de casa.

— Quer que eu fique com você? — ele pergunta, preocupado. Estou muito quieta e ele sabe que esse não é o meu normal.

— Não, amigo. Acho que preciso ficar um pouco sozinha. Obrigada.

Ele sorri, me dá um beijo na testa e vai para casa.

Vou direto para o banheiro, tiro a maquiagem e tomo um banho quente. Só ali, sozinha debaixo do chuveiro, me permito pensar em tudo o que aconteceu. Não consigo entender o que levou Daniel a agir daquele jeito no escritório.

Vi em seus olhos um desejo profundo, como jamais havia visto. Ele me olhou como se quisesse me devorar e não pudesse ter o suficiente de mim. Seus beijos foram muito mais intensos do que eu imaginava. A sensação dos seus lábios nos meus foi perfeita. Seu toque me proporcionou um prazer como jamais experimentei, mas a lembrança do seu olhar assustado no fim de tudo me faz cair em lágrimas. Me sinto como se meu castelo de areia tivesse desmoronado com uma onda. Ele me soltou de repente e parecia arredio, como se me tocar fosse a coisa mais horrível que já havia feito na vida. Se eu tinha alguma esperança de que poderíamos ter um futuro juntos, acho que ela morreu ali.

Quando já chorei tudo que poderia chorar, fecho o chuveiro, me seco e visto uma das camisolas de renda que eu e George compramos. Ela me deixa ainda mais deprimida, agora que sinto que Daniel escapou pelos meus dedos. Só que, quando procuro outra coisa, vejo que meu melhor amigo jogou fora todas as minhas camisetas de desenho animado.

Vou para a cama, assombrada por olhos profundamente verdes e pelo silêncio total da casa ao lado.

＊＊＊

Bum! Bum! Bum!
Acordo assustada com o barulho de algo batendo.

Bum! Bum! Bum!

Olho para o relógio. Quatro e meia da manhã. Quem está fazendo tanto barulho a esta hora? O condomínio deveria...

Bum! Bum! Bum!

— Julieeeeeeeeeeee! — alguém grita meu nome enquanto as batidas continuam.

Bum! Bum! Bum!

Ah, meu Deus! Esse barulho é na minha porta! Eu me levanto correndo da cama e abro a porta antes que o restante da vizinhança acorde com o alvoroço.

— Mas o que está acon... — não termino de falar. Dou de cara com Danny, bêbado, segurando a bolsa que deixei no seu escritório.

Espere aí, ele está com um... olho roxo? Sério?

— Daniel, o que aconteceu? Seu olho está roxo e você cheira a — franzo o nariz — uísque barato.

— Eu tinha que *traxer...* — ele começa a falar, com voz enrolada de bêbado, até que se distrai com alguma coisa. Sigo seu olhar e percebo que ele está encarando a camisola de renda. Me esqueci completamente do que estava vestindo. O pior é que é branca e transparente. Ah, droga!

Hum... ou não.

— *Daniel!* — eu o chamo. — Estou aqui em cima — falo, e ele desvia o olhar dos meus seios e volta a encarar meu rosto.

— Oi? — ele fala e abre um sorriso meigo para mim. — Você *eshhh* tão linda. Estou com *vuntaxiii* de levar *voxê* pra cama.

— De jeito nenhum! Você está completamente bêbado. — Me viro para dentro de casa e vou até meu quarto para vestir um robe e tentar me recompor. Quando volto, ele entra atrás de mim, tirando os sapatos. — Ei! O que você está fazendo? Pare com isso!

— *Vu durmir* abraçado com *voxê*.

— Cheirando a birita? Não mesmo! — Eu o seguro pelo braço e o levo até a porta dele. Pego a chave no bolso da calça de Daniel, abro a porta e o empurro para dentro.

Ele se senta no sofá enquanto arranca os sapatos e a camiseta. Vou até a cozinha pegar gelo para colocar no olho roxo, enquanto

repito meu mantra desta madrugada: *Não posso me aproveitar de um bêbado. Não posso me aproveitar de um bêbado. Não posso me aproveitar de um bêbado.*
— Julieeeeeeeeee!
Jesus! Ele é um bêbado difícil, viu?
— O que foi? — pergunto, voltando da cozinha, com o gelo na mão, e o encontrando deitado no sofá... de cueca!
Me aproximo para entregar o gelo e ele fala:
— *Voxê* é tão linda. Como *vu conxiguir* ficar longe... — E cai em um sono profundo.
Levo o gelo de volta para a cozinha e vou até o quarto buscar um lençol com um sorriso no rosto. Eu o cubro. Me inclino e dou um beijo leve em seus lábios. Ei! Não me julgue, não consegui resistir! Apago a luz e volto para minha casa pensando que nem tudo está perdido. Amanhã, como disse o George, é dia de traçar estratégias e conseguir aliados.

* * *

Apesar da agitação da noite anterior, acordo bem cedo. Estou decidida a colocar meu plano em ação, mas vou precisar da ajuda de George e Jo. Eles vão me matar por causa da hora, mas não vou esperar mais tempo passar. Ligo primeiro para o celular de George.
— Arghhhh.... — ele resmunga quando atende ao telefone. — Garotinha, explodiu uma bomba ou a Terceira Guerra Mundial? Por que você está me ligando às seis e meia da manhã?
— Reunião de emergência, lembra? Levante seu traseiro da cama. Estou passando por aí daqui a vinte minutos para irmos à Starbucks. Presença obrigatória.
— Uau! Temos uma mulher em uma missão. Muito bem. Em vinte minutos estarei pronto.
Jo não atende ao telefone. Insisto mais uma vez. Seis toques depois, ouço finalmente sua voz:
— Aconteceu alguma coisa, Julie?
— Preciso de você na Starbucks em vinte minutos.

— Ah, jura? O que houve? É que eu estou meio... — Ela não consegue completar, pois sua atenção parece ser interrompida por uma voz masculina ao fundo.

— Jo? Quem está aí com você? — pergunto, chocada. Ela não está namorando nem saindo com ninguém. Quem será que está com ela?

— Ninguém, é a TV. Em vinte minutos estarei lá. Beijos.

E então ela desliga na minha cara! Fico chocada! Termino de me arrumar e saio, encontrando George em frente à casa dele.

— Garotinha, o que houve? Está com uma cara de assustada.

— Não sei... fiquei cismada com uma coisa, mas deixa pra lá. Vamos tomar nosso café.

Acho melhor não falar nada com George a respeito de Jo, ou ele vai conduzir um interrogatório até que nossa amiga conte o que está acontecendo. E eu, mais do que ninguém, sei que às vezes precisamos de um tempo para falar sobre certos assuntos.

Quando chegamos ao café, Jo já está nos esperando. Nos abraçamos, pedimos nossos tradicionais cappuccinos com baunilha e nos sentamos em uma mesa ao canto, mais afastada das outras.

Começo a contar o que aconteceu, mas sou interrompida por Jo, que ergue a mão direita e faz uma careta para mim.

— Por favor, por favor! Me poupe dos detalhes... hum... picantes. Ele é meu irmão! Eca!

Abro a boca para responder, mas sou interrompida por George, que segura minha mão e fala em tom conspiratório:

— Meu bem, pode me contar tu-di-nho. Nos mínimos detalhes, que eu não me importo.

Reviro os olhos e continuo a contar — sem os detalhes, é claro —, incluindo até mesmo a ida dele à minha casa de madrugada.

— Precisamos traçar um plano de ação. Antes, eu não sabia se poderia ter alguma chance com ele, mas, depois desta madrugada, tenho certeza de que, se eu agir direito, consigo conquistá-lo.

— E o que você está pensando em fazer? — Jo pergunta, parecendo confusa. Quando abro a boca para responder, George o faz por mim.

— Ela vai continuar cantando lá no bar. Usando aquelas roupas curtas e maravilhosas. E vai arrumar um namorado novo. Um que vai deixar Danny enlouquecido.

— Namorado?! — eu e Jo perguntamos em uníssono.

— Sim. Você vai ter um caso com o Alan. Um caso falso, mas o Danny Boy não precisa saber desse detalhe, é claro. — George abre o sorriso do gato da Alice. Tenho medo quando ele faz isso.

— Não posso enganar o Alan! — digo, chocada.

— Você não vai. Ele vai te ajudar.

— Como você sabe disso? — pergunto, e Jo olha para nós dois, parecendo não acreditar no plano. Nem eu posso acreditar. Você consegue?

— Vamos ligar para ele a-go-ra — George afirma, já digitando o número de Alan.

— George! — eu e Jo falamos ao mesmo tempo, de novo.

Mas, obviamente, ele não nos dá a mínima.

— Alan? Querido, é o George. Estou te aguardando na Starbucks perto de casa, com as meninas, para falar de um assunto do seu interesse. Certo, perfeito. Tchauzinho. — Ele desliga e olha para nós duas. — Ele está vindo. Não se preocupem. Vai dar tudo certo.

Ele muda de assunto, nos deixando com a pulga atrás da orelha sobre seus planos, mas sabemos que não adianta insistir: George não vai nos contar o que vai fazer.

Meia hora depois, Alan entra no café e soltamos um gemido coletivo. Seu olho está roxo, parecendo ainda pior que o de Danny. E ele parece andar com um pouco de dificuldade também. Deus, o que aconteceu?

— Oi, pessoal! — ele nos cumprimenta e se senta ao meu lado. — Linda, tudo bem?

— Tudo — respondo, observando seu olho roxo mais de perto. — O que aconteceu na noite passada? — pergunto, apontando para o hematoma.

— Depois que saí do palco, o Daniel estava me esperando nos bastidores. Nós discutimos e ele me deu um soco. Eu revidei e a gente se embolou um pouco até que os caras da banda e o Rafe nos separaram.

Nós três olhamos para ele boquiabertos.

Ele dá de ombros.

— Você sabe que estou a fim de você. Não vou aceitar que um idiota me diga o que eu posso ou não fazer. — Ele se vira para Jo, ergue uma mão, pisca para ela e fala: — Nada pessoal, gatinha.

Ela revira os olhos em resposta.

— Alan, preciso ser sincera com você — falo, sobrecarregada com tudo o que ele disse. — Eu realmente gosto de você. Te acho um cara legal, lindo, e qualquer mulher gostaria de ter uma chance de ficar com você. Mas não posso mentir. Eu amo o Danny. Sempre amei. Ele é o homem da minha vida, apesar de não estar convencido disso.

Ele inclina a cabeça para o lado direito e parece considerar o que falei.

— É óbvio que você merece alguém que realmente te ame e que queira um relacionamento. — Ele estremece, parecendo desgostoso só de pronunciar a palavra. — Se você quiser ficar comigo, prometo que teremos momentos incríveis, mas... eu não quero compromisso.

— E eu não quero um relacionamento casual que não vai me levar a lugar algum. Quero o Daniel — digo, convicta, e ele ri.

— Qual é o problema dos homens de hoje em dia, que não querem compromisso? — Jo pergunta, parecendo aborrecida.

Alan dá de ombros e abre aquele sorriso sensual que faz as mulheres suspirarem. Inclusive as presentes na mesa. Estou apaixonada, mas não desatenta, né?

George se ajeita na cadeira, se inclina de leve para a frente e fala para ele, em tom sério:

— Bem, já que vocês se entenderam, temos uma proposta de negócios pra você.

Eu olho para ele mortificada. Meu Deus, o que esse louco vai propor?

— Claro, George — Alan responde. — Do que vocês precisam?

— De você, basicamente.

— De mim? — ele pergunta, com a sobrancelha arqueada, parecendo curioso.

— Precisamos de um namorado falso para nossa amiga sacudir as coisas com Daniel.
— Eu não quero ajudar esse cara. — Alan cruza os braços, parecendo um garotinho birrento.
— Você não vai ajudá-lo, vai ajudar a Julie.
— E o que *eu* ganho com isso?
— Do que você precisa?
Alan parece considerar por um tempo, enquanto Jo e eu assistimos a essa rápida negociação como se fosse uma partida de pingue-pongue. Seria cômico se não fosse trágico. Por mais que eu quisesse arranjar uma forma de conquistar o Daniel, era estranho ver a naturalidade com que George e Alan discutiam como e quando eu beijaria Alan pelas próximas semanas. Eu teria, basicamente, um namorado de aluguel.
— Quero uma guitarra nova e um baixo.
— Te dou uma guitarra, o baixo é demais.
— Então tem que ser uma Gibson Firebird X vermelha.
— Só vou te dar ao final de tudo.
— E quero o direito de beijar Julie quando eu achar necessário.
— Sem língua.
— Amasso pode?
— Sem amasso e sem sexo.
— Tudo bem. Temos um acordo.
Os dois apertam as mãos, olhando nos olhos um do outro, como se tivessem selado a paz mundial, e não um acordo ridículo de um namorado de mentirinha para mim.
Tentando retomar o controle — que percebo agora que nunca tive nesta situação —, falo:
— Alan, você vai precisar ficar preso a mim por algumas semanas...
Ainda estou atordoada demais com a conversa entre os dois.
— Linda, eu disse que não queria um relacionamento, mas nunca disse que não gostaria de tê-la nos meus braços. — Ele pisca para mim. — Vou adorar ver aquele idiota do Daniel engolir o orgulho dele.

Ele se vira para George e diz:

— Prometo que não vou tirar vantagem dela.

— Perfeito! — George levanta a mão para Jo, que bate a palma na dele, como se tivessem feito um golaço.

Alan se vira para mim e diz:

— Sabe, linda, eu teria feito isso de graça só para poder te beijar.

— E por que não fez?

— Bem, além dos seus beijos, ganhei uma guitarra. Você conquista o Daniel, e eu fico com algo para me consolar.

Solto uma risada.

— Até parece que não terá uma fila de garotas dobrando a esquina do After Dark para te consolar.

— Ah, mas eu estarei triste por ter sido chutado e ficado com meu coração partido. Vou merecer todo o consolo que conseguir, além da chance de tocar músicas de dor de cotovelo numa guitarra irada. — Ele pisca de um jeito sedutor.

Droga, é melhor que o Danny se decida logo.

— Agora que *vocês* já se acertaram — digo, apontando para Alan e George —, vamos traçar o nosso plano de ação.

Nos aglomeramos na mesa e começamos a combinar os detalhes. Ah, Deus, só espero que isso dê certo.

Três horas depois, saímos do café. George e Jo se despedem de mim e de Alan, e cada um vai resolver suas coisas. O guitarrista bonitão se prontifica a me levar para casa.

* * *

Seguimos até meu condomínio. Durante o percurso, nossa conversa, obviamente, recai no assunto música, e estamos bastante empolgados falando sobre instrumentos musicais quando, inesperadamente, Alan para, enfia meu cabelo para trás da minha orelha, toca em meu rosto e se inclina, roçando os lábios nos meus enquanto murmura:

— Se eu não fosse o tipo de homem que gosta de liberdade, eu poderia me apaixonar por você. O cara parado na porta ao lado é um cara de sorte.

Ah, meu Deus! Danny está ali, nos vendo. Fico sem reação, mas Alan assume o controle da situação e aprofunda o beijo. Depois, ele o interrompe tão inesperadamente quanto começou, e fala em um tom alto o suficiente para Danny ouvir:

— Vou passar aqui por volta das seis para o nosso primeiro jantar como namorados, linda. — Ele me dá um beijo, pisca e vai embora.

Mal dou dois passos em direção à minha porta quando Danny vem até a mim.

— Julie, o que significa isso?
— Isso o quê? — pergunto, me fazendo de desentendida.
— Esse cara te beijando.
— Alan? Ele me pediu em namoro e eu aceitei. — Ele fica pálido por baixo do olho roxo.
— Namoro? Aceitou? Depois de ontem?
— Ontem? O que tem ontem, Danny?
— Nós...
— Que "nós", Daniel? Você me tomou contra a porta do seu escritório e depois me largou como se eu tivesse alguma doença contagiosa e me mandou embora. Não existe "nós". Você não me quer, o Alan sim. Agora, me dê licença, que preciso descansar para minha noite romântica.

Sigo para minha casa, deixando-o parado de boca aberta.

Julie 1 × 0 Danny Boy.

CAPÍTULO DEZ

Daniel

Duas semanas se passam e continuo mal-humorado. Afinal, para todo lugar que eu olhe, a Julie — que deveria ser *minha* — está com o "namoradinho". Alan aparece em nosso condomínio quase todos os dias. Nas noites em que eles fazem show, ele a segura no palco, a beija e abraça, fazendo a plateia suspirar, e me deixa cada vez mais confuso e com raiva.

Tenho passado a maior parte do tempo trancado no escritório ou sozinho em casa. Nos dias de show, me sento no bar e a vejo cantar. Não sinto fome nem vontade de conversar com ninguém, apesar da insistência de Rafe e Zach para que eu me abra. Acho que nunca me senti tão infeliz.

Eu não deveria me sentir assim, afinal, sempre fiz de tudo para me manter longe dela. Mas cada vez que vejo Alan tocar no seu corpo sinto meu sangue ferver. Não consigo parar de pensar no que eu chamo de *incidente*. No desejo intenso, na forma como eu a fiz sentir prazer e em como aquilo parecia tão errado e, ao mesmo tempo, tão certo.

Mas foi a noite passada que me deixou mais arrasado.

Os dois pombinhos passaram a noite como cães no cio até que não aguentei e fui até o apartamento dela. Bati na porta com força até os gemidos pararem. Julie abriu a porta. Estava com os cabelos desarrumados e vestida com a camisola mais sexy que eu já vi na vida.

Fiquei lá parado, boquiaberto, olhando para ela, sem reação.

— Danny, o que você quer? — ela perguntou, e sua voz soava levemente irritada.

— Julie, eu... err... — Eu parecia um idiota, mas não conseguia organizar os pensamentos quando a vi assim, tão... sedutora.

— Isto não é hora de bater na casa de ninguém, Daniel. Não me leve a mal, mas estou ocupada. Amanhã nós conversamos.

— Mas... Jul... — Ela bate a porta na minha cara e fico balbuciando como um peixe no aquário.

Merda!

Os gemidos recomeçam e eu só penso que aquele idiota está com ela quando deveria ser eu. Ela devia estar gritando o meu nome.

Ah, merda, estou ferrado mesmo.

Agora estou sentado em meu escritório, olhando para a janela sem ver nada, me lembrando do episódio da madrugada quando uma batida à porta me tira da minha divagação.

— Entre — falo, já mal-humorado. Não sei mesmo o que está acontecendo comigo. Sempre fui um cara brincalhão, divertido, mas agora estou parecendo um animal raivoso. Zach entra na sala e me observa com uma cara estranha.

— Cara, o que está acontecendo? Você está horrível. E... — Ele para de repente e começa a cheirar o ar. — Você tem tomado banho? Esta sala está cheirando a cachorro molhado. Olha a sua cara. Está com a barba por fazer e o cabelo bagunçado. — Ele franze o cenho. — E essa camisa amassada? Você esqueceu de passar antes de se vestir?

Eu realmente não me lembro se tomei banho ou não.

— Eu... não sei — respondo e o encaro, constrangido.

— Você vai levantar o seu traseiro dessa cadeira agora e vai para casa tomar um banho, ou vai acabar espantando os clientes com esse cheiro ruim. E também vai se barbear. Que merda, Danny! Se o seu problema é o novo casalzinho, você vai ter que resolver isso!

— Eu não sei o que fazer... ela... ela...

Balanço a mão, desistindo de falar. O desânimo é tanto que nem consigo colocar em palavras tudo aquilo que comprime meu peito.

— Ah, droga. — Zach se aproxima e me puxa pelo braço. — Vamos embora. Vou te ajudar. Você vai recuperar a sua garota.

— Está bem — falo enquanto o acompanho, mas sem muita confiança.

Zach me leva de carro para casa e no caminho conversamos sobre assuntos aleatórios. *Conversamos*, não, ele vai falando e eu só fico ouvindo. Estou cansado demais para conversar.

Chegamos em casa e ele me empurra para o banheiro apesar da minha vontade de entrar debaixo do meu edredom vermelho. Enquanto me preparo para o banho, Zach vai em direção à cozinha, provavelmente fazer algo para o almoço. Ele cozinha muito bem e, se não tivéssemos aberto o After Dark, com certeza seria chef ou algo assim.

Entro no chuveiro, tomo um longo banho quente. Faço a barba que, realmente, já estava gigante. Visto uma roupa limpa e, quando saio, meu amigo está me esperando com a mesa posta e a comida pronta. O cheiro do molho de tomate sobre a massa anima meu estômago, e percebo que estou com fome pela primeira vez após dias sem me alimentar direito.

Só depois que começo a comer Zach inicia o interrogatório:

— O que está acontecendo?

— Não sei. Acho que estou… estranho.

Solto um longo suspiro e conto tudo para ele, desde o momento em que a vi cantando no vídeo até os acontecimentos da noite passada.

— Desde que vi aquele vídeo, a minha vida nunca mais foi igual. Não sei o que estou sentindo, se é desejo acumulado ou algo além disso. Eu só sei que ver a Julie com ele está me matando.

— Entendo. Mas você precisa agir. Ficar aí, pelos cantos, não vai resolver.

— O que eu vou fazer, Zach? — Passo as mãos no cabelo, sem saber que atitude tomar.

— Eu vou te dizer o que você vai fazer.

***

Julie

Duas semanas depois do início da missão, eu e George fomos almoçar para que eu pudesse fornecer os "relatórios" que ele exigia de mim.

— Como estão as coisas, querida? Fico imaginando como você está lidando com a dureza de fingir ser namorada do Alan, ganhar beijos e lambidas dele... ai, ai...

— George! — eu o repreendo.

— O que foi? — ele me pergunta, com uma expressão inocente. Cínica. — Conta tudo para o titio George. Quero saber de tudo!

— As últimas semanas foram... estranhas. O namoro de fachada começou e...

— Estou sabendo. Não se fala em outra coisa no After Dark além dos beijos que o Alan te dá no palco. Dizem que as fãs estão AR-RA-SA-DAS — ele fala e eu reviro os olhos.

— Nem vem. Antes que você fale mais alguma coisa, ele me respeita muito.

— Jura? Que pena...

Não consigo segurar o riso. Que figura, meu Deus.

— Bom, quanto ao Danny... Ele não parece bem. Na verdade, tem estado abatido, com a barba por fazer e me olha como se tivesse perdido o melhor amigo.

— Sabe o nome disso, meu bem? Ciúmes. Era exatamente o que a gente queria! — ele fala e bate palmas.

Jo chega neste momento, toda arrumada, vinda direto do fórum.

— Já almoçaram? Estou morrendo de fome. — Ela já vai assaltando a cestinha de torradas que o garçom deixou como entrada.

— Já fizemos o pedido, meu bem — George fala e chama o garçom.

Eu e George olhamos um para o outro, surpresos com o tanto de comida que Jo pede. Algo parece errado. Ela só come assim quando tem algum problema ou quando está ansiosa.

— Amiga, está tudo bem com você? — pergunto, preocupada.

— Sim, por quê?

— Nunca vi você comer tanto!

— Só estou com fome. Do que vocês estavam falando? — ela desconversa.

— Estávamos falando do seu irmão — George responde, com a sobrancelha arqueada.

— Falei com a minha mãe hoje — Jo relata. — Ela está preocupada com ele. Eu tive que fazer de conta que não sabia o que estava acontecendo.

— Ótimo — George fala enquanto bebe seu vinho.

— Coitadinho, George! O Danny nunca ficou assim.

— Coitadinho nada. Coitadinho de mim que tenho que criar um plano mirabolante para que ele acorde e vá atrás da garota que ele quer. — George revira os olhos e, em seguida, volta seu foco para mim: — Agora, quero saber tudo sobre a operação Harry & Sally, garotinha!

Operação Harry & Sally foi o nome que George deu ao plano que Alan e eu executamos na noite passada, que recebeu essa denominação porque tínhamos que interpretar a famosa cena do filme com Meg Ryan, em que Sally finge um orgasmo sem o Harry nem sequer tocar nela. Só com gemidos. Só de me lembrar, começo a rir.

— Quero saber de TU-DO! — ele exclama.

— Ah, eu nunca fiquei tão nervosa na vida! — Dou uma gargalhada de nervoso ao me lembrar de tudo o que aconteceu.

Eu estava muito nervosa quando a campainha tocou.

— Oi, linda — Alan disse ao entrar e se inclinar para beijar meu rosto.

— Entre — falei, fazendo sinal com a mão e sentindo meu rosto esquentar. Eu tinha certeza de que estava vermelha como um pimentão.

— O que você tem? Está nervosa?

— Muito.

— Ei, fique calma. Vai dar tudo certo — ele disse, piscando para mim. Deus! Se não fosse o Daniel, eu já teria pulado em cima dele. — Fiquei pensando... ele pode vir até aqui pra me matar... Você sabe disso, não é?

— O quê? Matar? Não!

O Daniel era ciumento, mas não era um assassino.

— Eu, no lugar dele, viria. — Alan deu de ombros. — Então troque de roupa e coloque uma lingerie bonita.

Arqueei uma sobrancelha para ele, desconfiada.

— Calma, gatinha. Com todo o respeito. Se ele bater aqui, você não pode atender à porta totalmente vestida.

Concordei, ainda que um pouco incerta. Quais eram as chances de isso dar certo? Sempre fui uma péssima atriz. Deus, por que me deixei convencer pelo George?

Fui até o quarto e abri a gaveta de lingeries. Olhei tudo o que George me fizera comprar e não me senti à vontade de usar calcinha e sutiã ou um espartilho na frente de Alan.

Vesti uma camisola curta de seda, com bojo estruturado com renda em um tom de roxo que contrastava com meu cabelo muito claro. Ainda bem que não era transparente. Mas, para garantir, coloquei um robe por cima.

Cheguei à sala e Alan estava acomodado em meu sofá, parecendo muito confortável, sem camisa, com a calça aberta e de posse do controle remoto. Vai ser uma noite difícil, *pensei*.

Qualquer mulher em meu lugar se sentiria atraída se tivesse um homem sexy e seminu em seu sofá. E sei que, se eu quisesse, Alan não recusaria uma noite de prazer. Só que eu não era o tipo de garota que fazia sexo casual. Para mim, sexo estava amplamente relacionado ao amor, e ele não era o cara que eu amava.

Quando Alan me viu, sorriu e fez sinal para que eu me aproximasse. Me sentei e ele me encaixou em seus braços. Ao me acomodar, assistimos a um show do Franz Ferdinand na TV. Cantamos juntos algumas músicas e, no meio do show, o constrangimento, enfim, tinha ido embora.

Quando o show acabou, já passava da meia-noite. Estava na hora de agirmos.

— Tive uma ideia. — Alan foi em direção à cozinha e abriu a geladeira.

— O que você vai fazer? — Eu o vi pegar um pote de sorvete de chocolate belga que eu estava guardando para um momento especial.

— Como eu sei que você não vai gemer por minha causa, vou te dar um estímulo. — Franzi o cenho, mas ele pareceu não perceber minha expressão. Veio até mim, segurou minha mão e me levou para perto da janela aberta da sala, só que ainda longe o suficiente para não sermos vistos. — Preciso de uma venda.

— O quê?!

Meu Deus! Quem ele pensa que é? Christian Grey?

— Uma venda, linda. Com os olhos vendados, seus outros sentidos ficam mais aguçados, e você não vai ficar tão envergonhada.

Fui até o quarto e peguei a faixa preta de cetim de um vestido. Alan vendou meus olhos e me colocou sentada em uma cadeira. Nem tínhamos começado e eu já estava com um frio na barriga.

Uma música lenta tocou ao fundo. Reconheci a voz de James Blunt, cantando "You're Beautiful". Alan soube, realmente, como me fazer entrar no clima. De repente, senti suas mãos quentes nos meus ombros. Ele me massageou e meu corpo relaxou.

Quando eu menos esperava, Alan começou a cantar no meu ouvido. Ele tinha razão: meus sentidos estavam completamente aguçados pelo toque das suas mãos e pelo som da sua voz.

Logo depois, ele segurou meus cabelos com uma das mãos, e inclinou um pouco a minha cabeça para trás. Senti meus lábios ficarem gelados. Alan encostou a colher com sorvete em minha boca.

Não aguentei e gemi quando senti o sabor do chocolate belga.

— Isso, linda, geme mais um pouco. Assim está perfeito. — Ele me deu mais uma colherada do sorvete, segurando meu cabelo com força, e continuou falando no meu ouvido.

— Ahhhhhh... Alan... uhhhmmmmmmmm.

Meus gemidos foram aumentando enquanto ele alternava entre palavras de incentivo e colheradas de sorvete. Eu sempre soube que chocolate era afrodisíaco, mas nem nos meus sonhos mais loucos imaginei que eu pudesse ter uma experiência quase sexual envolvendo apenas sorvete de chocolate.

Até que o som de batidas na porta me assustaram.

BAM! BAM! BAM!

Nós dois paramos e puxei a venda dos olhos. Ainda estava um pouco atordoada. Eu me levantei para abrir a porta, mas Alan me parou no caminho, desamarrou o robe, sacudiu meu cabelo com as mãos e desceu um pouco uma das alças da minha camisola. Fiquei sem entender direito, ainda embriagada pela sedução do chocolate. Bem, pelo menos até abrir a porta de casa e encontrar Danny me olhando boquiaberto.

— Danny, o que você quer? — perguntei, me sentindo irritada por ele ser tão cabeça-dura. Queria que fosse ele ali dentro, me dando sorvete.

— Julie, eu... err... — Ele não conseguia tirar os olhos de mim, e pensei em bater a porta antes que eu o puxasse para dentro de casa e me esquecesse de que Alan estava lá.

— Isto não é hora de bater na casa de ninguém, Daniel. Não me leve a mal, mas estou ocupada. Amanhã nós conversamos.

— Mas... Jul...

Bati a porta. Alan se aproximou, me segurou contra a porta e sussurrou em meu ouvido:

— Feche os olhos. Imagine que tudo o que você está pensando que esse idiota poderia fazer está realmente acontecendo e geme um pouco mais alto para ele ouvir.

— Ohhhhh... Alan... — Obedeço, sem saber se eu estava horrorizada por ele ter noção do que se passava na minha cabeça ou se a situação em si me excitava.

Ele se afastou de mim, tampou o sorvete e o guardou de volta no freezer.

— O que.... o que você está fazendo? — perguntei, atordoada.

— Guardando o sorvete. Está derretendo — ele respondeu e sorriu para mim, de um jeitinho inocente, enquanto continuei lá, parada, boquiaberta e sem reação. — Linda?

— Oi?

— Pega um travesseiro pra mim?

Travesseiro?

— Pra quê? — perguntei, já desconfiada. Se ele fez aquilo com um sorvete, Deus me proteja do que ele poderia fazer com o travesseiro.

— Vou dormir no sofá. Se eu for embora agora, ele pode desconfiar — ele explicou, balançando o polegar na direção da casa em frente.

— Ahh... — murmurei. — Certo.

Ele piscou para mim e seguiu para o banheiro enquanto eu fui para o meu quarto. Na volta, nos encontramos no corredor e ele me prendeu entre seus braços contra a parede.

— Não é porque eu parei que não estou a fim, viu? Parei porque realmente gosto de você. Se você não fosse tão especial, estaria naquela cama, embaixo de mim, gemendo por minha causa, e não pelo sorvete, entendeu?

Ele olhou nos meus olhos, com os lábios muito perto dos meus.
— *Hum-hum* — *murmurei, incapaz de formar uma palavra sequer.*
— *Ótimo. Boa noite, linda.* — *Alan sorriu, com a expressão mais doce do mundo. Em seguida, inclinou na minha direção, roçou os lábios nos meus e se afastou, tomando o travesseiro das minhas mãos e indo dormir no sofá.*

— E foi isso o que aconteceu — digo, quando finalmente acabo de contar toda a história.

George me olha incrédulo, depois de ouvir calado (milagre!) tudo o que eu havia contado.

— Uau... — ele começa a falar, mas para de repente e sacode os braços de forma insistente para chamar o garçom. Olho para Jo, que está com a mesma expressão chocada no rosto. — Garçom, por favor, três doses de tequila. Rápido, por favor. Temos uma emergência na mesa.

— Amiga, estou chocada! — Jo finalmente fala. — Você realmente ama o meu irmão, não é? Porque eu, no seu lugar, teria agarrado o Alan no momento em que ele dissesse que ia me vendar. Não sei como você conseguiu resistir.

— Sim, eu amo o Danny. Amo muito. — Baixo a cabeça, fecho os olhos e respiro fundo, antes de voltar a olhar nos olhos dela e continuar falando: — Ele é o homem com quem sempre sonhei. Desde criança, quando nós duas brincávamos de casinha, eu fingia que o Danny era meu marido. Nunca pensei em viver minha vida ao lado de outro homem que não fosse ele.

— Você merece ser tudo pra ele, garotinha — George fala, com um sorriso acolhedor.

— Eu não quero ser tudo pra ele. Só quero ser a pessoa especial que vai estar ao lado dele. Aquela que ele não trocaria por nada neste mundo.

Os dois acenam com a cabeça em concordância. A mesa fica em silêncio absoluto, até que George ergue seu shot de tequila num brinde:

— Ao amor!

CAPÍTULO ONZE

Julie

Depois do almoço com George e Jo, vou direto para casa. No caminho, penso nas músicas que selecionamos para a setlist da semana. Os rapazes tocam em outros bares, mas, por enquanto, prefiro cantar só às sextas-feiras no After Dark. Apesar de estar radiante por fazer o que eu realmente amo, sinto que preciso de um pouco mais de experiência antes de me aventurar em outros palcos. Além disso, me apresentar onde trabalham pessoas conhecidas me dá certa segurança. É bom olhar ao redor e ver que, se eu precisar, Rafe, Zach e até Daniel, é claro, estarão por perto.

Ah, Daniel... Suspiro ao me lembrar da noite passada e da forma como ele me olhou. As coisas deveriam ser mais fáceis entre nós. Não sei por que tudo tem que ser tão complicado.

Ao entrar no condomínio, vejo algo estranho próximo à porta da minha casa. Eu me aproximo com passos rápidos e sou surpreendida com um caminho de pétalas de rosa que vai até a entrada. Será que Alan aprontou alguma coisa?

Sigo pelo caminho de pétalas e, ao abrir a porta, minha surpresa é ainda maior. A minha casa parece uma floricultura. Em todos os cantos imagináveis da sala há rosas vermelhas. Alguém gastou um bom dinheiro para fazer uma surpresa espetacular como esta!

Fico paralisada por uns trinta segundos, sem saber o que pensar ou fazer, quando vejo um envelope sobre a mesa de centro. Vou até lá e seguro o envelope vermelho entre os dedos por alguns segundos, sentindo um pouco de medo do que vou encontrar eu seu interior. Respiro fundo, criando coragem, e por fim o abro e tiro o papel de dentro. Ao olhar para a carta, reconheço imediatamente a letra firme e masculina de Daniel.

Julie,

Gostaria muito de te pedir desculpas pelo meu comportamento nas últimas semanas.

Finalmente compreendi que você cresceu. Cresceu e se tornou uma mulher linda, sexy e com uma voz poderosa.

Eu não tinha enxergado isso. Na verdade, não queria enxergar. Queria que você fosse eternamente a menina que precisava ser protegida, pois assim eu não teria que enfrentar coisas para as quais eu não estava preparado. Mas percebi que estou completamente errado em agir dessa forma.

Gostaria de ter a oportunidade de conhecer melhor a mulher que você se tornou. Quero que essa mulher especial seja tão próxima de mim quanto era a menina Julie.

Por favor, jante comigo esta noite. Só você e eu. Me dê a chance de conversar com você sem aquele cara por perto.

Quero conhecer melhor a mulher cuja voz me fez perder completamente o rumo. Que desestabilizou minha vida. Você não sai dos meus pensamentos. Para qualquer lugar que eu olhe, vejo você.

Às 19h, um motorista vai buscá-la para nosso encontro.

Espero que você aceite meu convite.

Estarei te esperando.

Com carinho,
Daniel

Releio a carta, tentando me certificar de que não havia lido nada errado, e olho ao meu redor, incrédula. Jamais imaginei que Danny fosse capaz de um comportamento assim... romântico. Nunca o vi comprar flores ou coisas do gênero para nenhuma namorada.

Ah. Meu. Deus.

Dou uma risada nervosa e pego o celular na bolsa. Tiro uma foto da sala florida e envio para George.

> **Eu:** Minha casa virou um jardim. E um estranho se apoderou do corpo do Danny Boy.

Ele responde de imediato.

> **George:** Garotinha, o que é isso? Rosas de cabo longo?! 😮😮😮 A operação Harry & Sally foi um sucesso, então!

> **Eu:** Parece que sim. Vou me arrumar, pq eu tenho um encontro romântico esta noite. 😊

> **George:** Divirta-se. E lembre-se: faça TUDO o que eu faria. 😃

Sigo para o banheiro pensando nessa reviravolta. Eu não consigo acreditar que Danny tenha sido capaz de uma atitude tão sentimental.

Depois do banho, vou até o quarto enrolada na toalha para escolher uma roupa. Como não sei para onde ele vai me levar, fico com medo de me arrumar demais ou de menos, e opto por um vestido preto de tecido leve que comprei com George no nosso último passeio de compras. Eu o estava guardando para uma ocasião especial e acho que será perfeito para a noite de hoje. E vai ficar lindo com as sandálias também novas.

Olho no espelho, satisfeita com a produção. Agora é hora de dar um jeito no cabelo. Eu quero fazer o mesmo penteado que George faz em mim nas noites de show, mas não consigo de jeito nenhum. Então seco o cabelo e o deixo solto, caindo em minhas costas. Fico surpresa ao ver que o meu cabelo, apesar de não ter aquelas ondas que adoro, parece perfeito com o vestido.

Olho para o relógio e vejo que está quase na hora de o carro chegar. Eu me apresso com a maquiagem, com medo de me atrasar. Destaco os olhos com um delineado bem fininho e máscara nos cílios. Um blush de leve só para dar uma cor e, nos lábios, um batom claro. Estou guardando na *clutch* o celular, um cartão de crédito e meu documento quando a campainha de casa toca.

Sinto um frio na barriga ao abrir a porta, e me deparo com um homem mais velho, usando terno preto, de cabelos claros e olhos bondosos. Ele sorri para mim.

— Srta. Walsh?

— Sim — respondo, sorrindo de volta.

— Meu nome é James, e sou o seu motorista esta noite. O sr. Stewart a aguarda em nosso destino. A senhorita está pronta?

— Sim — respondo, pegando a bolsa que deixei no móvel próximo à porta.

Ele me conduz até o elegante carro preto que está parado do lado de fora.

— Por favor — James fala, abrindo a porta para mim e estendendo a mão para me ajudar a entrar.

— Para onde vamos? — pergunto, curiosa, enquanto me acomodo.

— É surpresa. Mas nosso percurso tem o tempo estimado de trinta minutos. — Ele sorri para mim e fecha a porta.

Estou realmente surpresa. Eu me sinto como se fosse uma das mocinhas dos livros que gosto de ler, a caminho de um encontro com o príncipe. O *meu* príncipe.

Durante o trajeto, rememoro o passado. Fechando os olhos, me recordo do verão, durante a adolescência, em que tiramos a foto que está no escritório de Danny. Ficamos um mês em uma casa de praia em Santa Monica. Naquele verão, Danny e eu passamos os nossos dias juntos, indo à praia, jogando vôlei, tocando violão em uma roda de amigos à beira-mar. Meus pensamentos retornam a um dia em especial, quando fomos com um grupo de amigos ao Pacific Park, um parque de diversões que fica no píer de Santa Monica. A grande atração de lá sempre foi a roda-gigante e, nesse dia, nos dividimos em pares, e Daniel fez esse passeio comigo.

— *Adoro a roda-gigante* — *eu disse para Daniel quando o condutor fechou a trava de segurança. O que eu não disse era que eu adorava a companhia dele.*

— *Eu sei. Todo verão você quer andar nesta porcaria* — *ele respondeu de forma mal-humorada, mas o sorriso que ele abriu para mim me dizia algo totalmente diferente. O brinquedo começou a rodar e ele segurou a minha mão.* — *Você ficou com o olhar distante. Em que está pensando?*

Como eu poderia dizer que gostaria que ele me beijasse?

— Estava pensando que isto poderia fazer parte de um encontro perfeito.

— E como seria o resto desse encontro perfeito? — ele perguntou, e eu tive a sensação de que seus olhos estavam brilhando. Eu me perguntei se ele estava interessado.

— Por que quer saber? Vai me chamar para um encontro perfeito? — perguntei sorrindo. Parecia que estar nas alturas me deixava ousada o suficiente para flertar com ele.

— Quem sabe? — ele respondeu, piscando para mim. — Mas preciso saber para ter a certeza de que consigo chegar à altura do seu encontro dos sonhos!

Fechei os olhos, imaginando a cena, e falei:

— Ele começaria horas antes. A pessoa me mandaria flores, para demonstrar o quanto sou especial. — Ele riu e eu o encarei, séria. — Não vou falar mais se você rir.

— Conta, Julie. Quero saber. Por favor. — Ele me olhou com aqueles olhos verdes que eu adorava e eu não consegui resistir.

— Iríamos em um belo carro até a praia...

— Em Santa Monica mesmo? — ele me interrompeu.

— Sim. Eu amo este lugar. — Sorri para ele e continuei: — Ele me levaria para jantar à luz de velas naquele restaurante à beira-mar... Sabe qual é? Aquele que tem um deque sobre a praia? — Ele assentiu e continuei a falar: — Passaríamos a noite conversando e nos conhecendo melhor. Depois do jantar, ele me levaria para caminhar na praia e chegaríamos ao parque.

— E aí?

— Aí andaríamos na roda-gigante. E quando ela parasse lá no alto, ele me beijaria — deixei escapar, sentindo meu rosto corar.

— Como você sabe que a roda-gigante pararia bem no alto, Julie? E se parasse e vocês estivessem na parte de baixo? — ele perguntou rindo daquele jeito brincalhão.

— Ah, Daniel! Esse é o *meu* sonho. No meu sonho, ela jamais pararia na parte de baixo! — falei e rimos juntos.

Um vento mais frio bateu e estremeci. Ele passou o braço ao redor dos meus ombros e me senti protegida.

— Quero que todos os seus sonhos virem realidade, baby — ele disse então, e seguimos em silêncio. Pouco tempo depois, o brinquedo parou *e chegou a nossa vez de descer. Nunca me senti tão próxima de Daniel como naquele momento, no alto da roda-gigante. Eu poderia ter ficado ali, abraçada a ele pelo resto da vida. Com o fim do passeio, reencontramos nossos amigos, mas ele não largou minha mão a noite toda.*

Eu me lembro de que, depois daquela noite, Danny mudou o comportamento comigo. Alguma coisa aconteceu naquele passeio e ele passou a agir como se fosse meu irmão mais velho. Solto um suspiro e olho pela janela, me dando conta de que entramos na orla de Santa Monica, perto do final da Rota 66. Não estou acreditando que Daniel me trouxe aqui. De dentro do carro, vejo a roda-gigante iluminada e me sinto estremecer por dentro. Será que ele... Não. Ele não deve se lembrar daquela conversa. Foi há tantos anos!

James para o carro em frente a um lindo e elegante restaurante que não reconheço. Faz muito tempo que não venho aqui e muita coisa mudou ao longo dos anos. James sai e abre a porta para mim.

— Srta. Walsh — ele fala daquele jeito educado e estende a mão para me ajudar a sair. Aceito e agradeço a gentileza. Ele fecha a porta e me orienta: — O sr. Stewart aguarda no interior do restaurante.

— Obrigada. — Sorrio para ele e sigo até a entrada. Mas o restaurante parece... vazio. O que é estranho para uma quinta-feira à noite em época de férias. Uma *hostess* vem até a porta me receber.

— Srta. Walsh?

— Sim. — *Nossa, como ela sabe meu nome?*

— O sr. Stewart a aguarda no deque. Por favor, me acompanhe. — Ela me guia pelo restaurante, que de fato está vazio. Chegamos ao deque e eu fico *completamente* atordoada.

O local tampouco tem outros clientes. E está todo iluminado com velas. Flores vermelhas, como as rosas que Daniel deixou na minha casa, enfeitam as mesas. O clima está perfeito para uma noite ao ar livre. A *hostess* aponta para Danny, que está debruçado na grade do deque, olhando o mar. Ele usa um terno escuro, e eu nunca o tinha visto tão arrumado, exceto nos casamentos da família. Vou até ele e, antes que me aproxime, ele se vira para mim. Nem parece o mesmo homem infeliz de algumas noites passadas. Ele está com a barba feita, e o que mais me chama a atenção são seus olhos extremamente verdes, que parecem ainda mais brilhantes. Ele sorri para mim, segura a minha mão e a beija.

— Obrigado por ter vindo, Julie.

— Danny, eu não posso acreditar que você fez tudo isso. O restaurante está vazio. Como pode?

Ele toca no meu rosto e responde sem desviar os olhos dos meus:

— Reservei o restaurante só para nós dois esta noite. Teremos toda a privacidade que desejarmos. Eu poderia até fazer amor com você numa dessas mesas que ninguém nos interromperia — ele pisca, flertando, e fico completamente vermelha.

— Daniel!

— Estou brincando, Ju. Mas esta noite é nossa. Como eu disse na carta, quero te conhecer melhor. Conhecer a Julie adulta, não a menina que eu imaginava que você fosse. — Ele me puxa para perto de si e nos vira em direção ao mar. — Eu nem me lembrava de como sentia saudade daqui.

— Eu amo este lugar, Danny. Os meus momentos mais felizes foram aqui — digo, emocionada. Ele passa o braço ao meu redor, beija meu cabelo e aponta para o céu.

— O céu daqui sempre foi mágico, não é? Olha quantas estrelas. — De fato, parece um tapete estrelado. Nunca vi um céu igual ao de Santa Monica no verão.

— É perfeito — murmuro, emocionada demais para continuar falando. Passamos mais alguns minutos olhando o céu e o mar, abraçados, até que ele murmura no meu ouvido:

— Vamos pedir nosso jantar?

— Vamos.

Eu sorrio e ele me leva até uma das mesas. Nós nos sentamos, mas ele não solta a minha mão.

— Acho que não falei que você está linda — ele diz e eu baixo os olhos, tímida. Não sou boa em lidar com elogios. — Sério, Ju. No palco, você fica linda com o cabelo ondulado e aquela maquiagem, mas realmente gosto do seu cabelo assim. Parece mais... real.

Sorrio de novo e um garçom aparece com uma garrafa de champanhe em um balde de gelo e duas taças. Brindamos e bebemos o champanhe em silêncio, aproveitando o momento, até que começamos a conversar. Daniel até me pergunta se estou gostando de cantar no After Dark.

— Estou amando. A banda é muito boa e a plateia é maravilhosa. As pessoas são muito receptivas.

O garçom serve o jantar e a conversa continua fluindo. A companhia de Daniel é realmente encantadora e ele me faz lembrar o Danny daquele verão de tantos anos atrás. Falamos sobre os mais diversos assuntos: o interesse dele em expandir o bar para outras cidades, a família, nossos amigos, coisas que gostamos de fazer. Durante a sobremesa, eu olho para ele e me sinto extremamente feliz. É um momento perfeito, no qual vejo o quanto nós temos em comum.

Quando terminamos o café, Daniel sorri e me convida para dar uma caminhada. Já é bem tarde, mas a praia de Santa Monica continua movimentada, com turistas aproveitando todos os momentos possíveis. Caminhamos pela orla, de mãos dadas, e me parabenizo por ter escolhido sandálias que, além de bonitas, são bastante confortáveis. O passeio está tão gostoso que não quero que acabe.

Enquanto nos aproximamos do parque, meu coração começa a bater mais forte. Eu não deveria me sentir assim. A esta hora, o parque já está fechado, apesar de as luzes dos brinquedos continuarem acesas, dando um colorido todo especial ao lugar.

Danny sorri para mim e vai até o portão. Estou prestes a questionar o que ele vai fazer quando um senhor se aproxima e o cumprimenta, nos deixando entrar.

— Danny, o que estamos fazendo? O parque já fechou.

— Não para nós. — Ele pisca, sorri, tira o blazer e desfaz o nó da gravata. O senhor que nos deixou entrar pede licença e se afasta, levando embora as roupas que Danny tirou.

Fico parada, olhando para ele, sem entender. Depois de dobrar as mangas da camisa social, Daniel estende a mão para mim e eu a aceito novamente. Ele nos guia até a entrada da roda-gigante. Um rapaz está nos esperando. Ele aperta a mão de Danny e nos acomoda dentro da cabine.

A roda-gigante começa a se mexer, e logo vamos subindo.

— Danny... nossa, nem sei o que dizer. Como você conseguiu isto? — pergunto, ainda estupefata com toda a situação.

— Há alguns anos você me contou como seria o encontro dos seus sonhos, lembra? — Aceno com a cabeça, emocionada demais pelo fato de ele ter se lembrado daquele dia. — Eu também me lembro. E queria que o nosso encontro de hoje fosse exatamente como você sonhou. Talvez assim você se sentisse tentada a largar aquele cara de vez e, quem sabe, me dar uma chance — ele fala, com a voz tão cheia de esperança que sinto meu coração disparar.

Neste momento, a roda-gigante para. Olho ao nosso redor e me dou conta de que estamos exatamente no topo. Arregalo os olhos de leve, me viro para encarar Danny e me perco em seus olhos verdes. Ele se aproxima e murmura, antes de colar os lábios nos meus, a mesma frase que me disse naquele verão:

— Quero que todos os seus sonhos virem realidade, baby.

"Magia". Essa é a única palavra que tenho para descrever o beijo que acontece a seguir. Mais uma vez, junto de Danny, sinto como se eu tivesse, finalmente, encontrado meu lugar. De repente, a roda-gigante começa a descer e afastamos os lábios. Danny sorri para mim, e percebo que ele parece tão emocionado quanto eu. Ele passa o braço por trás dos meus ombros, me puxando para bem perto de si, e olhamos juntos o mar de Santa Monica.

Alguns minutos depois, o passeio acaba. Danny segura a minha mão e vamos de mãos dadas até a saída do parque.

Chegando lá, o senhor da portaria entrega a ele o blazer e a gravata e se despede. Do lado de fora, James nos espera. Quando nos vê sair, ele abre a porta do carro e me ajuda a entrar.

— O passeio foi bom, senhorita? — ele me pergunta com aquele sorriso simpático no rosto.

— Sim, foi perfeito! — Retribuo o sorriso e Daniel entra no carro, se sentando ao meu lado. Ele passa o braço ao meu redor e vamos para casa abraçados durante todo o percurso.

Na chegada ao nosso condomínio, eu me sinto um pouco trêmula em antecipação ao que vai acontecer. Ao alcançarmos a entrada da minha casa, ele pega as chaves das minhas mãos e abre a porta, sorrindo ao ver a floricultura que minha sala se tornou. Ele me olha por um instante e, mais uma vez, me beija.

Desta vez, o beijo é profundo, repleto de desejo e paixão, muito parecido com o que ele me deu pela primeira vez no escritório. Ele entrelaça os dedos em meus cabelos, intensificando o beijo, e a única coisa que consigo pensar é que não quero que isso acabe nunca.

Tão de repente quanto começou, Danny se afasta, encerrando o beijo apaixonado. Ele parece estar tão afetado quanto eu pela química existente entre nós. Quando acho que ele vai sugerir nossa ida para o quarto, ele me surpreende ao dizer:

— Não posso mais tocar em você enquanto você estiver com o Alan. — Ele fecha os olhos e respira fundo, como se estivesse afetado por eu estar supostamente com outra pessoa. — Quero muito ficar com você. Talvez você nem imagine o quanto. Mas sei que, se fizéssemos amor hoje, amanhã você não se perdoaria por ter traído aquele cara. E não quero que o que acontecer entre nós seja algum tipo de segredo… ou fruto de uma traição. Por mais que eu não goste daquele sujeito.

— Mas Dan… — começo a falar, pronta para confessar que Alan é uma farsa, quando ele coloca a ponta dos dedos sobre meus lábios, me interrompendo.

— Não, Ju. Eu vou para casa e você vai pensar sobre o que quer fazer. Se quiser ficar comigo, antes precisa terminar com ele. Amanhã é dia de show, então combinaremos o seguinte: se decidir ficar comigo, você vai cantar "Tears in Heaven" em algum momento do show. Se não cantar, vou entender que você escolheu ficar com ele e vou recuar. Temos um acordo?

— Sim, Danny, temos um acordo.

Ele sorri, beija levemente meus lábios e se afasta, soltando aos poucos uma mecha do meu cabelo.

— Boa noite, Ju. Durma bem — ele diz baixinho e vai embora, fechando a porta atrás de si.

Encosto na porta fechada, feliz com a noite mais maravilhosa que já tive na vida e pensando que vou precisar fazer uma alteração na *setlist* do show para cantar uma das músicas favoritas do Daniel.

CAPÍTULO DOZE

Daniel

Solto um suspiro enquanto olho a vista pela janela do escritório. Estou sentado aqui há muitas horas, trancado, sem conseguir trabalhar. A ansiedade faz meu coração acelerar, a palma das mãos suar e meu estômago dar um nó. Faltam poucas horas para o show desta noite. Fecho os olhos e me lembro de ontem. Tudo foi incrível. Mais do que jamais me permiti imaginar. Preciso comprar ingressos para a próxima temporada dos Lakers para presentear Zach como forma de agradecimento. A conversa que tivemos foi essencial para que eu mudasse meu comportamento em relação à Julie.

Eu estava muito infeliz e não sabia o que fazer para mudar minha situação. Ele me obrigou a fazer algo a que não estou acostumado: falar sobre meus sentimentos. Sempre fui do tipo brincalhão e comunicativo, mas não com relação a isso. Meus sentimentos ficam guardados a sete chaves no meu peito. Depois de resistir um pouco, acabei colocando para fora tudo o que eu estava sentindo e ele abriu meus olhos para o fato de que, se o envolvimento de Julie com outro cara fazia com que eu me sentisse tão miserável, era sinal de que o que eu sentia não era um simples desejo. Ainda consigo ouvir suas palavras:

— *Daniel, ninguém manda nos próprios sentimentos. Não sei quem foi o idiota que colocou isso na sua cabeça, mas a Julie não é sua irmã. Você não pode se culpar por sentir algo muito mais forte que um afeto entre irmãos. E se não tomar uma atitude, e logo, para conquistá-la, você pode perdê-la para sempre. Para o Alan ou qualquer outro cara que tenha coragem suficiente para fazer o que você não está fazendo.*

As palavras de Zach me atingiram com a força de um soco no estômago. Depois do almoço e da nossa conversa na minha casa, voltamos para o After Dark. Eu sabia que precisava fazer algo para conseguir uma chance com Julie, mas o quê? Nunca fui um cara romântico. Meus relacionamentos sempre foram casuais. O que eu poderia fazer para que ela soubesse que eu gostaria de ficar com ela?

Foi quando olhei para um porta-retratos que estava sobre a estante no canto da sala. A foto era antiga. Foi tirada durante minhas primeiras férias da faculdade, na praia de Santa Monica. Eu e Julie estávamos abraçados, rindo, com a roda-gigante do Pacific Park ao fundo. Aquele foi um verão especial, em que senti que estávamos realmente nos aproximando. E, naquela roda-gigante que ela adorava, ela havia me contado como seria o encontro dos seus sonhos. Com um sorriso nos lábios e a lembrança de todos os detalhes, eu soube exatamente o que tinha que fazer.

Saí do bar no meio da tarde, peguei a moto e fui direto para a praia colocar meu plano em ação. O restaurante que ela tinha falado na época já não existia. Ainda assim, ali, de frente à praia, havia um novo lugar elegante que serviria ao meu propósito. Gastei um bom dinheiro com todos os preparativos, mas, se ela quiser ficar comigo, tudo terá valido a pena.

As lembranças da noite passada me voltam à mente e fico pensando no beijo no alto da roda-gigante. Não consigo segurar o sorriso ao pensar no instante em que nossos lábios se tocaram. Foi doce, apaixonado e inesquecível. Um dos momentos mais bonitos que já vivenciei. No fim da noite, acabei dando um ultimato a Julie. Não sei se foi a melhor opção, mas não sou paciente o bastante para ficar esperando uma decisão mais prolongada. Ou vamos ficar juntos agora, ou vou ter que esquecê-la.

Tento me concentrar no trabalho para não ver o tempo passar. Por fim, consigo me desligar totalmente e passo o resto da noite analisando contratos. Muito tempo depois, volto a olhar para a janela e vejo que já escureceu. Olho para o relógio. Finalmente, está na hora do show.

Não espero nem mais um segundo. Saio do escritório e vou direto para o bar me sentar no meu lugar de sempre. Desde que ela começou a cantar aqui, eu me acomodo toda sexta-feira no mesmo lugar. Pensar nisso faz com que eu me sinta um *stalker*. Merda. Espero não estar agindo de forma assustadora.

— Cerveja, Danny? — Jason, o barman, me oferece.

— Só uma água.

Quero estar sóbrio e com a cabeça limpa para ouvir a resposta da Julie. Se, no fim das contas, ela não me quiser, aí sim vou afogar as mágoas no meu amigo Jack.

As luzes diminuem, a banda entra no palco e começa a tocar uma balada que identifico ser "Brand New Me", de Alicia Keys. Quando a Ju aparece, meu queixo cai. Ela está linda. Ainda mais linda do que na noite passada, se é que isso é possível. Está usando um vestido sem alças branco, com o cabelo liso caindo pelos ombros do jeito que eu gosto. A maquiagem é suave. Apenas seus lábios se destacam com um batom quase vermelho. Isso é o suficiente para eu me sentir desconfortável. Só de pensar que no fim da noite ela pode ser minha, que aquela boca vermelha pode estar em mim, sinto vontade de acabar com o show, jogá-la no meu ombro e levá-la para casa.

Ela começa a cantar e não consigo desviar o olhar. Me sinto hipnotizado, como se estivéssemos só eu e ela no ambiente. Sem plateia, sem banda, sem o idiota do Alan. Ela abre os olhos e olha em minha direção, cantando sem deixar de me encarar.

A noite segue e, a cada música que ela canta, seu olhar continua preso ao meu. Por vezes, ela sorri para mim, mas na maior parte do tempo permanece séria, apenas me observando, como se cantasse exclusivamente para mim. O show se aproxima do fim, mas até agora ela não cantou a música que pedi, o que me deixa cada vez mais nervoso.

Eles anunciam a saideira e começam a cantar "Every Night", de Paul McCartney. Era para eu ter me levantado dali naquele instante — meu coração estava partido em mil pedaços.

Julie não cantou o que pedi.

Ainda assim, automaticamente, me identifico com a letra da canção, que fala do homem que vivia na farra, como eu, até uma noite em que isso parou de fazer sentido e tudo o que ele queria era ficar com a garota.

Sei que deveria, mas não consigo me levantar. Julie continua cantando. Meu corpo dói. Nunca imaginei que decepção causasse dor física.

A música acaba e, quando me preparo para ir embora, Julie fala para a plateia:

— Essa era para ser a nossa última canção, mas eu gostaria de cantar mais uma. — O público aplaude e solta gritos de euforia. Fico atônito, sem tirar os olhos dela, atento ao que ela está falando. — A próxima música vai para uma pessoa especial. Danny, esta é para você.

Ela começa a cantar "Tears in Heaven", de Eric Clapton. Não sei se ela se lembra disso, mas, durante aquele verão da roda-gigante, ela cantou essa música inúmeras vezes nos luais que fazíamos na praia. E eu sempre ficava impressionado porque a voz dela já era linda, desde muito jovem, e ela entonava a carga emocional perfeita que a canção exigia.

Ela canta olhando em meus olhos. Consigo ver seus olhos marejados, mas ela não desvia o olhar. A eletricidade que há entre nós é tão intensa que meu corpo se arrepia da cabeça aos pés e só consigo pensar que, finalmente, ela vai ser minha.

A música acaba, a banda agradece e vou direto ao backstage. Chego lá no mesmo momento em que Ju sai do palco. Ao me ver, ela sorri. Estendo a mão e ela encaixa a sua na minha. Eu a conduzo para a saída dos fundos sem lhe dar tempo de dizer mais nada. Seguimos até a minha moto, com passos rápidos e em silêncio. Dou o capacete para ela usar e subo na moto. Ela abraça minha cintura e aproxima seu corpo do meu. Faço o percurso até nosso condomínio e, chegando lá, eu a levo para a minha casa. Abro a porta apressado, entramos e, finalmente, capturo seus lábios no beijo que tanto antecipei. Se eu a tocasse antes, jamais conseguiria me afastar, e acabaríamos nos expondo.

O beijo é uma combinação perfeita entre a suavidade dela e a minha intensidade. A sensação de ter as mãos no corpo dela é indescritível e só consigo pensar que ela é minha. Ela geme, abrindo a boca, me deixando entrar. Meu corpo inteiro se arrepia e tudo o que quero é ouvir seus gemidos. Somos uma confusão de mãos e bocas, até que me afasto e a pego no colo, levando-a para o quarto, e a coloco sobre a minha cama com o máximo de delicadeza que consigo. Aqueles olhos azuis não se afastam dos meus e tudo o que desejo, neste momento, é amar seu corpo.

    Ela se vira, abro o fecho do vestido e o tiro, deixando-a só de calcinha e... Ah, caramba. Ela está sem sutiã. Seguro seus seios e começo a acariciá-los, capturando um dos seus mamilos com a minha boca, sugando-o e mordendo, enquanto ela se contorce contra mim.

— Quero que você grite tão alto que a vizinhança inteira vai saber que você é só minha.

    Ela ofega e puxa minha camisa com o desejo estampado no rosto. Beijo seu queixo e deixo uma trilha úmida pelo seu pescoço, provocada pela minha língua. Julie se segura em mim, se contorcendo contra meu corpo, passando as mãos pelos meus ombros e peito, até alcançar minha cintura. Quando ela toca minha ereção por cima da calça, eu a viro, deitando-a de volta na cama, e me afasto rapidamente para tirar a calça jeans. A visão que tenho dela deitada, quase nua, com os cabelos loiros espalhados no meu travesseiro, rouba todo o ar dos meus pulmões. Essa imagem é melhor do que qualquer fantasia que já tive na vida. Mal consigo acreditar que é real.

    Tiro o resto da roupa com pressa e me aproximo, mordendo sua cintura enquanto deslizo a calcinha de renda branca por suas pernas. Passo a mão por sua perna, alcançando entre suas coxas, e a penetro com um dedo. Quase perco o controle ao sentir o quanto ela já está excitada. Circulo o polegar em seu clitóris e nós dois observamos meus movimentos. Vejo os músculos da sua barriga tensionarem e ouço os gemidos suaves enquanto acelero a carícia.

— Você é tão macia... — falo, quase perdendo o controle com os sons que ela faz. Beijo sua barriga e deslizo a língua por suas curvas, rumo ao seu ponto mais íntimo. Consigo sentir cada suspiro e cada som que ela faz. Minha boca fica mais faminta e urgente, enquanto desço pelo seu corpo.

    Lentamente, empurro dois dedos para dentro dela e chupo seu clitóris com vontade. Quero que ela sinta, pelo menos, metade do desejo que sinto por ela.

— Danny, por favor... — ela geme e o controle me escapa.

    Preciso estar dentro dela agora.

Eu me inclino na direção da mesa de cabeceira e pego um preservativo na gaveta. Volto para Julie e a beijo furiosamente, enquanto brinco com seus mamilos. Ela passa as mãos pelo meu corpo, explorando-o e me arranhando. Antes que eu perca totalmente o controle, me afasto um pouco, coloco o preservativo e devagar, muito devagar, começo a preenchê-la. Cubro seu corpo com o meu e ouço seus gemidos baixos, enquanto lambo seu pescoço.

— Ah... isso é bom... — sussurro enquanto acelero meus movimentos. Ela arqueia as costas e eu a puxo para mais perto, o mais perto que consigo.

— Mais, Daniel... — Julie sussurra em meu ouvido e perco completamente o controle, me movendo com mais força, estocando com mais intensidade, cada vez mais fundo.

Uma explosão de sentimentos e sensações me atinge: seu peito contra o meu, o cheiro do seu perfume, seus braços envolvendo meu corpo e suas unhas arranhando minhas costas, o som dos seus gemidos misturados com os meus, os corações acelerados, batendo um contra o outro, a textura dos seus cabelos em minhas mãos e os quadris se movendo em harmonia enquanto estou dentro dela.

Quando estamos à beira do clímax, falo em seu ouvido:
— Abra os olhos, baby. Quero ver seus olhos quando você gozar.

Ela faz o que peço, gemendo cada vez mais alto, enquanto minhas estocadas se aprofundam até que nós dois gozamos juntos. Ainda ofegante, ela sorri para mim — um sorriso muito parecido com o que ela deu quando estávamos no alto da roda-gigante — e me beija delicadamente. Eu a abraço com força, sentindo o coração acelerado, e ela chama meu nome baixinho em meu ouvido.

— Danny?
— Oi, baby.
— Sou sua — ela fala, e eu a abraço ainda mais forte.

Pela primeira vez, a declaração de uma mulher não me assusta. Na verdade, um sentimento de orgulho masculino se espalha dentro de mim, aquecendo todos os espaços vazios do meu corpo. Não sei exatamente que sentimento é esse que a Julie desperta em mim, mas de uma coisa tenho certeza: estou completamente perdido.

CAPÍTULO TREZE

Julie

Abro os olhos lentamente, sentindo os primeiros raios de sol da manhã na minha pele. Dou uma rápida olhada no relógio na mesa de cabeceira e vejo que não são nem seis da manhã — e que o relógio não é o da minha cabeceira. O quarto também não é o meu. Mas, antes mesmo de me sentir alarmada por acordar em um lugar estranho, o peso do braço de Daniel sobre mim e meu corpo dolorido me fazem lembrar da noite fantástica que tive.

Tiro o braço dele devagarzinho e me levanto sem fazer barulho. Sem vontade de vestir a roupa justa da noite anterior, pego uma camiseta dele no armário e a visto enquanto vou ao banheiro. Fica tão grande que parece um vestido. Olho no espelho e a imagem que vejo refletida é diferente de todas que já tinha visto antes. Os cabelos bagunçados, os lábios inchados e os olhos brilhando me fazem sorrir. É assim que a gente se sente quando é amada por aquela pessoa especial?

Ao sair do banheiro, sigo até a cozinha com um sorrisinho no rosto e faço café para mim. Em seguida, com a caneca na mão, vou até os fundos da casa, onde há um pequeno jardim com um balanço. Sorrio ao me lembrar de que, quando Danny se mudou para lá, ele quis tirar o balanço para ganhar mais espaço no jardim. Mas, em vez de tirar o balanço, ele acabou colocando um maior, para duas pessoas, de tanto que eu o perturbei para termos um espaço melhor para reunir os amigos.

Definitivamente, este é o meu segundo lugar favorito no mundo.

Me acomodo no balanço com meu café e ligo para George apesar de o dia mal ter começado.

— Espero que você tenha morrido e esteja me ligando do além para me avisar que foi recebida por um bando de boys magia fazendo striptease — George fala ao atender o telefone mal-humorado.

— Desculpa, amigo, mas eu precisava conversar... — falo baixinho, com medo de acordar Danny.

A voz de George soa mais firme, como se ele tivesse finalmente acordado.

— Garotinha, o que houve? Achei que neste momento você estaria brincando de *cowgirl*, montada no Danny Boy.

— George! — protesto, horrorizada. Ele sempre consegue me deixar constrangida. — Meu Deus! — exclamo, tomando um gole do café. — Ele está dormindo. Eu só queria... conversar com alguém. Não me sinto à vontade de ligar para a Jo para falar sobre a noite que passei com o irmão dela. Seria, hum, estranho.

Ouço um farfalhar de lençóis e, em seguida, silêncio, até que George responde na linha:

— Pronto, meu bem, já me levantei da cama para não acordar *mi amor*. Onde você está? Quer que eu vá até aí?

— Não. Não precisa. Estou sentada no balanço tomando café.

Ouço uma risadinha ao telefone. Não preciso nem dizer a ele qual balanço, já que ele também conhece o apartamento.

— Vamos começar do começo, então. — Ele suspira e posso ouvir o som de sua movimentação na cozinha. — Como foi a noite?

— Ah, George, foi perfeita, em todos os sentidos. Ele consegue ser uma mistura de namoradinho fofo e amante ousado. — Suspiro. — Mas isso está acabando comigo...

— Oi? Tá doida? Por que você está se sentindo assim? — ele pergunta, e quase posso vê-lo com a sobrancelha arqueada e as mãos na cintura. — Passou a vida querendo o gato e, quando finalmente consegue, diz que isso está acabando com você. Não entendo.

— Eu sei... — murmuro e tomo mais um gole do café, criando coragem para falar. — Mas estou perdidamente apaixonada por ele. Se antes eu achava que ele era *o cara*, agora tenho certeza. Mas... estou com medo. Muito. Ele tem meu coração nas mãos, George. Não sei se conseguiria superar se um dia a gente terminasse.

— Eu entendo o seu medo, Julie. Entendo mesmo. Mas a vida não tem garantias. E, ainda que ele seja o cara do seu "felizes para sempre", em algum momento, ele pode fazer coisas que te decepcionem. Ele é humano. E vai errar. Todo mundo erra. E, caso terminem um dia, você vai ter que lidar com isso.

— É disso que tenho medo. Não sei se conseguiria suportar perder mais alguém — falo baixinho e sinto as lágrimas escorrerem pelo meu rosto. O que não digo para George é que acordei sentindo uma falta enorme da minha mãe. Tudo o que eu queria é que ela estivesse aqui, agora, para me dar colo.

— Ah, garotinha... infelizmente, as pessoas não são eternas. Mas você não pode deixar de viver por medo de perder alguém. Você lutou tanto para conquistar o homem que faz seu coração balançar! Cadê a mulher corajosa e destemida que eu conheço? Aquela pessoa forte, que não se deixa abater por nada? Você é uma mulher ou um ratinho? — ele me pergunta em um tom de desafio e começo a rir de novo.

— A mulher está, hum, aqui. Sou uma mulher, não um ratinho — respondo, enxugando as lágrimas e tentando me recompor.

— Muito bem. Está na hora de você aproveitar o que recebeu. Vá curtir o seu amado. Você esperou tanto tempo pela oportunidade de estar com ele! Deveria estar rolando nos lençóis, não de papo-furado comigo.

Dou uma risada.

— Obrigada, George. Você é o melhor amigo do mundo.

— Eu sei — ele fala com arrogância. — E você me deve um café e um presente, por ter me acordado tão cedo.

Nós dois rimos e nos despedimos, e então desligo o telefone.

Continuo sentada no balanço, assistindo ao nascer do sol, perdida em pensamentos, até que sinto a presença de Daniel.

— Baby, está cedo demais... O que você está fazendo aqui? — ele me pergunta, com os olhos ainda inchados de sono.

— Vim tomar um café e me balançar. — Sorrio. — Não queria te acordar.

— Mas acordei e senti sua falta. — Ele se aproxima e abre aquele sorriso que eu adoro. — Anda, vem para o quarto. Vou fazer você se balançar lá dentro. Comigo — ele completa, com uma expressão maliciosa.

Sorrio para ele, que se inclina e me pega em seus braços, me levando de volta para o quarto enquanto me beija.

Durante a noite, fizemos amor três vezes. Uma vez melhor do que a outra. Foi tão intenso e nossos corpos se uniram de tal forma que mal sabíamos onde começava um e terminava o outro.

Agora de manhã, nosso ritmo é outro. Daniel me deita na cama devagar e com cuidado, como se eu fosse feita de cristal e pudesse quebrar a qualquer momento. Ele me beija de uma forma gentil. Suas mãos tocam meu rosto e ele beija cada um dos meus olhos e depois meus lábios.

— Você é tão linda. Mal posso acreditar que você está aqui. Na minha casa. Na minha cama. — Ele se afasta e tira o short, sem nunca desviar o olhar de mim. — Mas, por mais deliciosa que você fique com a minha camiseta, acho que está vestida demais — ele fala e eu sorrio.

Eu me sento e tiro a camiseta, ficando nua. Daniel ofega e passa o dedo em minha clavícula. Meus mamilos endurecem em excitação com a antecipação de sentir seu toque. Ele se deita sobre mim e seus lábios capturam os meus. Seu beijo é intenso, profundo, mas completamente diferente da noite anterior. É um beijo carinhoso, quase reverente, que faz com que eu me sinta querida.

Sinto sua ereção contra mim e pressiono meu corpo contra o seu. Um suave grunhido escapa da garganta dele. Com uma das mãos, ele acaricia meu mamilo, enquanto a outra toca meu rosto com carinho. Solto um gemido baixo, sentindo uma onda de excitação subir pelo meu corpo.

Daniel passa os dedos pela minha pele e me contorço antes mesmo que ele chegue ao meu quadril. Ele me aperta em seus braços e beija meu pescoço, enquanto murmura, roçando na minha pele sensível a barba que começa a despontar:

— Você fica linda quando está excitada. Seu rosto fica corado — ele passa os dedos nas minhas bochechas —, seus olhos brilham — os indicadores passam pelos meus olhos —, a sua pele fica quente — ele passa as mãos pelo meu corpo, alcançando a barriga e parando na minha virilha. — E aqui... — ele sussurra, passando os dedos no meio das minhas pernas — ...você está sempre molhada para mim. — Ele penetra o dedo em mim, me provocando e me fazendo gemer alto.

    Daniel se inclina sobre mim e segura minhas coxas. Passa o nariz na parte interna das minhas coxas, respirando fundo ao chegar ao centro. Então me abre e assopra contra meu corpo. Estou mais excitada do que jamais estive. Ninguém havia me tocado dessa forma, provocando um incêndio interno em mim. Ele usa a língua para me tocar, me deixando hipersensível, me sugando com força. Não consigo segurar os gemidos de prazer.

    Ele continua a lamber e a chupar, usando um dedo para me acariciar. Empurra o dedo dentro de mim ao mesmo tempo, me fazendo gozar, inundando minha mente com prazer. Estremeço e minha respiração sai entrecortada quando atinjo o auge do prazer que Daniel consegue extrair do meu corpo.

    — Você me enlouquece quando goza. — Ele deixa uma trilha de beijos pelo meu corpo até chegar ao meu rosto, passando as mãos em meus cabelos antes de me beijar profundamente nos lábios. Daniel se afasta por alguns instantes para pegar um preservativo na gaveta. Ele o coloca e se aproxima, me dando outro beijo apaixonado.

    Eu o beijo de volta e envolvo as pernas ao redor de seu quadril, inclinando meu centro contra ele. Daniel brinca em meu corpo e desliza seu pau em mim, lentamente. A sensação do corpo dele se movendo devagar contra o meu é perfeita. Meu corpo arqueia de prazer e eu passo os braços ao redor de seus ombros, puxando-o contra mim. Ele é a única coisa de que preciso neste momento.

    Entra e sai de mim de forma gentil e amorosa. Entrelaço os dedos em seus cabelos e movo meu quadril no seu ritmo, com a certeza de que nada pode ser mais perfeito.

    Ele acelera e seu comprimento bate num ponto diferente e intenso. Contraio minhas pernas e ele continua se movendo dentro e fora de mim. O segundo orgasmo viaja pelo meu corpo de forma lenta e maravilhosa. O corpo de Daniel vibra contra o meu e posso senti-lo com profundidade. O orgasmo o atinge e ele cai sobre mim com a respiração ofegante.

Sorrio e passo a mão em seus cabelos claros. Ele se aninha em meu pescoço e se vira para o meu lado, passando os braços ao redor do meu corpo. Acaricio seu rosto com a ponta dos dedos e lhe dou um beijo suave na boca. Ele é tudo o que eu sempre quis e precisei.

* * *

Já são mais de dez da manhã quando acordo pela segunda vez com o som de louça batendo em outro cômodo. O sol forte passa por entre as cortinas do quarto e me espreguiço, sentindo uma dor — boa — em todos os músculos do meu corpo. Quando me convenço a me levantar, Danny entra no quarto com uma bandeja repleta de coisas. Ele sorri para mim, um sorriso de menino, e seus olhos estão brilhantes e incrivelmente verdes.

— Bom dia, dorminhoca. Vamos tomar café? — ele me pergunta, parecendo feliz como há muito tempo eu não o via. Retribuo o sorriso e assinto, enquanto me sento na cama. Ele se acomoda ao meu lado, apoia a bandeja perto de nós e me entrega uma xícara de café fresco.

— Ah, Danny — falo com um suspiro, enquanto tomo o café quente. — Você sabe como conquistar uma garota — brinco e ele ri.

— É muito fácil te conquistar. Só preciso de uma cafeteira — ele responde rindo.

Tomamos nosso café em silêncio, trocando sorrisos e carinhos, até que ele decide falar sobre o que aconteceu ontem à noite.

— Achei que você não fosse cantar a música.

— Achei que você tivesse mais fé em mim — respondo, com a sobrancelha arqueada, e rio. Mas ele continua sério.

— Como o Alan encarou o término? Vocês terminaram mesmo, não é?

— Sim, terminamos. Mas ele é meu amigo, Daniel. Terminei o namoro porque eu gosto de você, mas vamos continuar amigos e cantando juntos.

Ele faz uma cara feia e eu reviro os olhos.

— Homens e mulheres podem ser amigos, sem ter envolvimento. Estamos no século XXI, sabia? Além disso... — Está na hora de falar sobre o assunto que sempre foi um peso no nosso relacionamento. — Não quero parar de cantar no After Dark. Nem vou sair da banda.

— Ju... — ele começa a falar, mas eu o interrompo.

— Estou falando sério. Não vou abrir mão disso, do meu futuro. Se você não quiser que eu continue cantando lá, vou cantar em outro lugar com Alan e os rapazes. Essa sua atitude de homem das cavernas é inaceitável.

— Não sou um homem das cavernas — ele resmunga, contrariado. — Nem quero te impedir de fazer o que você queira ou de se relacionar com quem quer que seja. Eu só... não quero que ele te toque. — Daniel franze o cenho. — Só eu tenho o direito de te tocar, te beijar ou fazer qualquer coisa que ultrapasse meio metro de distância do seu espaço pessoal.

Inclino a cabeça para o lado esquerdo e o observo com atenção. Esse é um lado dele que nunca vi: o namorado ciumento. Sempre achei que sua intenção de me impedir de cantar no bar fosse machismo de sua parte, mas... será que era algum tipo de insegurança? Me sinto confusa, já que ele não costuma agir assim com as garotas com quem sai. Mesmo aquelas com quem ele se relacionou por um tempo maior. Só que o leve brilho de medo em seus olhos me faz tentar ir mais a fundo nessa história.

— Tudo bem — concordo. — Vou conversar com o Alan sobre limites e tenho certeza de que ele vai respeitar.

Daniel solta o ar, como se eu tivesse tirado um peso de seus ombros.

— Mas preciso fazer uma pergunta. — Ele me olha, desconfiado. — Por que isto — aponto para mim e para ele — não aconteceu antes? Eu realmente achei que *naquele verão*, tantos anos atrás, fôssemos ficar juntos. Mas de repente... você se afastou de mim e passou a me tratar como se eu fosse sua irmã mais nova... — Reviro os olhos e faço uma careta. — Eu... bem, achei que você não gostasse de mim assim — falo, mas me reprendo por deixar a insegurança aparecer em meu tom de voz.

Ele me olha por alguns instantes. Primeiro, seus olhos verdes refletem apreensão. Em seguida, uma pontada de dor. E, quando acho que ele vai mudar de assunto ou se recusar a responder, vejo fragilidade em seu olhar, que se reflete em suas palavras:

— Eu sei... — ele começa, falando tão baixinho que, se não estivéssemos tão perto um do outro, eu não teria ouvido. — Eu estava mesmo envolvido com você naquele verão. Tudo o que eu queria era te beijar e não soltar mais. Mas, não sei se você se lembra do John... — ele fala e me olha, mas eu balanço a cabeça, negando. — Ele era um dos meus amigos. Era aquele rapaz que tinha olhos azuis e sotaque do Texas. — A lembrança do rapaz moreno e muito alto me vem à mente.

— Acho que me lembro de quem é, mas não tínhamos muita afinidade.

Daniel assente e continua:

— Bem, naquela noite da roda-gigante, ele me viu olhando para você. Eu estava tomando coragem para te convidar para sair. Mas ele me chamou a atenção, dizendo que eu não deveria te ver assim porque você era minha irmã. Não era de sangue, mas de qualquer modo era minha irmã, foi criada comigo e com a Jo. Que os meus pais e os *seus* pais ficariam decepcionados comigo, pois, em vez de cuidar de você, te proteger de caras que só iriam te querer por uma noite, eu estava agindo como um moleque que não conseguia se controlar. — Daniel desvia os olhos e dá de ombros. — Ele me convenceu de que eu estava errado e de que nada podia acontecer entre nós. Então me afastei. E fiz de tudo para te tratar como alguém da família. Eu consegui. Até... hum... pouco tempo atrás.

— E o que te fez mudar? — pergunto, em voz baixa.

— Foi um vídeo do seu primeiro show. Eu te vi cantando "Fever" e fiquei louco. Não te reconheci, você estava... você *está* muito diferente. Mais segura, mais confiante, mais sedutora. Não pude evitar te desejar. E, na noite em que voltei de viagem, você estava cantando e parecia que era pra mim. Não sei o que você fez, mas me senti enfeitiçado.

— Ah, Danny... — falo e rio.

— É sério, Ju. — Sua expressão fica mais séria. — E... peço desculpas se agi de forma controladora ou se tive atitudes machistas com você. Eu só... não queria te perder para ninguém... mesmo sabendo que você não podia ser minha.

Danny desvia os olhos e eu me aproximo mais, me aconchegando em seu colo. Ele me abraça e envolvo os braços ao redor do seu corpo, sentindo o seu calor me dominar.

— E agora... como vai ser daqui para a frente?

— Se você quiser, vamos nos conhecer melhor, como homem e mulher, não como dois amigos que cresceram juntos. Aproveitar nosso tempo juntos, nos divertir e, principalmente, fazer amor. Aliás, acho até que deveríamos colocar isso em prática agora — ele fala, me puxando mais para si, com um sorrisinho no rosto.

Sorrio de volta e o abraço.

— Acho que esse é um ótimo plano — murmuro, enquanto começamos o segundo round da manhã.

CAPÍTULO CATORZE
Julie

Seis meses depois

Desvio o olhar da janela, de onde vejo o céu cheio de estrelas, e olho para o homem deitado ao meu lado na cama. Seu peito sobe e desce em um ritmo cadenciado e ele parece muito relaxado, diferente do empresário agitado que costumo ver. Sorrio ao ver os cabelos bagunçados de Daniel, os cílios espessos contra o rosto relaxado e os lábios que eu amo, especialmente quando cobrem os meus em um beijo apaixonado, entreabertos.

Em alguns momentos, sinto como se estivesse vivendo um sonho. Às vezes é até difícil de acreditar que tudo aquilo que tanto desejei está acontecendo. Fecho os olhos e solto um longo suspiro. Estar com Daniel... é ainda mais incrível do que eu poderia ter imaginado.

Estamos juntos há quase seis meses e, desde então, nossa rotina mudou completamente. Passamos boa parte do nosso tempo livre juntos, indo ao cinema, jantando fora ou passeando na praia. Dormimos juntos todas as noites, seja na minha casa ou na dele, inclusive nas noites em que ele sai tarde do bar. Nesses dias, ele vem até aqui, mesmo que eu esteja dormindo, se enfia na cama e dorme abraçado comigo.

Apesar dessa conexão, porém, ele nunca fala dos seus sentimentos. Ele é caloroso, atencioso e sempre muito carinhoso comigo, mas jamais diz que gosta de mim ou que sente saudades. Não me apresenta como sua namorada nem faz planos para o futuro, e isso me deixa insegura. Porque meu coração é todinho dele. Sempre foi. E, mesmo que eu não queira admitir, sei muito bem que as chances de sair dessa relação com o coração partido são enormes.

E é por isso que optei por guardar para mim meus sentimentos, ainda que um *eu te amo* tenha quase escapulido uma ou duas vezes da minha boca ao longo do nosso relacionamento.

Hoje foi noite de show no After Dark e, como sempre, Daniel me acompanhou. Toda semana ele me leva para o bar e só vai embora quando estou pronta para deixar o lugar. E adoro cantar com a The Band. Os rapazes da banda são maravilhosos e aprendo muito com eles. Desde que eu e Daniel começamos a ficar juntos, Alan passou a me tratar como uma grande amiga. As piadinhas de duplo sentido foram deixadas de lado e agora ele exibia nos shows a Firebird vermelha que ganhou de George por ter nos ajudado com o plano maluco para fazer ciúmes em Daniel.

Mas, mesmo que Alan esteja sempre cercado pelas *groupies* que vão ao AD só para vê-lo, tenho a impressão de que Danny não se sente à vontade quando estamos juntos. Durante os shows, ele assiste do seu lugar no bar e muitas vezes o pego com o cenho franzido e o olhar distante. Entendo que haja certa antipatia — e tenho que concordar que em parte a culpa é minha por ter envolvido Alan nessa história —, mas, ainda que eu ame Daniel de todo o coração, abrir mão de cantar com a The Band e de escolher minhas próprias amizades e relacionamentos é algo que não vou fazer. Meu tempo de aceitar as imposições de quem quer que seja, inclusive do Daniel, ficou para trás.

Aconchegado a mim, Daniel suspira e se remexe um pouco, o que me afasta dos meus pensamentos. Sorrio ao olhar para ele e fecho os olhos, sentindo o sono me alcançar, com o coração cheio de esperança de que o futuro me reserve a felicidade que tanto almejo, e não decepção.

✳ ✳ ✳

Sempre acreditei que momentos de extrema felicidade vêm acompanhados de uma nuvem carregada que, quando menos se espera, faz chover desilusão. E é assim que meu castelo de areia começa a desabar.

Depois de uma semana de vários ensaios para o show de hoje à noite, em que fizemos mudanças relevantes na setlist, agendei horário no salão do shopping para fazer uma hidratação no cabelo, mas…
Atchim.
É o terceiro — ou seria o quinto? — espirro que dou hoje. E nem sequer saí da cama. Minha garganta está dolorida, assim como meu corpo. Espero que aquela gripe que anda rondando por aí não me pegue.

— Ei, baby! Está em casa? — Ouço a voz de Daniel e dou uma rápida olhada no relógio. Quase meio-dia. Eu deveria ter me levantado há muito tempo se quisesse estar no salão na hora certa.

— Estou aqui no quarto — falo, me dando conta de minha voz levemente rouca.

Começo a me levantar quando ele entra e franze o cenho ao me ver.

— Hum… está tudo bem? — ele pergunta e eu assinto.

— Acho que estou um pouco gripada. Mas vou ficar bem. Mais tarde eu tomo um antigripal.

Ele assente e sorri.

— Não devo ir ao bar hoje. O John me ligou e me chamou para jogar pôquer com uns amigos.

É a minha vez de franzir o cenho.

— John…? — pergunto baixinho, confusa.

Ele não fala com John há anos…

— Sim. É um encontro da nossa turma de faculdade.

— Ah… mas hoje é dia de show… — deixo escapar, sem conseguir disfarçar minha frustração. Desde que começamos a ficar juntos, ele nunca, nunca mesmo, perdeu um show meu.

— Eu sei, mas você pode ir com o George, não pode? — ele pergunta enquanto se aproxima, dando um beijo na minha testa e colocando os óculos de sol. — Você parece um pouco quente.

— Tenho certeza de que não é nada. E… sim. Claro que posso ir com o George — respondo, um pouco surpresa com seu modo de agir.

— Ótimo. Nos falamos depois, então. — Ele sorri e pisca para mim, saindo em seguida.

Pode parecer cisma, mas a verdade é que meu sexto sentido não consegue deixar de emitir todos os alertas de que algo não está certo. Além disso, o fato de ele estar tão ansioso para se encontrar com "amigos" com os quais não fala há mil anos, sendo um deles aquele que o incentivou a se afastar de mim, não me parece bom.

Não mesmo.

Atchim!

Com o cenho franzido e espirrando, me levanto e vou para a cozinha fazer café. Não há nada que um bom café quente não cure.

***

Pela sensação de que fui atropelada por um caminhão em alta velocidade que se esparrama pelo meu corpo, acho que eu estava enganada sobre as propriedades medicinais do café. Porque me sinto péssima.

Depois de me sentar no canto do sofá com uma caneca enorme de café e um brioche, meu mal-estar piora consideravelmente. Me forço a comer, mas meu corpo inteiro dói. Parece que tem uma lixa na minha garganta e uma fanfarra em pleno ensaio na minha cabeça.

Atchim. Atchim. Atchim!

O ataque de espirros persiste por mais alguns instantes, até que me levanto, busco um copo de água na cozinha e sigo para o meu quarto, à procura de um antigripal.

***

— Humpf... — resmungo ao sentir uma mão fria na minha testa.

— Julie... — uma voz murmura meu nome e abro os olhos lentamente, franzindo o cenho ao perceber que o quarto está mergulhado na escuridão. — Sou eu, querida. Usei a chave que você me deu — ele fala e me olha, enquanto tento encontrar forças para falar alguma coisa.

Abro a boca, levanto uma mão, mas ela tomba com a minha incapacidade de me mover. Absolutamente *tudo* dói.

Umedeço os lábios ressecados e me esforço mais um pouco:

— Eu... minha garganta... dói. — Pronunciar essas quatro palavras parece mais difícil do que qualquer coisa que eu já tenha tentado fazer. Acho que nunca me senti tão doente.

Ele se afasta rapidamente e retorna com um copo de água fresca. Depois de colocá-lo sobre a mesa de cabeceira, ele me ajuda a me sentar e me incentiva a beber um pouco.

— Você não apareceu para o show... ficamos preocupados — George fala, me surpreendendo. Não fazia ideia de que eu tinha dormido tanto. Basicamente o dia inteiro.

— Me senti mal e me deitei um pouco... acho que apaguei.

Olho para George, que parece muito preocupado.

— Você está queimando de febre. E está cheia de manchas vermelhas pelo corpo e pelo rosto. — Ele olha ao redor, parecendo procurar algo. — Onde está o Danny? Ligamos para o celular de vocês dois várias vezes e ninguém atendeu.

— Nem sei onde está meu celular... — Passo a mão pelos cabelos, tentando colocar meus pensamentos em ordem. *Daniel. A festinha dos amigos. John.* Os últimos acontecimentos me vêm à mente e finalmente falo: — O Daniel foi para Santa Monica encontrar uns amigos.

— E deixou você assim? — George arqueia a sobrancelha e posso dizer que ele não está gostando nada disso.

— Quando ele saiu, eu ainda não estava me sentindo tão mal... — falo com a voz bastante rouca, mas sou interrompida por mais uma crise de espirros que parece que não vai parar nunca.

— Abra a boca — ele fala de repente, quando finalmente paro de espirrar.

— Hã?

— Abra a boca. E diga "ah".

Franzo o cenho para ele.

— Não sabia que, além de decorador de interiores, você também era médico — respondo e ele dá de ombros.

— Amada, tenho mil e uma utilidades. Decorador, terapeuta, cupido, *personal shopper*, melhor amigo, arquiteto de planos infalíveis... Medicina é só mais uma habilidade no meu enorme currículo — ele fala enquanto enfia a mão no bolso e retira o celular. Em seguida, acende a luz da lanterna bem na minha cara e eu fecho os olhos, fazendo uma careta. — Vamos lá. Aaaaaahhhhhhh.

— Aaaaaahhhhhhh — repito, abrindo os olhos quando ele finalmente aponta a lanterna para a minha garganta. Ele olha muito atentamente, com uma expressão compenetrada. — E aí? — pergunto, quando me falta o fôlego para continuar dizendo "Aaaaaahhhhhhh".

— Não sei — ele responde e reviro os olhos, o que não é bom, porque faz minha cabeça doer. — Mas não me parece muito saudável.

Seu tom é solene, como se ele estivesse prestes a fazer uma cirurgia cardíaca em alguém, e eu riria se não estivesse me sentindo tão mal.

Ele se levanta de repente, acende o abajur ao meu lado e vai até o guarda-roupa. Enquanto tento acostumar meus olhos com a luminosidade, eu o vejo remexer nos cabides até encontrar o que parece estar procurando.

— O que... — minha voz falha e tomo mais um gole da água. — O que você está fazendo?

— Procurando uma roupa para você vestir para que eu possa te levar ao hospital. Você está queimando de febre e quase sem voz.

— Ah, George, estou cansada demais... Não quero ir... — protesto, mas ele não dá a mínima. Ele se aproxima da cama com uma calça jeans e uma camiseta nas mãos e me ajuda a vestir as roupas como se eu fosse uma criança.

— George! — protesto. — Já falei, não quero ir...

— Ah, mas vai. Isso não é só uma gripe. E não discuta comigo — ele fala com firmeza e não tenho escolha a não ser concordar.

**

Após preenchermos a ficha na recepção, sou rapidamente levada ao setor de emergência por uma enfermeira que, depois de me acomodar em uma cadeira, mede a minha temperatura, verifica a pressão e faz várias perguntas sobre o que estou sentindo. Ao terminar as perguntas, ela coloca a mão sobre meu braço com delicadeza e sorri.

— Aguarde só um instante que o médico de plantão virá atendê-la.

— Obrigada — murmuro.

Pego o celular na bolsa e verifico as chamadas perdidas. Parece que, enquanto eu dormia, todos os meus amigos me ligaram. Todo mundo, menos o Daniel. Essa constatação me deixa um pouco decepcionada. Não que eu ache que ele não possa sair com seus amigos. Não só pode, como deve. Acredito que, em um relacionamento, é preciso manter também a individualidade de cada um. Amar não é estar colado cem por cento do tempo no outro. Mas, nestas circunstâncias, sinto como se tivesse sido deixada de lado. Como se tivesse pouca importância para ele.

Isso não deveria te surpreender, penso. Danny nunca falou sobre seus sentimentos nem sobre o nível de importância que tenho na vida dele. Nunca, efetivamente, se comprometeu. *O erro foi seu de ter se entregado tão facilmente.*

Uma batida à porta me afasta dos meus pensamentos.

— Olá, srta. Walsh. Sou o dr. Jones. Em que posso ajudá-la hoje?

O dr. Jones — um médico muito, muito gato — se acomoda atrás da mesa e abre um sorriso gentil para mim.

Pigarreando, conto o que estou sentindo e ele analisa as informações que a enfermeira anotou no prontuário. Em seguida, se levanta e indica a maca encostada no canto esquerdo da parede.

— Por favor, sente-se ali para que eu possa examiná-la.

Durante o exame, que inclui mais uma sessão de "Aaaaaahhhhhhhs", o dr. Jones observa atentamente a minha garganta e faz mais algumas anotações no prontuário.

— Tudo indica que é amigdalite — ele fala. — Vou pedir alguns exames e solicitar à enfermeira que lhe dê uma medicação intravenosa com soro. Assim a gente já começa a combater a infecção. Você está um pouco desidratada também.

— Ah... — murmuro. — Achei que fosse só uma gripe por causa dos espirros.

— Como a sua imunidade baixou, possivelmente a inflamação nas amígdalas está acompanhada de uma gripe, sim. Mas não se preocupe. Você vai ficar bem logo, logo.

— Obrigada — murmuro.

Pouco depois sou conduzida para um salão com várias cadeiras retráteis de couro bege. A enfermeira aponta uma delas e pede para eu me sentar. Depois que um técnico aparece para tirar meu sangue e a enfermeira faz os procedimentos solicitados pelo médico, ela sai de lá com a promessa de que chamaria George para mim.

Pouco tempo depois, ele aparece, enchendo o lugar com sua animação pouco adequada para um hospital.

— Garotinhaaaa! Estou en-can-ta-do. Não fazia ideia de que o *dr. McDreamy* trabalhava aqui! — ele fala, se referindo ao médico gato de *Grey's Anatomy*, e se abana, me fazendo rir.

— Ele é um gato mesmo — respondo baixinho, com um sorriso no rosto e os olhos fechados, me sentindo como se tivesse sido mastigada e cuspida pelo universo. Tudo dói.

— Os garotos estão lá fora.

— Garotos? — Abro um olho só para encará-lo. — Que garotos?

George revira os olhos.

— Os Backstreet Boys que não podem ser. — Eu bufo em resposta, mas ele me ignora e continua: — Embora não fosse nada mal ter Nick Carter na sala de espera. Tudo bem, eu sei que você prefere o...

— Georgeee! — eu o chamo e ele suspira. — Foco!

— Ah, certo. Bem, o Alan está lá fora e mandou um beijo. Não sei quem é mais gostoso, *dr. McDreamy* ou o guitarrista da The Band. A equipe feminina do hospital está tendo um dia daqueles! — Ele ri.

— Alan? — pergunto, abrindo o outro olho e franzindo o cenho. — Mas o que...

George continua, me interrompendo:

— O Rafe e o Zach também. — O sorriso dele é brilhante. — A Jo está no caminho. O Ben não pôde vir, pois está em um evento do trabalho. Ele nem pôde levar acompanhante, acredita? Eu estava louco para tomar champanhe e...

Interrompo mais uma vez sua divagação aleatória sobre a injustiça de um evento exclusivo para quem *trabalha* na empresa.

— George, por que você incomodou todo mundo? É só uma amigdalite! Não é necessário que uma comitiva venha ao hospital.

— Somos a sua família do coração! — ele exclama, colocando a mão no peito. *Rei do drama.* — Estávamos todos *muito* preocupados com você.

Reviro os olhos.

— Só não consegui falar com o Daniel. Mas ele vai se ver comigo! Onde já se viu, deixar a namorada doente para sair por aí?

— George, está tudo bem. Amigdalite não é nada de mais. E o Daniel não é minha babá.

A expressão dele fica muito séria e isso me surpreende. Em todos esses anos, nunca o vi tão aborrecido.

— Eu sei que é *só* uma amigdalite. Mas a febre estava alta demais e todo mundo sabe que isso é perigosíssimo.

— Falou o dr. George, especialista em clínica médica, formado após mais de vinte temporadas pela universidade *Grey's Anatomy* — falo com sarcasmo.

Ele revira os olhos e continua:

— O comportamento do Daniel me decepcionou, Julie. Ele não se preocupou nem em ligar para saber se você chegou bem ao bar ou se voltou do show bem. Todos nós ligamos inúmeras vezes para ele, que não atendeu nem respondeu às ligações. Ninguém sabe onde ele está ou o que está fazendo. Nem mesmo a namorada dele!

Fecho os olhos e respiro fundo, e a voz de George se aprofunda.

— Amor é cuidado, Julie. É por isso que todos nós estamos aqui. Porque amamos você e estamos preocupados. É sobre compartilhar emoções e sentimentos. É demonstrar carinho nas pequenas coisas, como ao desejar bom-dia, dizer ao outro que tenha cuidado ou que pensou nele. É ficar disponível quando o outro precisa de nós, mesmo que a pessoa nem saiba que precisa disso. — Ele passa a mão pelo cabelo escuro, afastando a mecha que caiu em sua testa, e seus olhos azuis brilham com amor. — É se preocupar. É por isso que nos votos de casamento se fala que o casal deverá ficar junto na alegria ou na tristeza, na saúde ou na doença. Porque quando o outro precisa, você tem que estar lá. E Daniel não estava. — A voz dele soa mais baixa quando ele completa: — *Ainda* não está.

Engulo em seco, sentindo meu peito apertar.

— Você acha que ele não me ama? — pergunto, e sinto raiva de mim mesma pelo tremor em minha voz.

— Acho que o Daniel precisa aprender o que é amar. O sentimento existe. É nítido para quem quer que olhe para vocês dois. Só acho que ele não sabe bem como demonstrar isso.

— Às vezes acho que ele não está pronto para se comprometer... que ele não *quer* se comprometer. Que, talvez, o amor não seja suficiente, e que *eu* não seja suficiente.

As últimas palavras saem roucas e preciso fazer um grande esforço para engolir o nó na minha garganta e segurar as lágrimas que sei que brilham em meus olhos.

— O amor sempre é suficiente, Julie — George responde carinhosamente. — Você só precisa ter fé.

Fecho os olhos, sentindo a dor de cabeça piorar depois de toda esta conversa com meu amigo. Sempre acreditei que o amor era o único ingrediente necessário para ser feliz. Que se eu amasse muito, seria amada de volta e viveria feliz para sempre. Mas a vida tem me ensinado muito. O amor é indispensável, mas também é preciso uma boa dose de amor-próprio.

Abro os olhos e me vejo sozinha na sala. George deve ter voltado para a recepção. O que é bom, já que tenho muito o que pensar... Não é fácil mudar velhos hábitos, desconstruir antigas idealizações e abandonar certos sonhos. Mas sei que, quando eu conseguir fazer isso, será porque finalmente cresci.

CAPÍTULO QUINZE
Daniel

Franzo o cenho ao olhar para o meu celular. Algo não está certo. Tenho cento e trinta e três ligações perdidas, trinta e cinco mensagens de voz e sessenta e uma mensagens de texto. Mas o que...

— O que você está fazendo aí, cara? — Ouço a voz de John atrás de mim, que não parece estar tão bêbado quanto eu. Depois de pressionar o botão de confirmar viagem no aplicativo do Uber, me viro para mirá-lo e ele balança o dedo em direção à casa. — A festa fica lá dentro.

Solto um longo suspiro. São duas da manhã e, apesar de ter planejado dormir na casa dele, preferi chamar um Uber quando as coisas começaram a sair um pouco do controle. Quando *eu* comecei a perder o controle.

— Vou para casa — respondo e meu amigo revira os olhos. — Chamei um Uber.

— Achei que você fosse passar a noite aqui, conhecer umas amigas...

Franzo o cenho para ele. Mesmo bêbado, não gosto do rumo que a conversa está tomando.

— Eu já falei que estou com a Julie. — Posso ter muitos defeitos, mas trair não é um deles. Todos os meus relacionamentos foram baseados na honestidade. Mesmo os casuais. Não seria diferente com a Ju, ainda que ela me deixe extremamente confuso.

— Você sabe que isso não é impedimento — John comenta, dando de ombros. Ele se aproxima, se encosta na pilastra da varanda e puxa um maço de cigarros do bolso.

— Para mim é — respondo e volto a olhar para a tela do celular.

— Achei que você tivesse desistido dessa *coisa* com essa garota quando éramos adolescentes. Pelo jeito como você está amarrado nela, em pouco tempo ela vai estar te arrastando rumo ao altar. À forca — ele diz, depois de acender o cigarro, fazendo um som baixo enquanto mexe o indicador na horizontal embaixo do queixo, como se estivesse cortando o pescoço.

— Não sei qual é o seu problema com a Julie — falo, enquanto inclino a cabeça para direita e o observo assoprar a fumaça de cigarro no ar.

— Você é como eu, Daniel. Um homem do mundo. A sua *irmãzinha* sempre quis te prender. E você, como um idiota, está caindo nessa.

— Ela não é minha *irmãzinha*.

— Você sabe que não deveria estar *trepando* com ela. — As palavras mal saem dos seus lábios e parto para cima dele, dando um soco bem no seu olho.

— Não fale assim dela! — resmungo, enquanto nos embolamos na varanda da casa, até que rapidamente dois outros caras se aproximam e nos separam.

— Você vai se arrepender disso, Daniel! — John declara com firmeza. — Quando essa vadia começar a controlar sua vida e você estiver no altar, esperando por ela, vai se lembrar do que eu falei.

Ao ouvi-lo chamar Julie de vadia, tento me soltar do aperto de Lewis, um dos nossos amigos que está me segurando.

— Cara, não — Lewis fala, me segurando com mais firmeza. — Não vale a pena.

Neste momento, a buzina de um carro soa.

— Me solta — retruco, e Lewis larga meus braços quando percebe que não vou avançar contra John. — Vai se foder, John.

Eu me viro e vou para o Uber que buzinou pela segunda vez. Antes que eu consiga entrar, Lewis segura meu ombro.

— Ele está com inveja de você. Sempre teve interesse nela, mas sua garota nunca nem deu bola para ele.

— O que... — murmuro.

— Ele a viu nas redes sociais do AD — ele continua. — Você sabe como o John é. Sempre quer aquilo que não pode ter.

Assinto e entro no carro, me repreendendo por ter aceitado me reunir com os caras. Eu deveria ter imaginado. John sempre foi o tipo de cara que disputava com os amigos o que quer que fosse: quem tinha mais grana, o melhor carro, quem saía com mais mulheres ou as mais bonitas... Eu tinha me esquecido desse lado da sua personalidade. Quando John ligou, depois de meses sem fazer contato, me chamando para um jogo de pôquer, eu deveria ter recusado. Era óbvio que nada de bom sairia disso, mas eu estava precisando de uma folga. Ficar longe de tudo e de todos por um tempo.

Estava me sentindo pressionado por todos os lados. Meus pais estão olhando para mim como se a qualquer momento eu fosse me ajoelhar na cozinha e pedir Julie em casamento. Meus sócios falam nela como se ela fosse a minha esposa. Quando fazemos qualquer plano, inclusive as viagens de negócios, eles me perguntam como Julie vai reagir ou o que Julie vai achar.

Não achei que nosso relacionamento fosse ficar sério tão rápido assim. E isso me assusta pra caramba. Eu gosto dela. Muito. Mas Julie também me apavora. Ela é linda, sexy e carinhosa. É uma mulher divertida, inteligente e, quando canta, me tira do rumo. Julie é uma mulher maravilhosa e uma parceira incrível na cama, mas comecei a perceber que ela quer mais do que temos agora. As pessoas passaram a nos cobrar por mais. E não sei se é isso que quero para mim.

Ter ido até Santa Monica foi um erro. Um erro enorme. Desde que cheguei, John não perdeu a oportunidade de me criticar por estar com Julie. Eu só não imaginava que ele a quisesse para si.

Fecho os olhos quando a dor de cabeça aumenta. Não deveria ter bebido tanto. Não deveria ter permitido que a confusão em meu interior assumisse o controle. Com um suspiro, pego o celular novamente, me lembrando do número absurdo de chamadas e mensagens perdidas. Ao repassar as ligações, vejo que são de Rafe e Zach, da minha irmã e de George — que foi a pessoa que mais ligou. Mas não tem nenhuma de Julie. *Será que algo aconteceu com ela?*, me questiono, sentindo um aperto no coração. A esta hora, ela já deveria estar quase em casa depois do show.

Não leio as mensagens. Ligo direto para o telefone de George, que me atende com ironia:

— A margarida deu o ar da graça?

— George? O que... o que está acontecendo? — pergunto nervoso, ignorando a piadinha. — Cadê a Julie?

— Se quisesse mesmo saber, teria atendido ao telefone há algumas horas, quando ela não apareceu para o show.

— O quê? Ela não apareceu? — Passo a mão pelo cabelo, sentindo o pânico invadir meu peito, evitando pensar o pior. — Deus, o que aconteceu? Onde ela está? — Ela jamais faltaria ao show se não fosse por algo realmente sério.

— No hospital — ele responde, sem me dar mais detalhes.

— No hospital? Que hospital? Por quê? Merda, George. Você pode, por favor, me dizer o que aconteceu? — Franzo o cenho, sentindo a cabeça doer ainda mais. — Estou bêbado demais pra brincar de adivinhação.

— Estamos na emergência, aqui perto de casa mesmo. Ela está aguardando o resultado dos exames. — O tom dele é implacável e posso dizer que ele está bem aborrecido comigo. *Eu* estou aborrecido comigo. — O médico acha que é uma amigdalite. Ela está com uma febre altíssima. Quando fui até a casa dela para descobrir o que tinha acontecido, ela estava queimando e eu a trouxe para o hospital.

— Estou chegando aí — aviso. Mal consigo raciocinar. A Julie está doente e pode ter ficado ainda pior por falta de socorro. Porque eu estava fora.

— Não — George diz, ignorando meu protesto. — Você vai pra casa, tomar um banho e tirar o cheiro de bebida, que eu posso sentir daqui, senão o estrago vai ser maior — ele fala, exagerando como sempre. Franzo o cenho porque sei que ele tem razão. — Só espero que você não tenha feito nenhuma besteira, Daniel. — A voz de George soa... decepcionada. — Você sair para farrear com um cara que te incentivou a se afastar dela já é ruim o suficiente, mas isso dá para resolver. Agora, uma traição... Isso não tem perdão. Ela não merece passar por isso.

Estremeço com suas palavras. Me sinto péssimo. A última coisa que eu quero é magoar a Julie.

— George, eu não a traí. Te juro. Eu só precisava de um pouco de espaço para pensar. Bebi demais, mas foi só… eu… eu… — Sinto um grande aperto no peito. Estou decepcionado demais comigo mesmo.

— Tudo bem, Daniel. Vá pra casa, tome um banho, um café quente e depois venha pra cá. A alta deve demorar um pouco ainda porque, como falei, o resultado dos exames ainda não ficou pronto e a febre não cedeu.

Concordo e me despeço, prometendo ir para lá o mais rápido possível. *Péssimo momento para ter uma crise existencial, Danny.* Só espero que ela fique bem e me perdoe.

Ainda tenho medo de me envolver, mas o medo de perdê-la é maior.

***

Depois de um banho rápido e um café forte, me sinto mais preparado para ir ao hospital. Chamo um Uber, já que deixei a moto lá em Santa Monica — e também não estou em condições de dirigir.

Enquanto o carro percorre a Melrose Avenue a caminho do hospital, penso em como as coisas deram tão errado em menos de vinte e quatro horas. Em dez minutos, o motorista para o carro em frente à entrada do hospital. Ao entrar, vejo meus amigos na sala de espera: Rafe está sentado lendo o *Financial Times*, Zach está mexendo no celular, Alan está batendo papo com a recepcionista e George está andando de um lado para o outro.

— Onde ela está? — pergunto, e os quatro homens na sala me olham surpresos.

— Sua irmã está lá dentro. Só pode entrar uma pessoa por vez — George responde, com um olhar desgostoso.

— Rafe, você pode levar a Jo pra casa? Vou avisá-la de que fico com a Julie.

Rafe levanta os olhos do jornal — quem ainda lê jornal impresso nos dias de hoje? — e me observa por alguns instantes antes de responder:

— Claro, Danny, sem problemas.

— Onde ela está, George? — pergunto mais uma vez. Meu tom é sério.

Ele suspira e acena com a cabeça para a porta de vidro atrás de nós.

— Na emergência. E... Danny? — ele me chama quando estou prestes a sair. — Ela precisa de repouso, e não pode se estressar mais. — George semicerra os olhos para mim. — Acho bom você colocar sua cabeça pra funcionar e se esforçar bastante se realmente quiser ficar com ela. Ela está muito decepcionada com você.

Assinto com a cabeça e saio da recepção.

Vejo Jo parada em um longo corredor, encostada na parede. Ao me ver, ela franze o cenho e demonstra toda a sua insatisfação na expressão facial.

— Onde você estava? — ela pergunta com aquele tom mordaz de advogada.

— Em Santa Monica, com uns amigos. Bebi demais e não ouvi o telefone tocar. O que o médico disse?

Ela bufa.

— Daniel!

— Jo! — imito seu tom e ela revira os olhos. — Me poupe do sermão, que eu já sei que vacilei. Quero saber como ela está.

Cruzo os braços enquanto encaro minha irmã, que revira os olhos mais uma vez e balança a cabeça em direção à sala atrás de nós.

— Como você mesmo pode ver, ela está esgotada. Amigdalite, foi o que o médico disse. Está terminando de tomar a medicação para poder ir embora.

Julie está acomodada em uma daquelas poltronas de couro macio, com uma agulha presa ao braço, ligada a uma bolsa de soro e medicamento. Seu rosto está pálido e abatido. Posso ver, mesmo de longe, as sombras ao redor dos seus olhos.

— O Rafe vai te levar para casa — falo para Jo, que cruza os braços.

— Danie...

Eu a interrompo:

— Vou ficar com ela, Jo. Pedi ao Rafe que te dê uma carona.

— Não preciso que você me empurre para seus amigos como se eu fosse uma bagagem a ser despachada — ela protesta. — Sou uma mulher crescida e capaz de ir para casa por conta própria.

— Jo… — começo, mas ela já está no modo em que prefere me desafiar.

— E a Julie não precisa de estresse agora. Droga, Daniel! Não posso acreditar que você saiu com aquele cara e simplesmente sumiu. Tem ideia de quantas vezes tentamos ligar?

Passo a mão pelo cabelo, me sentindo culpado.

— Eu sei, Jo. Fui um idiota. Isso não vai acontecer mais.

— Vai ser bem feito se ela desistir de você.

Meu coração se aperta.

— Espero de verdade que ela não faça isso — falo, e meu tom soa tão triste que Jo inclina a cabeça e me observa com atenção.

— A Julie é uma garota incrível, Daniel. Ela é alguém muito melhor do que eu… do que a maioria de nós. Não conheço ninguém que tenha o coração mais gentil e doce que o dela. — Jo fecha os olhos e suspira. Ao abrir, me vejo encarando os olhos verdes brilhantes que são um reflexo dos meus. — Ela já perdeu muito, Danny. Mais do que qualquer um deveria ter perdido na nossa idade. Não merece mais sofrimento.

— Eu sei — murmuro e Jo me observa por alguns instantes. Algo cintila em seu olhar e ela finalmente assente.

— Não me faça me arrepender por tê-la incentivado a isso — ela diz e aponta para mim. — Vou para casa. Sozinha, porque não sou uma donzela em perigo. — Seu tom não admite contestação e disfarço um sorriso. Jo sempre foi assim, independente e autossuficiente. O homem que se apaixonar por ela vai ter muito trabalho para conquistar seu coração. — Mande notícias.

— Pode deixar.

Seguro sua mão e a puxo para um abraço. Ela envolve os braços ao meu redor e murmura contra meu ouvido:

— Eu te amo, Danny. Mas você precisa amadurecer.

— Eu sei. Eu sei.

Depois que nos afastamos, eu a acompanho até a saída da emergência e, ao retornar, sinto meu corpo inteiro tensionar.

Julie está acordada e um médico jovem está parado bem ao seu lado, sentado em uma banqueta que ele puxou de algum lugar.

— A febre está começando a ceder. — Eu o ouço falar e o vejo estender a mão para segurar a dela. — Mas posso te manter aqui esta noite para que fique em observação. Como você está se sentindo? — ele pergunta, ainda segurando a mão dela.

— Com dor de cabeça. E muito cansada — ela responde baixinho.

— Descanse o máximo que puder. A sua irmã foi embora? — ele pergunta e eu decido que está na hora de anunciar a minha presença.

— A *cunhada* dela acabou de sair. — Eu me aproximo e o médico me olha com a sobrancelha arqueada. — Daniel Stewart, sou o namorado de Julie. — Meu tom é firme. — Vou ficar com ela. — Julie observa a conversa com a sobrancelha arqueada. — Oi, baby. Como você está?

O dr. Bundão olha de mim para ela e se apresenta, estendendo a mão:

— Nathan Jones.

Aperto sua mão, com a expressão ainda séria enquanto Julie nos observa sem falar nada.

— Se a Julie estiver medicada e bem o suficiente para ir para casa, eu mesmo posso ficar de olho nela. Na *nossa* casa — digo, sem me incomodar que ele entenda que moramos juntos. Apesar de isso não ser exatamente verdade.

— Bem, mais tarde eu volto para ver como você está, ok? Se depois de tomar toda a medicação você estiver melhor, talvez possamos liberá-la — o médico fala, olhando para mim, com uma expressão de desagrado. — Descanse, Julie — ele diz para ela com um sorriso e a voz suave, e ela assente.

O dr. Bundão finalmente sai do quarto e ficamos a sós.

— Baby... — começo, mas ela me interrompe.

— Não me chame assim. E se você acabou de mijar ao meu redor para tentar marcar seu território, pode voltar de onde veio e pedir ao George que venha ficar no seu lugar — ela fala, sem me olhar, virando o rosto para o outro lado. Seu tom de voz é tão desgostoso que sinto uma pontada no meu coração.

— Julie, por favor... — murmuro e ela volta a olhar para mim.

Mas, ao contrário do que eu esperava, seu olhar não é misericordioso. Na verdade, o brilho que vejo nos seus olhos azuis me deixa apreensivo. É uma mistura de mágoa, tristeza e um pouco de raiva. Se fosse só raiva, seria mais fácil de reverter, mas aquela mágoa... Ah, merda!

Sem levantar a voz, ela fala, com um tom tão gelado que provoca um arrepio em minha espinha:

— Daniel, estou doente e me sentindo mal. Não quero você aqui. Você fez suas escolhas e agora estou fazendo as minhas. Quero que você saia. Quero ficar em silêncio para a minha cabeça parar de doer. Gostaria que você fosse menos egoísta em nosso relacionamento, mas acho que isso é pedir demais. Então, é melhor que você me deixe sozinha antes que eu faça ou fale algo de que me arrependa depois.

Abro e fecho a boca algumas vezes, sentindo como se ela tivesse me dado um tapa. Nunca, em todos esses anos em que a conheço, eu a ouvi falar assim com quem quer que fosse.

— Me deixa explicar, Ju... — tento mais um pouco, mas ela é implacável.

— Não quero ouvir. Saia daqui.

Ela vira o rosto para o outro lado e fecha os olhos, me descartando totalmente. Nunca imaginei que algo pudesse doer tanto. O desprezo na voz dela e a mágoa que causei me fazem me contorcer de culpa.

Saio dali e sigo até a recepção, me sentindo perdido e vazio. George se levanta apressado da cadeira ao me ver.

— Ela está bem?

— Está. O médico disse que a febre está baixando e que ela precisa terminar a medicação que está sendo administrada com o soro. — Olho para George e falo baixinho: — Ela me expulsou de lá, George. Disse que não quer minha presença e... pediu que você lhe fizesse companhia. — Engulo em seco, tentando dissolver o grande nó em minha garganta. — O que devo fazer, George? — pergunto, me sentindo perdido.

— Você sabe que ela não está errada... — ele fala e eu assinto.

— Você sempre achou que a presença e o carinho de Julie estivessem garantidos, mas nada é eterno, Danny. — A voz de Goerge é suave e gentil, mas, ainda assim, parece rasgar meu peito. — Você gosta dela, Danny? — ele me pergunta e franzo o cenho.

— É claro que gosto — respondo, indignado por ele suspeitar de mim.

— Gosta de verdade? Como a garota que merece toda a sua consideração e carinho? Porque você agiu como se ela não tivesse nenhuma importância para você. Como se ela fosse só mais uma na sua longa fila de mulheres. Só que ela merece mais, Daniel. Ela merece o mundo.

— Eu sei, George... eu sei. Eu não quero perder a Ju.

— Então acho bom você colocar essa cabecinha de vento para funcionar e fazer algo realmente especial para demonstrar o seu arrependimento. Algo grandioso, que envolva romantismo e você rastejando aos pés dela.

O sorriso no rosto dele parece um pouco malicioso demais para o meu gosto.

— Rastejar?! — pergunto, surpreso. Nunca rastejei por mulher alguma.

— Sim, rastejar. Ela precisa ter a certeza de que você aprendeu a lição. E vai precisar ser convencida de que vale a pena te dar outra chance.

— Você vai me ajudar? — pergunto, passando a mão na cabeça. — Eu... eu nem sei o que fazer. Nem como começar...

George revira os olhos.

— Ah, que droga, Danny. Não faça essa cara de menino perdido. — Ele suspira. — Olha, vou pensar no assunto, mas não prometo nada. A minha prioridade é ela, não você. — Ele aponta na direção da emergência. — Por falar nisso, vou entrar. Você vai para casa?

— Não, vou ficar aqui esperando.

George assente e se afasta. Eu me sento na cadeira que ele estava ocupando e pego o celular, determinado a procurar alguma inspiração na internet. Algo romântico e grandioso, foi o que George disse. Mas, mais do que isso, preciso manter minha cabeça no lugar e não surtar de novo com a pressão desse relacionamento.

Será que estou pronto?

***

Pouco tempo depois vejo George cruzar as portas da emergência para a recepção. Eu me levanto, com a esperança de que o humor de Julie esteja um pouco melhor, mas o meu humor é que azeda quando a vejo passar pela porta ao lado do dr. Bundão.

Ela está olhando para ele, que está com a cabeça inclinada na direção dela, falando algo em voz baixa. George se aproxima de mim, enquanto eles param perto da porta. O médico coloca a mão na testa dela, como se estivesse verificando se ela está com febre e, em seguida, afasta a mão e coloca uma mecha do cabelo dela atrás da orelha.

— Calma... sem estresse — George fala em tom de aviso.

— Vou denunciar esse cara ao Conselho de Medicina. Como você quer que eu fique calmo com esse dr. Bundão dando em cima da minha namorada?

— Dr. Bundão? — George olha de cima a baixo para o médico. — Tenho que discordar. O dr. *McDreamy* é bem gostoso.

— George!

— Me desculpe. Só estou constatando um fato.

Reviro os olhos, sabendo que não adianta reclamar com ele.

— Aqui está o meu cartão, Julie. — O médico entrega o cartão para ela com um sorriso no rosto e eu me aproximo. — Tem meus telefones, inclusive o celular, no verso. — Ele faz uma breve pausa para me olhar e continua: — Me ligue se precisar de alguma coisa.

— Obrigada — ela responde, pegando rapidamente o cartão da mão dele e enfiando no bolso da calça.

— Vamos, Ju. Vamos para casa — falo, colocando a mão na base da sua coluna de forma protetora, afastando-a do médico impertinente. Ela me observa com a sobrancelha arqueada, mas não fala nada até sairmos da recepção para a área de estacionamento.

— Não é porque você está aqui e vai para casa conosco que eu te perdoei. Na verdade, acho que você deveria... — Sei que ela vai me mandar ir para casa sozinho, então eu a interrompo antes que ela termine.

— Vamos conversar em casa? Prometo que vamos resolver tudo.

— Venham, crianças. O tio George vai levar todo mundo para casa — George nos interrompe.

A viagem até em casa é feita em total silêncio. Mas, ao chegarmos, a intransigência de Julie volta com força total.

— Fique na minha casa, Ju. Você não deve ficar sozinha, e lá eu posso cuidar de você.

— Mas o George pode...

— O George está cansado por ter passado a noite no hospital, e tenho certeza de que o Ben está esperando por ele em casa — falo.

George olha de mim para ela, erguendo as mãos, como se não quisesse entrar na discussão.

Ela olha para o amigo com os olhos semicerrados e ele abre um sorrisinho.

— Por favor? — peço, fazendo a minha melhor cara de Gato de Botas para convencê-la. Ela olha para George mais uma vez, que enfim assente.

— Tudo bem. Mas você não vai dormir comigo.

— Mas, bab...

Ela me interrompe:

— Sem "baby". Não vamos dormir juntos.

Em seguida, Julie se vira com um grunhido irritado e segue para a minha casa, pisando firme. Solto um suspiro. Ao menos uma vitória nesta noite.

— Obrigado por tudo, George. Boa noite — falo e sigo atrás de Julie, mas sou interrompido por George, que me chama por aquele apelido ridículo que ele inventou.

— Danny Boy?

— Sim?

— Você sabe que vai ter que rebolar, não é? E não se esqueça do que falei. Gestos românticos e grandiosos. E lembre-se de rastejar.

Dou um suspiro e entro em casa com o rabo entre as pernas. Essa coisa de relacionamento é muito complicada.

CAPÍTULO DEZESSEIS

Daniel

Toc. Toc.

Bato à porta do quarto, mas Julie não responde. Segurando a bandeja com o café da manhã com as duas mãos, uso o cotovelo para abrir a porta. Julie, que já está acordada, se vira para o outro lado sem falar comigo — o que quase parte meu coração.

Com um suspiro baixo, tento manter o otimismo e me aproximo.

— Bom dia, baby — falo baixinho e coloco a bandeja sobre a cômoda no canto direito do quarto enquanto ela está virada de costas para mim. — Trouxe café, torrada, queijo e...

— Pode deixar aí. Obrigada — ela fala de forma grave e puxa o edredom ainda mais para cima, sem nem se virar.

— Hum... — murmuro, desconcertado. — Certo.

Deixo a bandeja e saio do quarto. Inclino o pescoço para a esquerda e para a direita, enquanto sigo de volta para a cozinha, em busca de um café para mim. Solto um grande bocejo. Estou quebrado. Desde que voltamos do hospital, Julie está me dando gelo. Tenho dormido no sofá porque ela não me deixa dormir na cama com ela, o que está acabando com minhas costas e minha autoestima.

Estou prestes a dar um gole no café preto de que preciso tanto quando o meu celular toca.

— Sim, George, ela está bem. Não, George, ela não está falando comigo — digo ao atender ao telefone, impaciente, cansado e desanimado.

— Bom dia para você, Danny Boy. Estou bem, obrigado. Sim, tive uma noite ótima. Sinto muito que ela não esteja falando com você, mas sabe como é: quem nasceu para lagartixa nunca chega a jacaré.

Cuspo o precioso gole de café que estou tomando.

— Lagartixa? Mas... mas o quê? — pergunto, confuso com o falatório já de manhã cedo.

— Daniel, Daniel. Tsc. — Ele estala a língua. — O que você tem feito para amolecer o coração da nossa garotinha? Café da manhã na cama?

— Acabei de levar e ela nem me olhou, só me mandou deixar no quarto.

— Flores?

—Tive que colocar todas na sala porque ela teve uma crise de espirros quando os buquês começaram a chegar — expliquei. — Agora, acho que *eu* estou desenvolvendo algum tipo de alergia ao pólen. — Espirro três vezes seguidas só de me lembrar das flores espalhadas pela sala.

George bufa, aparentemente sem pena do meu estado de saúde.

— Chocolates? — George pergunta e tenho a impressão de que ele está checando itens de uma lista à qual só ele tem acesso.

— Belga, trufado, com licor no recheio, crocante e suíço, que ela pareceu gostar mais do que dos outros, se o fato de a caixa de bombons ter desaparecido de cima do móvel for uma indicação.

— Música? — ele pergunta e eu coço a cabeça.

— Como assim, música? — questiono. — Você quer que eu *cante* para ela? Achei que você fosse me ajudar a reconquistá-la, não a fazê-la sair correndo daqui.

George dá uma gargalhada.

— Eu me esqueci de que esse não é um talento seu.

Reviro os olhos.

— George, ela já está quase boa. Amanhã é o último dia de antibiótico e não vou conseguir segurá-la aqui mais tempo. Você precisa me ajudar a reconquistá-la! — falo em um tom de voz sussurrado para que Julie não me ouça.

— Jesus! Vocês pensam que sou o quê? São George, o santo protetor dos namorados idiotas e das causas pra lá de perdidas que precisam de um milagre da transfusão?

— Hum... não seria da ressurreição? — pergunto, franzindo o cenho e tentando acompanhar esta conversa sem sentido.

— Não. É da transfusão mesmo. Tenho que fazer uma transfusão de status emocional. Sai a Julie vingativa, entra a Julie benevolente!

Solto um grunhido irritado. Estou cansado demais para esse falatório insano do George. Abro a boca para me despedir e desligar, mas ele continua com sua metralhadora verbal:

— Maaaas hoje é seu dia de sorte. Porque eu, George, o magnífico, vou ajudar a resolver seu problema. Eu tenho um plano — ele fala e posso ouvi-lo bater palmas do outro lado da linha.

Ah, droga...

Era disso que eu tinha medo.

— Você vai propor um acordo.

— Acordo? — pergunto. Não posso negar que estou curioso.

— Sim. Vou passar aí hoje à noite para vê-la. Ela vai dizer que quer ir para casa e você vai propor que ela fique aí por mais uns dias. E eu vou incentivá-la a concordar.

— E depois?

— Depois? Isso é com você, bonitão. Vou te conseguir mais tempo com ela. O resto é com você.

Solto um suspiro alto. Qualquer milagre que nos concedam ainda é um milagre, não é?

***

Julie está sentada no canto do sofá com George ao seu lado. Ele ficou contando a ela os últimos acontecimentos no After Dark.

— Se você quiser, podemos ir ao AD depois de amanhã para você assistir a um pouquinho do show — ofereço, com um sorriso. Julie desvia o olhar de George e me observa, inclinando o rosto com uma expressão curiosa e os olhos azuis brilhando.

— Que ótima ideia! — George fala batendo palmas, e Julie desvia o olhar para ele.

— Eu estava pensando em voltar para a minha casa — ela diz, em vez de responder ao meu convite.

— Não! — começo a protestar, talvez de forma veemente demais. Julie e George se viram para mim. — Quero dizer, você pode ficar um pouco mais.

George revira os olhos para minha inabilidade de convencê-la a ficar e toma a responsabilidade para si.

— Julie, meu bem, você deveria ficar mais uns dias aqui. — Ela abre a boca, mas ele protesta e continua falando: — Aham! Você está se recuperando ainda. Será ótimo ter uns dias a mais de descanso e alguém cuidando de tudo.

— Posso descansar na minha casa — ela responde com cara de poucos amigos.

— Mas aqui você pode descansar totalmente, sem se preocupar em arrumar casa ou fazer comida — digo, recuperando a capacidade de fala.

Julie olha para mim e depois para George, que acena com a cabeça para que ela aceite.

Fica, Ju. Fica, peço em silêncio. Seus olhos encontram os meus novamente e, após me olhar nos olhos por alguns instantes, Julie parece ficar satisfeita com algo que vê em mim, e finalmente assente em concordância.

— Tudo bem. Mas só mais alguns dias — ela fala e abro um sorriso enorme.

É um pequeno passo rumo à vitória.

***

Depois de carregar a lava-louças, passo um pano sobre a bancada da cozinha sem conseguir conter meu sorriso. Consegui um pouco mais de progresso nas últimas noites. Desde que Julie aceitou ficar mais alguns dias na minha casa, nossos momentos juntos estão mais leves. Começo a falar sobre os últimos acontecimentos do After Dark como forma de puxar assunto e, para minha surpresa, ela se envolve na conversa. Seu tom é leve e gentil como sempre, e perde aquela pontada dura dos últimos dias, o que enche meu coração de esperança.

Acabo de limpar tudo e sigo para a sala. Julie está deitada no sofá, coberta por uma manta macia e assistindo a um filme na TV. Paro e fico observando minha namorada por alguns instantes. Ela parece relaxada e eu sorrio. Decido aproveitar minha boa sorte dos últimos dias e avançar um pouco mais, então apago a luz após acender o abajur no canto da sala, deixando uma penumbra acolhedora, e sigo para o sofá onde ela está deitada. Julie não fala nada e continua olhando para a tela, como se estivesse muito compenetrada no filme para registrar minha presença, mas sua falsa distração acaba no momento em que me sento no canto oposto de onde ela está com a cabeça apoiada e puxo seus pés para o meu colo — apesar de haver um outro sofá vazio e igualmente confortável no outro canto.

— Dan... — ela começa a protestar, mas eu a interrompo.

— Shh... comecei a ver esse filme, mas não terminei. Esse é o melhor amigo dela? — pergunto, enquanto seguro um dos seus pés e começo a massageá-lo.

Ela geme baixinho quando alcanço aquele ponto que eu sei que a relaxa totalmente e murmura:

— Sim...

— Ótimo. Vamos assistir, então.

Disfarço meu sorriso enquanto a observo com o canto dos olhos. Continuo a massagear um pé e, depois de um tempo, o outro, sentindo-a relaxar cada vez mais até que ela pega no sono. Quando a ouço ressonar, paro meus movimentos, mantendo seus pés no meu colo, e a fito com atenção até que uma ideia me vem à mente.

Bingo!, falo para mim mesmo. Estava na hora de finalmente colocar a operação reconquista em andamento.

***

Atendendo ao meu pedido, George leva Julie para dar uma volta no shopping. Pouco tempo depois, Jo aparece com os itens que eu tinha pedido a ela por mensagem de texto.

— Espero não me arrepender de estar ajudando — ela fala depois de colocar a caixa de papelão sobre a mesa. — Ainda estou muito aborrecida com você.

Eu a puxo para um abraço e beijo o topo da sua cabeça.

— Eu sei, maninha... mas juro que estou me esforçando para ser um namorado melhor para ela.

Jo me observa e vejo seus olhos verdes cintilarem, até que ela assente enfim.

— Anda, melhor começarmos, pois temos muito o que fazer.

Algumas horas e muito trabalho depois, eu e Jo paramos lado a lado e contemplamos o que fizemos.

— Uau — ela murmura. — Está lindo...

— Está, sim — concordo. — Somos uma boa dupla, irmãzinha.

Ela me dá uma cotovelada nas costelas e eu rio.

— Somos mesmo. — Jo se vira para mim e emoldura meu rosto em suas mãos. — Eu te amo. Boa sorte e, por favor, não pise na bola.

Aceno, concordando, e sorrio.

— Obrigado pela ajuda — digo e pisco, e ela sorri para mim.

Quando Jo vai embora, aproveito para tomar um banho rápido. Visto uma calça jeans e uma camisa azul-marinho de botões e estou prestes a sair do quarto quando ouço o som da porta de casa se fechar. Com um sorriso e o coração acelerado, vou até a sala e vejo Julie se jogar no sofá, ainda segurando algumas sacolas de compras.

— Como é bom chegar em casa — ela fala ao me ver e recosta no sofá, fechando os olhos com um sorrisinho no rosto.

Sinto um frio no estômago e acho que nunca me senti tão nervoso.

— Se divertiu com o George? — pergunto, indo até o bar no canta da sala e servindo uma taça de vinho branco gelado para nós dois. Vou até ela segurando as taças. Coloco a minha sobre a mesa de centro e tiro todas as sacolas do aperto de seus dedos, depositando tudo cuidadosamente no chão. Ela abre os olhos de repente e sorri ao ver a taça que ofereço a ela.

— Hum, sim — ela murmura depois de dar um gole na bebida sorrindo. — Que jeito bom de ser recebida.

Eu me sento ao seu lado. Estendo a mão para a sua e entrelaço os dedos nos seus. Ela paralisa de repente e olha para nossas mãos unidas. Fico atento à sua reação, esperando que ela não me empurre e se afaste.

Fique, Ju. Por favor, fique.

Ela suspira, leva a taça aos lábios novamente, aperta meus dedos de leve e eu finalmente solto todo o ar que estava prendendo em antecipação.

— Preparei o jantar. O que acha de tomar um banho para relaxar e me encontrar no jardim dos fundos para comermos juntos? — crio coragem e pergunto. Sinto que a peguei de surpresa, pois ela me olha com os olhos levemente arregalados.

— Boa ideia — ela murmura.

Julie vai tomar banho e sigo para o jardim dos fundos para colocar meu plano em ação. Olho mais uma vez o resultado do meu trabalho e de Jo, me sentindo satisfeito. *Tomara que ela goste*, digo a mim mesmo. *Ela precisa gostar... ela precisa voltar para mim*, falo baixinho, sentindo o nervosismo começar a tomar conta. Fico ali parado, próximo ao balanço, tentando controlar a ansiedade que ameaça me paralisar — o que é uma grande surpresa, já que nunca me senti assim —, quando a vejo se aproximar. Ela está linda com os cabelos soltos caindo em ondas ao redor dos seus ombros. Está usando um vestido vermelho-escuro com estampa floral que nunca havia visto, o qual valoriza seu corpo e destaca seus olhos azuis. E, assim como eu, está descalça.

— Danny, eu... — ela começa a falar e vejo o momento exato em que seus olhos registram tudo ao seu redor.

O jardim está todo iluminado com pisca-piscas, velas e flores de cerejeira brancas. Olho ao redor e, pela expressão em seu rosto, me dou conta de que o lugar parece mágico. Volto meus olhos para ela, que está com os lábios entreabertos e olhando atentamente cada detalhe, e acho que nunca a vi tão linda. Eu daria qualquer coisa só para ver mais vezes aquele olhar de absoluta surpresa e felicidade.

— Danny, isso é incrível... — ela finalmente fala com um sorriso enorme e vem direto para o balanço. Ela se senta e eu me acomodo ao seu lado.

— Gostou, baby?

— Sim, está tudo tão lindo. Nunca imaginei que alguém teria tanto trabalho só para me oferecer um jantar — ela fala parecendo um pouco sem jeito.

— Isso não é *só* um jantar, Ju.

— Não? — Ela me olha, surpresa.

Balanço a cabeça e seguro sua mão. Entrelaço os dedos nos seus e falo:

— Estamos juntos há seis meses, Ju, e nunca estive tão feliz com alguém. Tenho me sentido péssimo sem você. Eu te quero de volta, baby.

— Danny, eu gosto de você. De verdade. Mas acho que o que você sente por mim é desejo. E...

— É claro que sinto desejo por você — eu a interrompo. — Mas não é só isso. Você é importante para mim. Muito. Acho que nunca fiz isto da forma certa antes, então... Quer namorar comigo? — pergunto e sinto meu rosto esquentar. Eu me sinto um adolescente pedindo a primeira paixão em namoro.

Olho para ela e o que vejo me deixa confuso. Os olhos azuis, que antes brilhavam de alegria e surpresa, agora estão marejados.

— Ei, o que houve? Você não quer ficar mais comigo? — pergunto, sentindo um nó no estômago.

— Ah, Danny... é claro que quero. É o que eu sempre quis — ela fala e funga, tentando controlar as lágrimas. — Mas você precisa me prometer que não vai mais me afastar. Você precisa conversar comigo. Me contar seus medos e preocupações. Um relacionamento envolve sentimentos, mas também compartilhar tudo. É isso... precisamos compartilhar o que sentimos um pelo outro com respeito e honestidade.

Levanto a mão como se estivesse em um tribunal e ela ri — exatamente o que eu queria. Adoro seu sorriso.

— Juro que vou tentar me abrir mais. Compartilhar mais as minhas preocupações. Ah! — A lembrança do presente que eu tinha para ela me vem à mente e eu sorrio. — Comprei um presente para você.

— Um presente? — Ela inclina a cabeça e posso ver a curiosidade brilhar em seu olhar.

— Aham. Vai ser difícil irmos agora por causa da expansão do AD, mas achei que seria bom passarmos o Natal e o réveillon em Paris...

Julie fica boquiaberta e com os olhos arregalados.

— Paris? Sério, Danny?

— Sim, o que acha? Quer passar o Natal na Cidade Luz? — pergunto e pisco para ela, que ri.

— Claro que quero!

— Então nós vamos. Mas, agora, preciso de você — falo e a puxo para o meu colo, cobrindo seus lábios com os meus.

Eu a pego no colo e sigo para dentro de casa, ainda a beijando. Quando a coloco sobre a cama, eu me esqueço de tudo, exceto a mulher que olha para mim brilhando de desejo.

Desabotoo a camisa e a deixo cair no chão, sem afastar os olhos dos dela. Me inclino, colocando uma mão em cada lado do seu corpo, e deixo uma trilha de beijos, começando por sua testa, a ponta do nariz, os lábios, seguindo pela linha fina do queixo. Passo a língua na pele sensível do seu pescoço e entrelaço os dedos em seus cabelos loiros, puxando de leve enquanto sussurro:

— Senti tanto a sua falta.

Ela deixa escapar um gemido baixo enquanto eu arrasto os dentes no lóbulo de sua orelha. Julie passa a mão pelo meu peito nu, arranhando minha pele, arrancando um gemido meu.

— Se você continuar assim, baby, não vou durar muito.

— Eu não me importo — ela responde, sorrindo. Eu a afasto para tirar seu vestido e perco o fôlego ao vê-la em suas peças íntimas.

— Você é tão linda... Senti tanto a sua falta — digo ao empurrar a alça do corpete branco rendado que ela está usando, revelando um dos seus seios. Ela geme e arqueia o corpo quando capturo um mamilo e o mordisco suavemente.

Olho para Julie, que entrelaça os dedos em meus cabelos e me puxa contra si com os olhos fechados, perdida no prazer, e quase perco o ritmo. Ela me deixa louco e sinto como se essa fosse a minha mais doce fantasia se transformando em realidade.

Não posso deixar de desejar que este momento dure para sempre.

***

Julie

Arqueio o corpo quando sinto os lábios de Daniel em mim. Entrelaço os dedos em seus cabelos, puxando-o para mais perto, *precisando* sentir o contato do seu corpo contra o meu.

— Também fiquei com saudades — murmuro e ele geme baixinho, aumentando a pressão.

Essa pausa que fizemos em nosso relacionamento foi necessária, é claro, mas dolorosa. Estar tão perto — e longe, ao mesmo tempo — fez com que meu corpo e meu coração ansiassem por ele.

— Eu te quero tanto, Julie — ele sussurra, movendo a boca para o outro mamilo e pressionando a mão por cima da calcinha contra o meu centro dolorido.

— Ah, Danny... por favor... — Eu o puxo para perto novamente e o beijo na boca de forma apaixonada. Ele aprofunda ainda mais o beijo e, quando nossos corpos se movem um contra o outro em uma dança erótica, ele diminui o ritmo.

Ele se afasta apenas o suficiente para abrir o botão e o zíper da calça, e a empurra para baixo, pelas pernas fortes, tirando a peça do caminho. Seu corpo cobre o meu e, enquanto me beija, ele toca o centro do meu prazer novamente, sentindo a minha umidade. Suas carícias se aprofundam e solto um gemido alto. De repente, ele afasta as mãos e, antes que eu consiga abrir os olhos para entender por que ele parou, Daniel puxa com força a lateral da minha calcinha, transformando a renda cara num pedaço inútil de pano.

— Daniel! — protesto, mas não consigo evitar o sorriso que se forma em meu rosto. Não posso negar que me excita a forma como ele perde o controle quando faz amor comigo.

— Desculpe, baby — ele fala e um sorriso malicioso se curva em seus lábios perfeitos. — Estava atrapalhando o meu caminho.

— Ele joga os restos da calcinha no chão e se acomoda entre as minhas pernas.

— Daniel... — sussurro seu nome me contorcendo contra suas mãos firmes enquanto ele segura minhas pernas abertas no lugar.

— Baby, fique quieta — ele fala e a língua dele toca meu clitóris. Meu corpo inteiro treme em antecipação e entrelaço os dedos em seu cabelo, puxando-o para mais perto. Ele enfia um dedo dentro de mim, enquanto faz movimentos circulares com a língua.

— Daniel, por favor... — Engulo em seco, empurrando meu corpo contra o seu.

— Ah, Julie, você está tão molhada para mim... — ele fala e eu desmorono, gemendo seu nome.

Quando percebe que começo a me recuperar, Danny puxa a cueca branca para baixo, se posicionando para me penetrar lentamente. Ele se move para dentro e para fora, sem entrar por completo. Murmuro seu nome e inclino a cabeça para trás, só conseguindo pensar que nunca imaginei que pudesse vivenciar um momento tão perfeito.

— Daniel... — murmuro e ele afasta os cabelos do meu rosto.

— Está tudo bem, baby. Tudo bem — ele sussurra, passa o braço ao redor do meu corpo, beija a minha testa e aconchega o corpo ao meu, me penetrando devagar. — Olhe para mim — ele pede. Quando abro os olhos, vejo os seus, que estão em um tom de verde profundo, brilhando de prazer e felicidade. Ele começa a se mover dentro de mim, com os olhos presos nos meus, e a cada investida meu corpo estremece e mordo os lábios, tentando manter o contato visual.

Depois de um tempo, seus movimentos se aceleram e ele atinge um ponto profundo dentro de mim, me levando ao êxtase. Meu corpo se aperta em torno do seu e ouço o seu gemido erótico quando ele também atinge o prazer. Fecho os olhos e apoio a cabeça no travesseiro.

Ficamos abraçados com a respiração ofegante e envoltos no calor um do outro. Ouço seu grunhido baixo.

— O quê? — pergunto, sem entender uma palavra do que ele disse.

Danny ri e eu sorrio.

— Foi incrível. — Ele levanta o rosto, me olha nos olhos e beija meus lábios. — Você é incrível — ele fala com os lábios a centímetros dos meus e me beija novamente.

— Nós dois somos incríveis — respondo, e o brilho que vejo em seu olhar faz meu coração acelerar. — Juntos — completo e ele sorri ainda mais.

Ficamos ali mais alguns instantes, nos beijando e nos acariciando, até que Daniel dá um tapinha no meu bumbum e começa a se movimentar para se levantar.

— Ei, aonde você vai? — pergunto.

Ele se inclina, beija minha testa e veste a cueca.

— Esquentar o jantar. Você me deixou morto de fome. — Ele se inclina novamente na minha direção, me pega no colo e me joga por cima do ombro.

— Eeeiii! — grito, mas não consigo segurar a risada.

— Está achando que vou sozinho, é? Nada disso, preguiçosa. Você vai juntinho comigo.

— Preciso vestir uma roupa, pelo menos.

— Tem certeza? — ele pergunta, dando uma mordidinha no meu quadril, e solto um gritinho enquanto me contorço sobre seu ombro.

Daniel dá um gemido baixo, muito parecido com um grunhido, e me joga de volta na cama.

— A gente não ia esquentar a comida? — pergunto, quando ele começa a se deitar sobre mim.

— Ia, mas... no momento, estou com outro tipo de fome — ele fala e me beija.

E jantamos mais tarde.

Bem mais tarde...

CAPÍTULO DEZESSETE
Julie

Olho ao redor do bar e rapidamente meus olhos encontram Daniel. Ele está parado ao lado de Zach, e Rafe fala algo que faz os três rirem alto. Ver a risada de Danny me faz sorrir porque adoro a forma como todo o seu rosto se transforma quando ele está feliz. Os olhos verdes brilham ainda mais e os cantos dos olhos se franzem enquanto os lábios se curvam em um sorriso bonito.

— O amor lhe cai bem.

A voz de George soa atrás de mim e me viro para encará-lo. Meu amigo sorri e eu o abraço. Já faz alguns dias que não nos vemos.

— Ser *amada* me cai bem — falo e George dá uma piscadela, com aquele sorrisinho no canto dos lábios como se conhecesse todos os segredos do mundo.

Não é segredo para ninguém que estou perdidamente apaixonada. Mas, ao contrário do início do relacionamento, Daniel agora parece retribuir todo o meu amor. Ele parece mais maduro e comprometido, e nossa relação parece ter alcançado outro nível desde que fizemos as pazes.

Assim que voltamos a ficar juntos, ele me assumiu como sua namorada e não deixava de fazer demonstrações de carinho na frente de quem quer que fosse.

Como se tivesse ouvido meus pensamentos, ele olha em minha direção, pisca aqueles olhos verdes que eu adoro e abre um sorrisinho de lado, antes de voltar a atenção para seus sócios.

— Ele parece bem também — George comenta, observando-o.
— Mais tranquilo. Apaixonado.

Concordo com ele, assentindo. Antes que eu tenha chance de falar algo, um movimento perto de George me chama a atenção e sorrio ao ver Ben. Ele estende uma taça de vinho para George, pisca o olho para o namorado e fica exatamente ao seu lado.

— Você me conhece muito bem, *mi amor* — George fala e Ben abre um enorme sorriso, enquanto ele bebe um gole do vinho tinto e suspira.

— Só o melhor para o cara que eu amo — Ben fala e eu suspiro, assim como George, que parece corar de leve e pisca para o namorado.

É engraçado ouvir Ben se declarar de forma tão aberta e natural para George. Apesar de acreditar que Daniel me ama, essa é a única coisa que não foi dita entre mim e ele. Nossa relação é apaixonada e intensa. Ele é a combinação de namorado fofo e amante sensual. É claro que não temos um relacionamento perfeito. Brigamos como todo casal, mas também amamos fazer as pazes — o que geralmente acontece na cama. Mas declarar amor… dizer "eu te amo", com todas as letras, bem… isso nunca aconteceu. Ele nunca falou que me ama, e eu também não.

— Julie? Garotinha? — George fala e estala os dedos diante dos meus olhos, me afastando dos meus pensamentos. — O que houve? Sonhando acordada? — ele pergunta com um sorrisinho malicioso e eu rio.

— Algo assim — desconverso, sem querer demonstrar insegurança.

— Alan está fazendo sinal do palco para você. Acho que está na hora do show — ele me avisa e eu pisco, voltando o meu olhar para Alan, que está acenando para mim. Aceno de volta e me viro para agradecer a George.

— Obrigada. É melhor eu ir até lá — falo e sigo para o backstage.

Aquela leve iniquetação que sinto em meu peito toda vez que penso nessa declaração começa a demonstrar suas garras, mas tento afastá-la. Não posso reclamar de Daniel. Ele é bom para mim, me faz feliz e acho que também o faço feliz.

Isso é mais importante do que palavras, não é?

— Vamos lá, Julie? — Alan pergunta assim que me vê e eu concordo. Respiro fundo com os olhos fechados e afasto a preocupação da minha cabeça. É isso que a música faz por mim: ela aquieta meu coração e alimenta minha alma. Nesses momentos de insegurança, isso é tudo de que preciso.

***

Daniel saiu mais cedo do After Dark e pediu a George que me levasse para casa. Depois que meu amigo me deixou em segurança, tomei um banho, vesti uma roupa confortável e decidi ir para a cama. Mas, atraída por um aroma irresistível de ervas e alho, que não estava lá quando cheguei, decido ir até a cozinha para investigar. Ao chegar à porta, paro abruptamente. Eu não estava preparada para esta visão: a mesa de madeira está coberta com uma toalha branca, há velas acesas projetando uma luz suave e um arranjo de flores no centro. Para minha surpresa, Daniel está encostado na bancada, vestido de forma casual, mas irresistivelmente charmoso.

— O que é isso, Danny? — pergunto e um sorriso curva meus lábios.

— Uma noite especial para uma mulher especial — ele responde, com aquele sorriso torto que faz meu coração bater mais rápido.

Daniel puxa uma cadeira para que eu me sente e, em seguida, serve um prato de frango grelhado com legumes, claramente feito por ele. É uma refeição leve, perfeita para aquela hora da noite. Não consigo esconder a surpresa.

— Você... cozinhou? — eu o provoco, segurando o riso.

— Não zombe, baby. Passei horas assistindo a vídeos no YouTube para aprender a fazer isto. E acho que ficou ótimo.

Ele sorri, mostrando as covinhas na bochecha, e se senta.

— Tenho certeza de que sim. — Retribuo o sorriso e corto um pedaço de frango, levando-o à boca. — Hummm. Danny, isto está incrível!

— Ótimo, porque quero te impressionar sempre — ele diz e segura minha mão sobre a mesa.

Sinto o calor subir ao rosto, mas não desvio o olhar. Há algo nos olhos verdes dele que sempre me faz sentir em casa.

— Você já me impressiona todos os dias, Danny. Só com o jeito como olha para mim.

Ficamos em silêncio por um momento, saboreando a comida e a companhia um do outro. Até que ele se levanta e estende a mão para mim.

— Dança comigo? — ele pede.

Hesito. Não há música tocando. E não sou das melhores dançarinas, mas então ele começa a cantarolar baixinho, me guiando em uma dança lenta, enquanto nossos pés descalços tocam o piso frio da cozinha. Eu rio e apoio a cabeça no ombro dele.

— Não sabia que você cantava — eu brinco.

— Só canto para plateias muito especiais, baby — ele sussurra e beija o topo da minha cabeça.

O silêncio cai entre nós novamente. Enquanto dançamos, percebo que nunca me senti tão completa. E, pela primeira vez em muito tempo, sinto que o futuro pode realmente ser o que sempre sonhei.

***

— Bom dia, dorminhoca — a voz rouca de Daniel soa baixinho em meu ouvido enquanto sua mão firme envolve minha cintura e desce pelo meu corpo, me despertando do melhor jeito.

— Bom dia — murmuro e solto um gemido baixo quando a sua mão desce mais e Daniel vai deixando uma trilha de beijos pelo meu pescoço. Entreabro os olhos e me volto para a janela, vendo os raios de sol brilharem por entre as cortinas. — Estou exausta — falo e Danny dá uma mordidinha no meu ombro.

— Exausta? Será que é porque alguém chegou muito tarde ontem, após cantar para milhares de pessoas em um festival na cidade, e, além disso, manteve o namorado acordado por muitas horas depois que chegou em casa?

Rio com a lembrança feliz da noite anterior. Fomos convidados para tocar em um festival. Minha primeira apresentação fora do After Dark. Me senti nas nuvens.

— Dá pra acreditar em todo aquele público? Fiquei tão nervosa — falo baixinho e Daniel me abraça com firmeza, me puxando contra si e beijando o topo da minha cabeça.

— Vocês foram incríveis. O público adorou a apresentação. Tenho certeza de que vai ser a primeira de muitas.

— Foi perfeito... — murmuro e Daniel abre um sorriso malicioso.

— Você é perfeita — ele fala e me beija. A lembrança de George e Ben se declarando há algumas semanas me vem à mente, me fazendo pensar nas palavras ainda não ditas entre mim e Danny.

Só que ele interrompe o beijo e olha nos meus olhos como se eu fosse a garota mais especial do mundo. Ele afasta o cabelo do meu rosto, sem desviar os olhos dos meus, sorri, cobre meus lábios novamente com os seus e nos perdemos um no outro.

✱ ✱ ✱

Lembra do que falei sobre acreditar que momentos de extrema felicidade vêm acompanhados de uma nuvem carregada? É por isso que eu deveria ter desconfiado de que toda aquela conversa sobre perfeição não era um bom agouro. O fato de as coisas estarem perfeitas demais era um sinal de que algo ia acontecer.

E então, de fato, aconteceu.

— Baby, estou indo — Danny avisa, enquanto me sirvo de café quente. — Posso confirmar com a minha mãe que passaremos o Dia de Ação de Graças lá? — ele pergunta e eu sorrio.

— Claro — concordo e coloco açúcar no café. — Nem acredito que já estamos em novembro. E a nossa viagem... — começo e ele completa para mim, quando dou um gole no café quente.

— Também está chegando. Logo estaremos em Paris!

— Mal posso acreditar.

Ele pisca, dá um beijo em meus lábios e murmura antes de sair:

— Acredite, *mademoiselle. Au revoir!*

Daniel sai para ajudar o pai a arrumar algo no jardim da casa deles e sigo para o jardim dos fundos, com a caneca de café em uma mão e o Kindle na outra. Quero aproveitar o momento de silêncio para colocar a leitura em dia.

Acomodada no balanço, completamente focada em uma daquelas histórias românticas de Natal que eu amo, levo certo tempo para perceber que meu telefone está tocando. Enfio a mão no bolso da calça cinza e olho para a tela. É um número desconhecido, de um código que parece ser de Nova York.

Acho estranho. Não conheço ninguém que more lá.

— Alô?

— Hum... srta. Walsh? — uma voz masculina e com sotaque nova-iorquino pergunta no outro lado da linha.

— Sim... pois não?

— Meu nome é Robert Thompson, sou o gerente executivo do Rose Club, em Nova York. Podemos conversar por alguns instantes?

Pai do céu! Até eu, que nunca fui a Nova York, sei que o Rose Club é um dos bares mais exclusivos da cidade, localizado no Plaza de Manhattan, onde Liza Minnelli e Billie Holiday já se apresentaram no passado. O que será que eles querem comigo?

— Claro... em que posso ajudá-lo, senhor...?

— Por favor, me chame de Rob — ele me interrompe e eu sorrio.

— Então, por favor, me chame de Julie — respondo, mantendo o tom leve da conversa.

— Como falei, Julie, trabalho para o Rose Club... Você conhece?

— Claro. É o berço de ouro do blues e do jazz em Nova York. Ainda não tive o prazer de visitar, mas conheço bem a história — respondo, realmente encantada. Aquele é um lugar feito de sonhos.

— É muito bom conversar com uma jovem cantora que conhece bem o mercado em que atua — ele fala. — Estou ligando, Julie, pois tivemos acesso a alguns vídeos das suas apresentações em um bar de Los Angeles, o After Dark, e ficamos muito impressionados. Um dos nossos executivos esteve em uma apresentação sua e voltou encantado com sua performance.

Fico boquiaberta. Um executivo importante encantado com meu trabalho?

— Temos uma proposta para você — ele prossegue. — Gostaríamos que viesse se apresentar aqui.

— Me apresentar aí? Uau! Estou realmente emocionada. Quando seria? — pergunto animada. Será que coincidiria com a viagem a Paris? Bem, talvez fosse necessário adiar, mas tenho certeza de que Danny não se incomodaria. É o Rose Club, pelo amor de Deus!

— Hum... acho que não me expliquei bem. Estamos oferecendo um contrato de dezoito meses, para apresentações quatro vezes na semana — ele fala e eu me sinto murchar.

Sabia que era bom demais para ser verdade.

— Rob, esse é um convite maravilhoso e agradeço muito por vocês terem pensando em mim, mas... eu moro em LA. A minha família, meu namorado, meus amigos, todos estão aqui. Eu não teria como me mudar para Nova York e abandonar tudo. Por mais incrível que seja a oportunidade.

— Ainda não mencionei a oferta...

— Sinto muito, Rob, mas não é uma questão de dinheiro. É a localização. Estou realmente honrada que o Rose Club tenha interesse em mim, mas a minha vida é aqui.

O homem suspira do outro lado da linha.

— Vamos fazer o seguinte, Julie: não vou considerar essa resposta como definitiva. Você só precisaria começar daqui a duas semanas, ou seja, na semana anterior ao feriado de Ação de Graças. Tire esse tempo para pensar. Quem sabe você não muda de ideia? Essa pode ser uma grande oportunidade para a sua carreira... — ele propõe.

Penso um pouco e acabo concordando para não ser rude.

— Certo. Vou salvar seu telefone na agenda do celular e nos falamos em breve.

— Combinado. Espero realmente que você reconsidere, Julie. Adoraríamos ter você aqui.

— Obrigada, Rob. É uma honra saber disso.

Quando encerro a ligação, dou um gritinho de felicidade. Mal posso acreditar que um dos clubes mais exclusivos dos Estados Unidos tenha convidado a mim — uma cantora iniciante — para cantar naquele lugar mágico.

Pego o celular novamente, me sentindo no céu, e tento ligar para Danny, mas seu telefone cai direto na caixa postal. Ligo então para George.

— *Hellooooo* — ele fala e eu dou uma risada.

— Amigoooo! — exclamo, alongando a palavra, do jeitinho que ele faz. — Você não vai acreditar no que aconteceu!

— Meu Deus, criança, me conte logo o bafão antes que você exploda de tanta energia e eu, de curiosidade.

Solto uma gargalhada feliz.

— Um executivo do Rose Club me ligou.

— Rose... *Rose Club?* Do Plaza? EM NOVA YORK? — A voz dele aumenta um tom a cada pergunta. — *Puta Merda!* Julie, quando vai ser o show? Já estou sonhando com a nossa viagem para Manhattan.

— Eu não vou, George.

— O quê? Não vai? Como não vai? Isso vai ser demais para sua carreira! Imagine nós, na Quinta Avenida, fazendo o nosso próprio *Sex and The City*? Quero um Mr. Big para mim!

— Você já tem o Ben — falo, tentando colocar um pouco de juízo na cabeça dele.

— Meu amor, Ben é Ben. Mr. Big é Mr. Big. Os dois têm três letras no nome, mas o segundo promete um pacote maior. E não é todo dia que eu posso ser uma versão moderna da diva Bradshaw! — ele fala em tom conspirador.

Dou uma risada, pensando em como nos desviamos tanto do assunto para algo totalmente aleatório e fictício.

Até parece que George trocaria Ben por qualquer outra pessoa. Esses dois, desde que se encontraram pela primeira vez, não se largaram mais.

— Não é só um show, George — falo baixinho, sentindo o coração apertado. — Eles me ofereceram um contrato de exclusividade por dezoito meses, para quatro apresentações por semana. Não posso me mudar para Nova York e deixar todo mundo aqui.

— O QUÊ? Você está me dizendo que o Rose Club, onde minha diva Liza Minnelli já cantou, quer te *contratar?* Estou *tãoooo* emocionado! — George fala e eu o ouço fungar.

Será que ele está chorando?

— Você está chorando? — pergunto, e ele faz um som engraçado. Quase posso vê-lo balançando a mão para mim, descartando minha pergunta.

— Afff! Como eles te encontraram? Me conte tu-di-nho!

George me faz repetir palavra por palavra da minha breve conversa com Rob.

— Deus, isso é incrível.

— Parece um sonho — falo.

Ficamos em silêncio por alguns instantes até que o seu tom de voz fica mais grave e ele pergunta:

— Você não vai mesmo?

— Não... A minha vida é aqui. Minha família, meus amigos. Meu namorado — falo com um sorriso. — Não posso deixar o Danny, George. Não agora que estamos tão bem juntos.

— Você não precisa deixá-lo.

— Mas manter um relacionamento à distância? — Faço uma careta. — Não mesmo. E eu não ficaria feliz vivendo sozinha em uma cidade estranha. Longe de tudo e de todos.

— E o que o pessoal de Nova York disse sobre isso?

— Ele disse que não aceitaria minha recusa agora e que tenho um tempo para pensar.

George dá um longo suspiro.

— Sei que essa é uma escolha difícil, mas você precisa realmente pensar com calma para não se arrepender, já que é uma oportunidade única. — A voz dele suaviza. — Sim, ficaríamos afastados, mas NY não fica do outro lado do mundo. Estaríamos a um voo de distância.

Umedeço os lábios, ouvindo suas palavras com atenção.

— Nós te amamos, Julie. Você é a nossa garotinha. E queremos o melhor para você. Todos nós. Daniel está incluso nisso também. Então você precisa fazer o que seu coração mandar. Se você quiser cantar em NY, vamos te apoiar. E o resto se ajusta. Tudo na vida se ajeita, você sabe muito bem disso.

— Eu sei... — murmuro.

— Já contou ao Danny?

— Não. Ele está na casa dos pais. Tentei ligar, mas o celular estava na caixa postal. Aí liguei para você.

— Ele vai ficar orgulhoso. Assim como eu estou.

— Obrigada. Eu também estou. Muito.

Conversamos por mais alguns minutos e então desligamos. Me acomodo no balanço e penso em tudo o que George me falou. *Será que vou me arrepender por não ir?*, pergunto a mim mesma. Mas só de pensar em me mudar para outra cidade sozinha sinto um nó no estômago. Ao longo da minha vida tive perdas irreparáveis e, desde então, tenho muita dificuldade em lidar com isso e com a possibilidade de não ter o círculo de pessoas que amo próximo de mim.

Pouco depois do meio-dia, vou para a cozinha preparar algo para almoçar. Estou olhando para a geladeira, pensando no que posso fazer para comer, quando ouço o barulho da chave na porta.

— Danny? — chamo e vou correndo até a sala, chegando lá no momento em que ele está entrando. Ao vê-lo, me jogo em seus braços, me sentindo cheia de energia e felicidade.

— Baby! Oi. Que recepção feliz! — Ele ri e me beija. Quando interrompemos o beijo, ele levanta um dos braços e mostra um embrulho. — Trouxe o almoço. Para variar, minha mãe fez comida demais e, quando eu disse que ia almoçar aqui com você, ela fez questão de garantir nossa refeição.

Nos beijamos mais uma vez e seguimos para a cozinha. Enquanto ele começa a abrir o embrulho, tirando as embalagens de comida, me sento na banqueta da ilha da cozinha e começo a contar o que aconteceu.

— Tenho uma coisa para contar. — As palavras saem animadas e ele desvia o olhar do que está fazendo para me observar. Ao me ver alegre, ele abre um sorriso.

— O que foi, Ju? Você parece radiante. — Ele ri. — Outro convite para cantar em um festival?

Sorrio e pisco os olhos, empurrando uma mecha de cabelo que escapou do meu rabo de cavalo atrás da orelha.

— Não exatamente... — começo a explicar. — Já ouviu falar no Rose Club?

Ele franze o cenho.

— Não é um bar sofisticado em Nova York?

— Sim, fica no Plaza.

Ele sorri e passa a mão pelo cabelo curto.

— O que tem ele? Está querendo ir até lá? — Sua expressão é pensativa. — Podemos fazer uma escala em NY na volta de Paris, o que acha?

Sorrio e balanço a cabeça.

— Não, não é isso. — Faço uma pausa e umedeço os lábios. — Eu recebi um convite.

— Convite? — Daniel franze o cenho e sua expressão é confusa. — Que convite? E o que o bar no Plaza tem a ver com isso?

— O gerente do lugar me ligou hoje e me convidou para cantar lá.

Uma série de emoções se refletem no rosto de Daniel. Surpresa, incredulidade, orgulho e o que me pareceu ser um certo receio. Ele rapidamente consegue esconder essa última reação, me impedindo de analisar melhor, e me observa com curiosidade.

— Uau. Ligaram? E aí? Você vai? — ele pergunta, ainda parado na cozinha, com as mãos fortes apoiadas na bancada.

— Não — falo baixinho e sorrio para ele.

— Por que não? Tenho certeza de que se a apresentação for no mesmo dia em que você canta no AD, os caras da The Band não vão se importar. É uma experiência que você não deveria deixar passar — ele comenta, enquanto me observa.

— Não é uma apresentação... — murmuro. Ainda que eu não queira me mudar para NY, não posso deixar de lamentar um pouquinho pela chance perdida.

— Não? — ele pergunta, franzindo ainda mais o cenho.

— Não. Eles me ofereceram um contrato de dezoito meses, para cantar quatro vezes por semana. — Dou de ombros. — Eu teria que morar em NY.

— Morar? — A voz falha e a expressão dele parece ainda mais confusa do que antes.

— Sim. É inviável morar aqui e cantar quatro vezes por semana em um bar de Nova York. — Estendo a mão e a coloco sobre a dele, sentindo Daniel relaxar de leve com o meu toque. — Agradeci e falei que não iria, pois a minha vida é aqui. — Dou de ombros e continuo: — Mas não posso negar que fiquei feliz e orgulhosa. Jamais imaginei que algo assim pudesse me acontecer.

As mãos de Daniel cobrem as minhas e as apertam.

— É para se orgulhar mesmo… mas você tem uma voz linda e muita presença de palco. Desde que você começou a cantar, as noites de sexta-feira se tornaram as mais lucrativas para o AD. — Ele abre um sorrisinho. — O Rafe devia ter feito um contrato com você. Assim não correríamos o risco de te perder para a concorrência — ele fala e pisca o olho para mim.

Dou uma risada.

— Ah, Danny. Vocês não vão me perder pra concorrência. Meu lugar é no After Dark.

Seus olhos verdes cintilam e ele solta minhas mãos. Em seguida, ele dá a volta na bancada e para bem diante de mim. Sorrio e ele se inclina na minha direção.

— Parabéns, Ju. Tenho muito orgulho de você e me sinto um idiota por ter resistido a isso por tanto tempo.

— Você ainda me deve uma por essa — falo e pisco um olho.

De repente, Daniel se inclina um pouco mais e me pega no colo, seguindo na direção do quarto.

— Ei! O que você está fazendo? — pergunto com uma risada.

— Te levando para o quarto. Não tem forma melhor de comemorar qualquer coisa do que fazendo amor enquanto você canta de prazer no meu ouvido.

Solto um suspiro de prazer, sentindo uma onda de excitação envolver meu corpo. Daniel me coloca sobre a cama com cuidado. Nossos olhos ficam presos um no outro por alguns instantes. A energia entre nós é tão intensa que sinto meu corpo inteiro se arrepiar. Ele umedece os lábios, sorri de leve e a última coisa que vejo é o brilho de excitação dos seus olhos verdes antes que os meus se fechem e sua boca cubra a minha.

O beijo é delicado, como se ele estivesse me experimentando. Ele emoldura meu rosto em suas mãos e a ponta do seu dedo acaricia a minha bochecha, me surpreendendo. Achei que fôssemos fazer amor com ímpeto e de forma febril, mas Danny não parece ter pressa.

Ele interrompe o beijo e sorri para mim. Posso ver o desejo estampado nas suas profundezas verdes, mas há também uma ponta de outra coisa. Um sentimento mais profundo, mais intenso. O tipo de sentimento que esperei que ele sentisse por mim a vida toda.

Ele me dá um beijo rápido e se afasta para tirar a camiseta. Ao jogá-la no chão, ele se vira para a cômoda no canto do quarto e fala para o *smart speaker* ali:

— Alexa, toque as músicas favoritas da Ju.

Ele não espera a resposta do aparelho. Seus dedos alcançam meu corpo e puxam a minha camiseta, jogando-a no chão. Me sento na cama e solto os cabelos que estavam presos em um rabo de cavalo, fazendo com que eles caiam ao redor dos meus ombros. O olhar de Daniel é tão intenso que seus olhos parecem escurecer, transformando-se num tom de verde profundo. Suas mãos alcançam meus ombros, descem pelos meus braços e seguem para as minhas costas, alcançando o fecho do sutiã rosa que estou usando. Quando a peça se solta e as alças caem dos meus ombros, gemo baixinho, ouvindo a voz de Madonna cantar "Crazy for You". Rapidamente, tudo ao meu redor se apaga e meu foco fica exclusivamente em Daniel enquanto ele tira a peça de renda de mim e a joga no chão. Suas mãos grandes cobrem meus seios e os acariciam, até que não consigo conter meus gemidos. Sem pausa, seus dedos continuam deslizando para baixo até chegarem ao meu short, que ele abre e empurra pelas minhas pernas.

Seus movimentos são lentos e sedutores. Suas mãos não deixam meu corpo um só minuto e o seu olhar parece me reverenciar, como se eu fosse a pessoa mais importante da sua vida. Ele inclina a cabeça e me beija, profunda e completamente, com um movimento lento da língua. O sabor de seu beijo é intoxicante, despertando uma fúria apaixonada que me faz apertá-lo e agarrá-lo. Quando ele se afasta um pouco, um brilho selvagem e apaixonado ilumina aqueles olhos intensamente verdes.

— Você é tão linda. Me deixe olhar para você por inteira.

Seu olhar percorre meu corpo e ele segura minha calcinha, puxando-a para baixo e retirando a última peça que faltava para me deixar completamente nua. Ele me olha por um bom tempo, parecendo faminto para tocar meu corpo por inteiro. Vê-lo ainda vestido só aumenta meu desejo. Ele me cobre com seu corpo, beijando e lambendo a curva do meu pescoço em direção ao meu queixo. Nossas bocas se unem em um beijo.

Ofegante, eu me afasto um pouco e troco de posição, empurrando-o para a cama. Me abaixo entre suas pernas e desabotoo sua calça, mantendo aqueles olhos ardentes presos aos meus. Puxo a calça e a cueca para baixo e seu pau surge, duro e pronto. Nossos olhos se encontram e abro um sorriso malicioso, me inclinando em sua direção, mas ele me puxa de volta e cola sua boca na minha.

— Se eu não estiver dentro de você logo, acho que vou morrer — ele murmura em meu ouvido. Sua voz provoca um arrepio intenso em meu corpo. Ele nos vira novamente, sem quebrar o contato visual e, lentamente, penetra em meu corpo. Quando ele se encaixa em mim, por um breve momento, nenhum de nós se move ou respira, até que ele sussurra meu nome.

Levo a mão ao seu rosto e o puxo contra mim. Ele se afasta, saindo quase por completo antes de me penetrar profundamente mais uma vez. Estar com Daniel é perfeito e, neste momento, não tenho dúvidas de que ele é a pessoa certa para mim. Suas mãos seguram meus quadris e me ajudam a manter a constância dos movimentos. Consigo sentir seu corpo inteiro vibrar, refletindo as reações do meu como um espelho.

Ele aumenta a velocidade de seus movimentos e sinto o orgasmo se formar, provocando um redemoinho de sensações que começa na ponta dos pés e percorre todo o meu corpo. Contraio meu corpo ao redor dele e o prazer toma conta de mim da forma mais intensa que já experimentei. Quando alcanço o clímax, não consigo me conter e sussurro em seu ouvido as palavras que tenho guardado dentro de mim há tanto tempo.

— Ah, Danny... eu te amo... — ofego enquanto ele entra e sai de mim.

Contive essas palavras durante muito tempo, com medo de expor meus sentimentos tão abertamente. Eu só não imaginava que, além de demonstrar o meu amor, essa frase tivesse o poder de destruir tudo que havia entre nós.

O corpo inteiro de Danny se contrai, os músculos ficam tensos e aqueles olhos verdes que eu tanto amo perdem completamente o brilho.

Merda.

***

Daniel

— *... eu te amo...*

O mundo para de girar por alguns instantes quando eu a ouço se declarar. O prazer que me envolvia foi substituído pelo suor frio de pânico que começa a tomar conta do meu corpo. Ouvir essas palavras quando eu não estava esperando causa o mesmo efeito de um tapa na cara, daqueles bem dados, do tipo que te deixam atordoado por ser tão inesperado. Claro, eu sei que ela gosta de mim. Mas ouvi-la falar as palavras em voz alta, ainda mais em um momento de paixão, eleva o nosso relacionamento ainda mais. E por mais que eu goste dela, não sei se estou pronto para... *tudo*.

Não consigo evitar minha reação instintiva. Eu me afasto dela de repente. Nossos olhos se cruzam e eu falo em um turbilhão enquanto passo as duas mãos na cabeça.

— Isso é demais, Ju. Eu... eu não estou pronto para isso.

Assim que as palavras saem da minha boca, tenho total convicção de que falei merda. Os olhos azuis, que exibiam inicialmente uma expressão confusa, ficam arregalados e vejo a mágoa cintilar neles. Ela estremece e, pela primeira vez, me olha com um misto de desgosto e decepção. *Deus, não permita que ela chore*, penso. Não posso suportar vê-la chorar, ainda que eu seja um idiota. Eu me inclino em sua direção, mas ela me surpreende ao respirar fundo e me empurrar, se levantando depressa da cama.

— Baby, aonde você vai? — pergunto em um fio de voz e estremeço ao ver a raiva estampada em seu semblante.

— Para casa — ela responde, em um tom indiferente que não condiz com seu jeito caloroso e meigo habitual, enquanto veste as roupas espalhadas no chão.

— Não vai assim, Ju...

— O que você sente por mim, Daniel? — ela questiona, puxando a camiseta para baixo e me encarando com uma expressão determinada.

— Hum... — pigarreio. — Eu...

— Vou perguntar mais uma vez: o que você sente por mim, Daniel? — A voz dela soa ainda mais dura.

— Eu... eu não sei! — falo. Minha cabeça parece girar e nunca me vi tão confuso quanto agora.

Olho para ela e o que vejo faz minha espinha gelar. A garota doce e calorosa que estava em meus braços havia poucos instantes se foi. Em seu lugar está uma mulher com olhos duros e uma expressão sombria que jamais achei que fosse ver nela.

Ela umedece os lábios e fecha os olhos. Ao respirar fundo, Julie os abre novamente e fala em um tom duro e baixo:

— Acabou, Daniel.

Me levanto da cama e vou até ela.

— Baby, não... — digo, puxando-a para mim, mas ela me empurra e se afasta, me fazendo cambalear.

— Não me chame assim! — Seu tom de voz se eleva. — Estamos juntos há nove meses, Daniel. NOVE! Dormimos juntos na mesma cama todos os dias. Fazemos planos juntos e dividimos nossa vida. E você não sabe o que sente, nem se está pronto para isso tudo? — Ela empurra os cabelos que caem em seu rosto e continua, sem me deixar falar: — O que você acha que estamos fazendo? Passando o tempo? — Ela franze o cenho. — Eu abri mão de uma proposta de trabalho hoje *por sua causa*. Para não te deixar. E você não sabe o que sente por mim? — Ela balança a cabeça. — Vá se foder, Daniel.

Sua explosão é tão inesperada que fico parado de boca aberta e sem ação.

Ela começa a pegar as coisas dela que estão espalhadas pelo meu quarto.

— Bab... — me interrompo, não querendo provocar outra explosão. — Ju, não vai embora. Não quero te perder.

— Me perder? — Ela ri, mas sem humor. — Você já me perdeu. Me esquece, Daniel. Porque eu vou te esquecer. Há três meses, quando fiquei doente, eu devia ter seguido meu instinto e ficado longe de você. Mas achei que o que tínhamos fosse especial. Que nossos sentimentos eram recíprocos. Que o brilho que eu via em seus olhos quando você me olhava era de amor. Deus, como eu fui burra!

Ela segue até a porta do quarto, se vira para mim e fala:

— Não costumo me arrepender de nada do que eu faço, mas realmente lamento ter perdido tanto tempo da minha vida apaixonada por você, seu idiota. Vou pedir ao George para pegar o resto das minhas coisas. E fique longe de mim — ela diz e sai do quarto batendo a porta.

Ah, merda.

E agora?

CAPÍTULO DEZOITO

Julie

Depois que saio da casa de Daniel, vou para a minha e fico por tempo suficiente apenas para enfiar algumas peças de roupa em uma mala e chamar um Uber, que me deixa em um hotel. Passo dois dias trancada no quarto chorando, sentindo pena de mim mesma. Meu mundo tinha desabado. Eu amava Daniel com todo o coração. Amei-o a vida inteira, mas não vou mais me contentar em não ter tudo o que mereço. E, devido aos últimos acontecimentos, soube que ele jamais me ofereceria *tudo*. Infelizmente, o medo de se envolver era muito maior do que os sentimentos por mim.

Depois de dois dias em total depressão, eu me olho no espelho do banheiro e fico horrorizada com o que vejo. Estou péssima. Com o nariz vermelho, os olhos inchados e o cabelo bagunçado. Ver o reflexo da minha destruição emocional diante do espelho me fez dar um basta definitivo.

— Chega, Julie — falo para mim mesma, me olhando no espelho. — Você já chorou o suficiente. Está na hora de seguir com a sua vida e de fazer escolhas melhores para si mesma. Sem pensar em mais ninguém.

Decidida, prendo os cabelos loiros em um nó no alto da cabeça para tentar melhorar minha imagem. Volto para o quarto, pego o celular na bolsa e conecto ao carregador. Durante esses dois dias de isolamento, o celular ficou guardado e descarregou completamente. Enquanto ele começa a carregar, vou até o frigobar e pego uma garrafa de água. Enquanto tomo alguns goles, penso nas minhas opções:

1. *Continuar em Los Angeles, cantando com a The Band no After Dark.*

Hum... Acho que não. Não. Definitivamente, não. Não quero ver a cara do Daniel nem pintada de ouro.

2. *Continuar em Los Angeles e procurar um novo emprego/banda/lugar para cantar.*

Solto um suspiro. Mesmo saindo do AD, ainda moro de frente para esse idiota. É melhor não.

3. *Me mudar para Nova York, cantar no Rose Club e começar uma vida nova, longe do idiota que partiu meu coração.*

Se essa não for a melhor opção agora, não sei qual mais poderia ser.

Volto para a mesa de canto em que deixei o celular carregando e aperto o botão para ligar. Em poucos instantes, a tela se acende e pressiono a digital para desbloquear o aparelho. Uma infinidade de notificações de mensagens de texto e recados na caixa postal pipoca na tela e reviro os olhos, sem vontade de falar com ninguém. Pressiono o botão de remover notificações, abro a agenda do celular e procuro por Rob Thompson. O celular dele está desligado e deixo um breve recado na caixa postal:

— Olá, Rob. Aqui é Julie Walsh. Pensei em sua proposta nos últimos dias e gostaria de aceitá-la. Aguardo seu retorno para saber como devo proceder. Obrigada.

Desligo o aparelho e vou para o banheiro. A próxima coisa a fazer é tomar um bom banho para afastar qualquer resquício de tristeza dentro de mim.

***

— Ah, graças a Deus. Eu estava tão preocupado. Como você está, garotinha? — As palavras de George soam atropeladas ao celular e não posso deixar de sentir meu coração apertado pela preocupação que sei que causei.

Eu e George nos amamos à primeira vista, desde o primeiro instante em que nos vimos, e nunca ficamos nem um dia sequer longe um do outro até hoje, mesmo que o contato fosse só por telefone.

Fecho os olhos e respiro fundo. *Não desmorone, Julie*, falo para mim mesma. Pensando na decisão que havia tomado mais cedo, reitero a minha convicção de reassumir o controle da minha vida.

— Estou bem, George. Está tudo bem. — Fico orgulhosa de mim mesma ao pronunciar essas palavras com firmeza. — Sinto muito por não ter ligado antes. — Franzo o cenho. — Eu... precisava de um tempo sozinha.

— Eu sei — George responde com gentileza. — Você não tem que se desculpar por nada. Sabe que se quiser conversar estou aqui.

Assinto, mesmo sabendo que ele não pode me ver.

— Ainda estou digerindo os últimos acontecimentos, mas já me lamentei por tempo demais. Gostaria que tudo tivesse sido diferente, mas tem coisa que não é para ser. E nós... — falo, me referindo àquele que não deve ser nomeado. — Bem, estava fadado ao fracasso desde sempre. Eu só não quis enxergar isso.

George suspira.

— Não sei se estava fadado ao fracasso, como você diz. Acho que isso estava no seu destino.

— Amar sem ser amada estava no meu destino? — Faço uma careta. — Era melhor ter seguido em frente sem precisar passar por isso. Pelo menos, eu não ia sofrer.

— Se não sofresse pelo que aconteceu, sofreria pelo que não aconteceu. Assim é a vida, Julie. Não temos como lutar contra o destino. Não dá para fugir do que está traçado para nós. Seja para ficar ou para partir. Todos nós precisamos enfrentar certas situações, boas ou ruins, pois são elas que determinam a pessoa que somos. Você é resultado de tudo o que acontece na sua vida e das atitudes que você toma ao longo dela. — A voz de George suaviza. — Não permita que a dor amargure o seu coração. Ele é generoso e doce, o mais doce que já conheci.

Sorrio com suas palavras.

— Eu te amo tanto, amigo.

— Eu também te amo.

— Por falar em destino e decisões, decidi partir... — falo, sentindo um nó na garganta. Engulo em seco, tentando controlar a emoção. — A proposta do Rose Club é boa demais para recusar.

— E quando você vai? Já sabe onde vai morar? — George pergunta e eu sorrio. Seu tom de voz é moderado, diferente do furacão George que conheço e amo, mas, como sempre, meu amigo sabe do que preciso. E, neste momento, é de um pouco de passividade e calma.

— O Rob me mandou por e-mail uma lista de documentos que tenho que enviar para ele. Além disso, vou precisar fazer um exame médico para minha admissão. Viajo assim que estiver com tudo pronto. — Umedeço os lábios e continuo: — Vou assinar um contrato de três meses, podendo ser rescindido por ambos os lados a qualquer momento. Expliquei a ele que gostaria de fazer um teste para ver se me adapto bem à cidade. É uma grande mudança...

— Com certeza — George concorda.

— Vou ficar hospedada no Plaza durante esse tempo. Se eu quiser continuar em Nova York, vou procurar um flat ou algo assim.

— Você vai poder vir para casa no Natal? — ele pergunta e sinto uma breve pontada de dor em seu tom. Costumamos passar todos os Natais juntos, mas este ano parece que vai ser diferente.

— Não sei. Na verdade, acho que prefiro ficar um pouco distante durante as festas. Mas vou amar se você e Ben puderem me visitar.

— É claro que vou... ou melhor, vamos. Já estou me imaginando em plena Quinta Avenida, percorrendo todas aquelas lojas de grife maravilhosas enquanto a neve cai.

— Brrrr — imito como se estivesse com frio e George ri.

— É assim que eu gosto de ver você. De bom humor. Sei que está doendo, querida, mas vai ficar tudo bem. Quando toda essa tempestade passar, você vai estar mais forte e mais segura de si.

Suspiro com suas palavras.

— Espero que sim, George.

— Preciso ir. O Ben acabou de chegar e está precisando de ajuda na cozinha. — Ele fala mais baixo: — Não sei por que ele inventa de trocar receitas com o Zach. Nunca fica igual ao que o bonitão lá faz — George fala e eu rio.

— É verdade. O Zach é incrível na cozinha. — Seria tão mais fácil se eu tivesse me apaixonado pelo lindo rapaz loiro de olhos azuis, físico invejável e talento inegável na cozinha.

— Não deixe de enviar uma mensagem para a Jo, tá? Ela está muito preocupada com você.

— Pode deixar. Vou fazer isso agora.

Nos despedimos e envio uma mensagem rápida para Jo, sem ler as que ela tinha enviado antes.

> **Eu:** Me desculpe por não ter ligado, mas ainda preciso de um tempinho sozinha. Não se preocupe, estou bem. Nos falamos em breve. Amo você.

Antes de desligar, vejo que Daniel enviou várias mensagens. Sem nem abri-las, eu as seleciono, deleto e o bloqueio no aplicativo de mensagens e nas demais redes sociais. Sentindo meu coração mais leve, desligo o celular, ligo a TV e, depois de zapear os canais, encontro um filme romântico de Natal. É tudo do que preciso agora.

Perder Daniel é mais do que perder alguém por quem me apaixonei e que amei a vida toda. É abrir mão das pessoas que considero minha família. É ter que renunciar a tudo para sair em busca de um novo começo. É ter que enfrentar o que sempre mais temi: a solidão. Só que, durante esse tempo em que ficamos juntos, descobri que sou mais forte do que imaginava. E que sou capaz de conquistar tudo o que quiser, desde que eu tenha coragem para lutar pelos meus sonhos.

Desde menina, sonhei em cantar e encontrar meu final feliz ao lado dele, mas, no fim das contas, percebi que isso não era o suficiente. Está na hora de seguir em frente e buscar o que realmente vai me fazer feliz.

CAPÍTULO DEZENOVE

Julie

Sigo pela Hollywood Boulevard até o café onde George combinou nosso encontro. Minha viagem para Nova York é amanhã e ele me fez prometer que tiraríamos um tempinho para nos ver e conversar, já que os últimos dias foram corridos devido às providências de viagem.

Olho através do vidro e vejo George lá dentro, com um donut na mão e conversando com o garçom. Típico dele chegar nos lugares e fazer amizade com quem quer que esteja por perto. Sorrio e caminho em direção à porta, mas sinto um mal-estar repentino. Paro e coloco a mão na testa, piscando algumas vezes para ajustar o foco e afastar a tontura súbita.

— Olá, você está bem? — Ouço a voz baixa de uma mulher perguntar e olho para ela. — Está um pouco pálida. Precisa de ajuda? — ela fala e eu nego com a cabeça, mas isso faz com que o mundo gire um pouco mais ao meu redor.

— Fiquei um pouco tonta — murmuro e ela se adianta para segurar a minha mão.

— Eu sou médica. Por que não entramos e você se senta um pouco, bebe uma água e verifico a sua pressão? — ela sugere e aponta para a maleta que está carregando, que parece ter seu material de trabalho. — Venha, vamos sair do sol.

A médica me leva com gentileza para dentro do café e me acomoda em uma poltrona no canto esquerdo, o lado oposto de onde George está.

Ela puxa uma cadeira e se senta diante de mim.

— O que você está sentindo? — ela pergunta, olhando em meus olhos, enquanto remexe na bolsa e tira um estetoscópio e um aparelho de pressão.

— Estou... melhor. — Umedeço os lábios, constrangida por estar dando trabalho a uma estranha. — Estou de mudança para outra cidade e a semana foi agitada. Fiquei um pouco tonta, mas estou melhor.

A médica assente, enquanto segura meu braço e envolve o aparelho nele.

— Sei como pode ser difícil uma mudança assim. Mas não custa aferir sua pressão, não é mesmo? — ela pergunta em tom gentil, não dando tempo para eu responder. A médica fica em silêncio por alguns instantes ao manipular o aparelho e, quando parece satisfeita, retira o estetoscópio dos ouvidos.

— Está um pouco baixa. Você tem sentido algum outro sintoma?

Nego com a cabeça e ela sorri. Não posso deixar de notar que seu sorriso parece um pouco triste, assim como seus olhos. Por mais gentil que seja, a médica aparenta ser alguém que carrega uma grande tristeza dentro de si.

— Estou bem. De verdade.

Ela guarda seu aparelho e fecha a bolsa.

— Vou deixar meu cartão com você. Sei que está saindo da cidade, mas, caso se sinta mal novamente, me ligue e podemos fazer um check-up para nos certificarmos de que está tudo bem.

Ela tira um cartão da bolsa e me entrega. Leio em letras elegantes: *Jennifer Steel*.

— Muito obrigada, dra. Steel, mas tenho certeza de que não vou... — Um homem passa por nós com uma bandeja cheia de pãezinhos de canela. O cheiro forte da especiaria embrulha meu estômago e, antes que eu termine de falar, saio correndo em direção ao banheiro.

— Julie! — Ouço a voz de George, mas não ouso parar.

Corro para o banheiro e chego bem a tempo de colocar todo o conteúdo do meu estômago para fora. Quando acabo, me levanto, vou até a pia e me deparo com a dra. Steel, que me seguiu até lá.

Enquanto faço um bochecho com água para tirar o gosto ruim da boca, ela me pergunta:
— Você está de quanto tempo?
Levanto a cabeça de forma súbita e franzo o cenho.
— Tempo?
— De gravidez. Pelos sintomas, acredito que você esteja no primeiro trimestre.
— Gravidez... Você está querendo dizer que estou grávida? Eu? — pergunto, atordoada.
— Enjoo, tontura... Você tem menstruado normalmente? — ela pergunta e eu balanço a cabeça, negando. Mas acabei de passar por um período estressante. É normal que a menstruação fique irregular, não?
— É claro que você precisa fazer um exame de gravidez, mas as evidências estão bem aí.
— Ah, meu Deus — murmuro, colocando a mão na boca.
Ah, meu Deus. Ah, meu Deus. Ah, meu Deus.
O que é que vou fazer agora?

***

Depois de sair do banheiro, impactada com a notícia da minha possível — mas ainda não confirmada — gravidez, vou até George e o apresento à dra. Jennifer, que pediu que eu deixasse as formalidades de lado. Ela conta a ele sobre meu mal-estar, mas não fala nada sobre meu *diagnóstico*.

Obviamente, George sendo George, não sossega até que eu perca a paciência com suas milhares de perguntas, que vão desde "será que ela está com virose" até "li no Google sobre tumores cerebrais e sei que eles podem pressionar o cérebro de tal forma a provocar um apagão". A médica ri e tenta, com toda a discrição que lhe é particular, dizer que ele não precisa se preocupar com nada.

— Pelo amor de Deus, George. A doutora acha que estou grávida.
Pronto, falei.
Ele abre e fecha a boca como um peixe, e quase posso ver seu cérebro girando para processar o que falei.

Ah, meu Deus, meu próprio cérebro grita. *Não posso estar grávida.*
— Grávida? Tem certeza? — ele pergunta à dra. Steel, parecendo ansioso.

Jennifer ri, provavelmente acostumada a ver pessoas atordoadas com uma possível gravidez.

— Ela está com todos os sintomas, mas precisa fazer um exame para comprovar.

— Exame? O que estamos esperando? — Ele segura no meu braço e no da médica, e começa a nos puxar em direção à porta.

— George, aonde você vai?

— Vou à farmácia. Comprar um teste de gravidez. E a doutora vai também — ele fala, como se fosse a coisa mais natural do mundo arrastar uma médica que ele nunca viu para o drama em que se transformou a minha vida.

Olho para Jennifer com um pedido de desculpas, mas ela ri e dá de ombros, como se estivesse acostumada a encontrar gente louca todos os dias.

***

Saio do banheiro do consultório de Jenny — como George começou a chamar a médica assim que se apresentaram propriamente — com o rosto pálido, os olhos cheios de lágrimas e me sentindo em estado de choque.

Saímos do café e, por sugestão dela, fomos até o consultório, assim ela poderia pedir um exame de gravidez. Como eu e George somos ansiosos, passamos em uma farmácia e compramos um daqueles testes rápidos. Mal chegamos ao consultório, que estava fechado, já que a médica tinha encerrado o dia de trabalho, e George me empurrou para o banheiro, antes mesmo que eu ou Jenny tivéssemos chance de dizer algo.

Os dois estão na sala de espera conversando e se levantam no momento em que me veem.

— E então? — George pergunta.

Eu balanço o bastão com dois risquinhos rosa no visor e Jenny vem até mim e o pega da minha mão.

— Positivo — ela declara, passando o braço pelos meus ombros e me levando para o sofá confortável da sala de espera, enquanto George abre tanto a boca que parece encarnar uma cena de *O Máskara*.

— Percebo que esse bebê é inesperado... — ela diz, e eu concordo.

— Estou me mudando para Nova York amanhã...

— E o pai do bebê? Vai com você? Acha que terá problemas com ele? — ela pergunta, preocupada.

— Não... eu vou sozinha. Se eu contar ao Daniel que estou grávida, ele vai fugir para as colinas em tempo recorde. — Apoio o rosto em minhas mãos, desolada. — Ah, meu Deus. O que vou fazer?

— Como assim, o que vai fazer? Você vai ter seu bebê! — George fala em um tom paternal, como se estivesse falando com uma criança. Ele para na nossa frente, se abaixa para ficar na altura dos meus olhos e segura minhas mãos. — Você não está sozinha, querida. Vai ter meu apoio, o da Jo, o da Mary e o de todos os nossos amigos. Esse bebê vai ser amado por todos nós. E o pai pode fazer o que ele quiser, desde que assuma a responsabilidade — ele diz, determinado.

Olho para ele, séria.

— George, não quero que você conte isso ao Daniel, ouviu? Você precisa me prometer que não vai falar nada.

— Mas, Ju...

Eu o interrompo:

— Não tem nada de "mas". Promete que não vai contar.

Ele suspira.

— Tudo bem. É claro que não vou contar. Mas você sabe que terá de contar a ele em algum momento. Apesar de ser um idiota, ele tem o direito de saber.

Jenny, que estava em silêncio até agora, pergunta e nos deixa atônitos:

— O pai do bebê é agressivo ou abusivo? É por isso que você não quer contar? Acha que ele pode fazer algo que vá te machucar ou colocar em perigo? — Sua expressão é muito séria.

— Deus, não. O Daniel não faria mal a um mosquito. Ele só não está pronto para assumir um relacionamento. E terminei com ele por isso.

Ela solta o ar devagar, parecendo aliviada.

— Bem, é importante que o pai saiba para, como o George mesmo disse, assumir as responsabilidades. Mas que tal pensar no melhor momento para contar ao pai mais tarde e agora irmos até a minha sala para que eu possa te examinar melhor e, quem sabe, fazer o primeiro ultrassom para vermos como está o bebê?

— Podemos ver o bebê? — pergunto, surpresa.

— Ele provavelmente é um grãozinho ainda, mas podemos, sim. Temos um equipamento de ultrassom aqui no consultório. — Ela sorri para mim e para George. — Vamos lá, mamãe.

Ouvi-la me chamar de "mamãe" me deixa hiperconsciente da grande mudança que está acontecendo na minha vida. Seguindo-a até o consultório, apoio a mão sobre o ventre e um pensamento me vem à mente de repente.

Você não está mais sozinha.

CAPÍTULO VINTE

Julie

Sentada diante da janela que dá vista para o Central Park, encosto a cabeça no vidro, segurando a pequena foto um pouco amassada de tanto ser segurada. Como Jenny falou, o bebê não passa de um grãozinho, mas está bem. Eu e George nos emocionamos muito durante o ultrassom e, ao ir embora do consultório, agradeci muito o apoio de Jenny, que havia sido incrível comigo.

Voltei para o hotel com George, que me ajudou a terminar de arrumar as malas e foi quem me levou ao aeroporto no dia seguinte, reforçando a promessa de que não contaria a ninguém sobre o bebê. Ele queria vir comigo, mas não achei justo. Ele tinha sua própria vida para cuidar e eu era uma garota crescida, ainda que com o coração partido.

Conversei com Rob ao chegar e avisei da gravidez. Por sorte, ele foi um doce e disse que isso não era um impedimento para que eu fosse contratada. Então aqui estou eu, quase um mês depois de ter saído de LA, tentando esquecer o idiota que partiu meu coração enquanto tento lidar com o fato de que serei responsável por uma pequena parte de nós dois em breve. Passo uma das mãos sobre a barriga — que quase não aparece — enquanto olho novamente para a foto do ultrassom e penso que logo, logo vou ter que contar para a família e, em especial, para o pai do bebê.

Uma das coisas que li sobre gravidez é que ser mãe é transformador e, mesmo que eu ainda não estivesse com meu filho nos braços, podia sentir o quanto essa criança estava mudando a minha vida. Após um breve período no qual fiquei muito assustada, o sentimento de ser responsável por esse pequeno ser acalentou meu coração e estava pouco a pouco recuperando a minha alma. Tudo que eu quero é que o meu bebê seja feliz, e é por essa criança que me esforço para me manter bem e forte para seguir em frente. Finalmente, eu poderia ter uma família de verdade. Ainda que fôssemos só nós dois.

Eu e meu bebê.

Ouço uma batida à porta, que me tira do meu devaneio. Eu me levanto para abrir e me deparo com Rob.

O homem mais velho — de cerca de sessenta anos — sorri para mim. Desde que cheguei, ele pareceu me adotar como filha, e sempre me tratava com muito carinho.

— Julie, como você está? E o nosso mascote? — ele pergunta, animado.

— Estamos bem, Rob. — Sorrio e acaricio o meu ventre.

Ele assente e pergunta se podemos conversar. Eu o levo para a pequena área de estar do quarto que ocupo no Plaza.

— A apresentação de hoje será um pouco diferente... — ele começa a explicar e eu o observo com curiosidade. Estou amando cantar no Rose Club, que é muito diferente do After Dark. É um clube particular para pessoas com alto poder aquisitivo, que vêm ao local para ouvir blues e jazz. — Um empresário alugou o espaço. Ele quer fazer uma surpresa para sua futura noiva e me pediu para que você cantasse. Ele não quer que o pianista esteja presente. Só você. Acha que consegue dar conta de cantar e tocar ao mesmo tempo?

— Claro, sem problemas. Ele fez algum pedido especial? Disse qual é música do casal para que eu possa cantar para eles?

— Pode começar com aquela que você cantou no final do último show e seguir com "Come Away With Me", da Norah Jones. Segundo ele, essa é a música dos dois.

Assinto, mas é como se eu tivesse levado um tapa. Tinha que ser *essa* música? Esse show vai ser mais difícil do que imaginei. Meus olhos se enchem de lágrimas. *Porcaria de hormônios*, digo a mim mesma. Respiro fundo e tento me acalmar.

— O espaço foi reservado por quanto tempo? — pergunto, tentando controlar meu nervosismo.

— Três horas.

Sorrio e ele aperta minha mão de leve.

— Tudo bem. Vou me arrumar. Está quase na hora.

Depois que Rob sai do quarto, tomo um banho e me visto para a apresentação. Coloco um vestido longo azul-marinho de mangas compridas e pequenas aplicações em cristal branco, que dão o efeito de um céu estrelado e deixam meus olhos ainda mais azuis. Ao calçar os sapatos de salto, ouço a notificação de mensagem do meu celular. Imagino que seja George, Jo ou Jenny — que se tornou uma boa amiga —, já que são os únicos que têm meu novo número de telefone.

> **Jo:** Estou morrendo de saudades. Espero que vc esteja bem. Não se esqueça de que estou torcendo por sua felicidade. Bjs.

Leio a mensagem de Jo e me sinto culpada por estar escondendo a gravidez dela. Preciso contar o mais rápido possível. Preciso contar a uma certa pessoa também, mas afasto esse pensamento. Não quero me lembrar dele agora.

> **Eu:** Oi, amiga. Também estou com saudades. Se vc tiver um tempinho, vamos conversar pelo Skype esta semana? Amo você. ♡

Termino de me maquiar e me encaro no espelho, satisfeita com o resultado final, quando uma batida à porta desvia minha atenção. Abro-a e vejo Charlie, o mensageiro do hotel, que sorri ao me ver.

— Olá, srta. Walsh. O sr. Thompson pediu para avisá-la de que está na hora. Você pode começar a tocar assim que entrar, mesmo que não tenha ninguém no salão — ele explica e me olha de cima a baixo, com um sorriso de apreciação e o rosto corado. Ele é um rapaz muito jovem, que deve ter cerca de dezoito anos. — Se me permite dizer, você está linda — ele fala e fica ainda mais vermelho.

— Obrigada, Charlie. Você é muito gentil — digo com um sorriso e o rapaz me acompanha pelo corredor até o lobby do Rose Club.

A decoração do lugar é muito clássica e formal. É um lugar lindo, que turistas do mundo todo fazem questão de vir conhecer por causa da sua importância histórica e musical. Eu me surpreendo ao entrar no salão, pois a decoração foi toda adaptada ao evento, o que não é o normal. Um nó se forma em minha garganta e sinto um peso no estômago quando vejo um mar de rosas vermelhas e o ambiente todo à luz de velas, o que me faz lembrar de dias felizes.

Isso vai ser ainda mais difícil do que eu imaginava.

Mesmo com o salão vazio, sigo as orientações de Rob. Vou até o piano que fica no lado direito do palco e me posiciono para começar a tocar. A música que o cliente pediu que eu tocasse para abrir a apresentação se chama "Real Love", e é uma composição minha, escrita para o idiota durante nossos momentos felizes.

Our moments are like a dream
I never imagined it could become true
My mouth on your mouth
Your hand on my body
Your caresses that make me love you

As primeiras estrofes saem roucas, quase tímidas. A apresentação desta noite me faz lembrar demais de Daniel e dos momentos que vivemos juntos. Da noite em que ele reservou o restaurante em Santa Monica só para nós dois e do nosso passeio na roda-gigante.

When I feel the taste of your kiss
I allow myself to fantasize
That between us is forever
And without me you can't stay

Fico lembrando das noites em que saíamos do After Dark e nos perdíamos um no outro por horas. Do seu toque no meu corpo, seu perfume — que eu sentia em mim, quando me levantava pela manhã — e da sua expressão serena quando dormia ao meu lado.

You are my dream
And I want to be yours
Let me stay with you forever
I want to be yours forever

As memórias dos planos que fizemos de viajar juntos para Paris no fim do ano, os encontros, as risadas e a sensação de que aquele amor duraria para sempre me vêm à mente, roubando meu fôlego e me emocionando um pouco mais.

I love you
And I don't even want to
Think about losing you
My sweet love
Oh, my real love

E, mais do que tudo, o pensamento de que, mesmo que não estivéssemos mais juntos, eu sempre teria um pedaço dele, uma parte que sei que vai se tornar a mais importante da minha vida, se o amor que já sinto pelo bebê é um indicativo da importância que esse filho terá para mim. Minha família. Alguém que faz parte da minha vida de verdade. Que vai me amar tão intensamente quanto eu o amo.

Quando toco as últimas notas de "Real Love", abro os olhos e observo tudo ao meu redor. O lugar continua completamente vazio e não posso deixar de pensar no quanto é estranho estar ali e tocar sem plateia.

As primeiras notas de "Come Away With Me" começam a soar no piano. Tocar essa música dói na minha alma. No futuro, vou passar a me recusar a tocar essa canção, já que ela é tão repleta de lembranças que me fazem sofrer.

Sei que continuar com Daniel não seria bom para mim. Que mereço estar com alguém que me ame por inteiro, sem reservas. Mas estou me dando ao direito de tirar um tempo para absorver a dor do término. Vai ser importante a longo prazo, quando tivermos que manter o contato por causa do nosso filho... Se é que ele vai querer ter participação ativa na vida do bebê.

Fecho os olhos enquanto meus dedos tocam as teclas do piano. Nota a nota, vou seguindo a canção até que sinto minha nuca se arrepiar, quando percebo a presença de alguém no salão. Sem querer ser invasiva, mantenho os olhos fechados e prossigo com a canção enquanto meus pensamentos voam até a noite da roda-gigante. Como alguém que tem atitudes tão românticas não se permite amar?

No fim da canção, abro os olhos e vejo algo brilhar sobre o piano. Algo que não estava lá antes. Semicerrando os olhos, vejo a famosa caixa azul de uma joalheria chique. Olho para cima, mas não vejo ninguém. Volto meu olhar para a caixa, que está virada em minha direção, e vejo cintilar o diamante de um dos conjuntos de aliança mais lindos que já vi. Uma é de ouro branco liso, adornada com um diamante de corte princesa. A outra é toda cravejada de pequenos brilhantes do mesmo modelo. Tenho certeza de que, quando usadas juntas, formam o brilho perfeito.

Garota de sorte, penso comigo mesma sobre a futura noiva do contratante. Com um suspiro, levo as mãos de volta às teclas do piano quando sinto duas grandes mãos tocarem meus ombros e descerem pelos meus braços, e um perfume conhecido envolver meus sentidos. Sinto meu corpo tremer em reconhecimento.

O que ele está fazendo aqui?

— Me perdoe, Julie. Você é e sempre foi o meu grande amor. E vai ser para sempre — ele fala e eu me viro para olhá-lo.

O homem arrogante e seguro de si sumiu. Diante de mim, vejo olhos verdes brilhando com lágrimas que começam a cair.

***

Daniel

Vejo o momento exato em que Julie sobe no palco e se senta ao piano. Ela está linda, com os cabelos soltos e usando um vestido azul repleto de pedrinhas que a fazem parecer embrulhada no céu estrelado. Só de estar no mesmo lugar que ela sinto meu coração bater muito forte e minha respiração ficar mais pesada.

Perdê-la foi um golpe impossível de superar. Foi algo que nunca achei que fosse ter que enfrentar. Só que agora tenho total consciência de que sou o único responsável por ter destruído o que havia entre nós.

Depois que ela saiu da minha casa, passei dias sentado nos degraus da varanda da casa dela, esperando-a voltar, enquanto ligava para o seu celular, sem sucesso.

A única pessoa que apareceu por ali foi o George, que fez questão de me dizer, com todas as letras, o quanto eu era um idiota.

Tive que concordar. Sou mesmo.

Olhando para o passado, posso afirmar que nunca fui tão feliz quanto nos meses em que eu e Julie ficamos juntos. E joguei essa felicidade pela janela por medo. Medo de sofrer e de me comprometer e abrir mão da liberdade. Como se me comprometer com a mulher que amo fosse me impedir de ser feliz ou de continuar a viver a minha vida de forma mais do que satisfatória. E, no fim das contas, perdi tudo por minha própria culpa.

Alguns dias depois, fui conversar com a minha mãe. Foi horrível. Primeiro, ela acabou comigo. Fez questão de dizer o quanto eu era infantil, mimado e imaturo, e que estava decepcionada porque eu não me tornei o homem que ela me criou para ser. Depois que eu já estava bem mais arrasado do que antes, ela disse que me ajudaria — ainda que meu pai tivesse dado uma forcinha —, deixando bem claro que estava fazendo tudo isso pela Julie.

E, assim, a operação para trazer Julie de volta para casa — e para mim — foi colocada em prática. Foi preciso muita conversa para convencer Rob, o novo chefe dela, a me ajudar. Além disso, consegui convencer George também, que me ajudou a escolher as alianças na Santa Monica Boulevard. O conjunto de anel de noivado e aliança de casamento me custou uma pequena fortuna, mas nada disso importava. Eu daria tudo para tê-la de volta.

Eu estava disposto a oferecer tudo: casamento, casa com quintal e cerca branca, cachorro, filhos… tudo o que ela quisesse. Porque ela merecia tudo.

Eu só preciso de uma chance. E vou agarrá-la com unhas e dentes.

Dos bastidores, vejo o momento exato em que ela sente a minha presença. Seu corpo estremece e é possível sentir a energia no ar. Ainda que eu queira ir até lá e tomá-la em meus braços, sei que preciso agir com cautela e executar cada passo do meu plano para que nada dê errado.

Ela acaba de tocar a nossa música e eu a vejo abrir os olhos e encarar a caixinha azul com uma expressão de confusão e incredulidade. Devagar, sigo por trás dela até me aproximar o suficiente para fazer o que desejei desde o momento em que entrei naquele salão — apoio as mãos em seus ombros e as desço por seus braços suaves, me aproximando mais do seu corpo trêmulo. Pela primeira vez, me deixo levar pela emoção dos meus sentimentos e permito que as lágrimas desçam livremente. São lágrimas de dor, de amor, de saudade. Sinto como se eu fosse um náufrago há muito perdido, que finalmente tinha reencontrado o caminho de casa.

— Me perdoe, Julie — sussurro, com a voz trêmula. — Você é e sempre foi o meu grande amor. E vai ser para sempre.

Sinto seu corpo tremer ainda mais e dou a volta no banco do piano para ficar diante dela. Seguro suas mãos e olho em seu rosto, vendo as lágrimas começarem a cair de seus olhos.

— Me perdoe, baby — peço mais uma vez. — Eu não te mereço, mas não sei o que fazer sem você na minha vida. Casa comigo? Não posso te perder.

— Não posso, Daniel. — Suas palavras soam roucas e as lágrimas cobrem aquele rosto lindo que eu tanto amo. — Não posso estar com alguém inconstante, alguém que não é capaz de se comprometer.

— Vou te provar que eu sou, sim, capaz de assumir um compromisso — falo depressa, me sentindo desesperado, e puxo um envelope dobrado do bolso de trás do terno. — Olhe.

Ela olha para o envelope por alguns instantes, mas não o pega. Em seguida, desvia o olhar para mim, com a expressão confusa. Mexo a mão mais uma vez, estendendo o envelope para ela, e aceno, incentivando-a a abri-lo. Julie olha de mim para o envelope por mais alguns segundos sem se mover. Estou prestes a abrir por conta própria, quando ela estende a mão com hesitação e o pega, abrindo devagar. Eu a observo começar a ler e vejo sua expressão mudar de tristeza para incredulidade.

— Danny, o que é isso? — ela pergunta, com o cenho franzido. — Eu... não entendo.

— É a escritura da *nossa* casa. Comprei uma casa em frente à nossa praia, em Santa Monica. Não é perto demais do parque, já que precisamos ter privacidade durante o verão, longe dos turistas, mas é perto o suficiente para que você veja a roda-gigante da nossa varanda — conto, enxugando minhas próprias lágrimas e em seguida as dela. — A casa é nossa, Ju. Está no *nosso* nome. Pedi ao George que assinasse como seu procurador. Ele usou a procuração que você deixou para que ele resolvesse qualquer problema que surgisse em LA quando você se mudou para cá.

As últimas palavras saem depressa, nervosas, com uma pontada de dor.

Faço uma breve pausa e respiro fundo, antes de acrescentar:

— Ah, aí também tem uma foto do mais novo membro da nossa família.

Ela vira as páginas até o final e encontra a foto de Pepper, o filhote de golden retriever misturado que adotei, parado na frente de casa.

Ela volta a chorar e balança a cabeça negativamente.

Ah, Deus. Será que ela vai me dizer não?

— Danny, eu não posso — ela fala baixinho, entre lágrimas.

— Por que não, baby? — Suspiro, sentindo meu coração doer. — Por favor, Julie. Me perdoe... me deixa te fazer feliz. Eu te amo tanto — murmuro e minhas lágrimas voltam a cair.

— Eu... eu estou grávida — ela fala, olhando para mim com aqueles olhos azuis que eu amo tanto, e coloca a mão sobre o ventre. A expressão fica mais séria e mais feroz. — E não acho que você esteja pronto para o "pacote completo" — ela fala em um tom de desafio e se levanta, enxugando as lágrimas que teimam em cair. — Acho que é melhor você ir embora agora. Podemos conversar sobre o bebê em um outro momento.

— Grávida? — pergunto. A surpresa é evidente em minha voz. — Nós vamos ter um... bebê? Tem certeza?

Minha boca se abre com a surpresa e passo a mão nos cabelos. Olho para ela tentando assimilar a notícia. Um bebê. *Um bebê!* Quando me dou conta de sua expressão de desgosto e de que ela já está a ponto de se levantar para ir embora de novo, abro um sorriso tão grande que minhas bochechas chegam a doer.

Ela me encara com a expressão confusa. Obviamente, ela não esperava essa minha reação.

— Não, baby, eu não vou a lugar nenhum. Isso é perfeito. É como um presente de Deus! — falo com um sorriso feliz. — Não poderia ser melhor. Nós vamos ficar juntos e seremos felizes para sempre com nosso filho. Mesmo que a gente brigue ocasionalmente... porque eu sei que nós vamos brigar, você é tão cabeça-dura!

— *Eu* sou cabeça-dura? — ela pergunta, exasperada, mas eu a ignoro.

— Mas a nossa vida vai ser maravilhosa. Vou te amar, te adorar, te mimar, fazer amor de forma apaixonada todas as noites... e vou fazer o impossível para te manter sempre feliz.

Ela me encara, incrédula. Imagino que deva estar se perguntando que bicho me mordeu, ou se levei uma paulada na cabeça para mudar tanto. Me sinto meio desequilibrado mesmo, mas, desde que me apaixonei por ela, eu me sinto assim. Como se meu mundo tivesse virado de pernas para o ar.

Sorrio. Está na hora da minha cartada final. Pego a caixa de cima do piano, me ajoelho aos pés dela e me declaro:

— Você é o meu grande amor, Ju. A garota dos meus sonhos. Sou um homem melhor desde que você me permitiu ficar ao seu lado, no alto daquela roda-gigante. Sei que sou um idiota, mas quero melhorar. Quero ser o homem que você merece... te oferecer tudo, porque você não deve ter menos do que tudo. Estou propondo meu total compromisso com você... com a nossa família. Case-se comigo. Prometo cuidar de você e do nosso bebê como se vocês fossem ainda mais raros do que este diamante. Vocês são as minhas duas pedras preciosas e, se eu não puder dividir minha vida com vocês, ela não vai fazer nenhum sentido. Por favor, sei que não mereço, mas eu imploro por uma chance de fazer vocês felizes.

Julie ri e chora ao mesmo tempo. Eu a olho com meu coração nas mãos e ela me dá a resposta pela qual eu estive prendendo a respiração até agora.

— Sim. Sim, Daniel. Eu me caso com você.

— Graças a Deus! — Coloco o anel de noivado em seu dedo e me aproximo para beijá-la, mas ela me segura.

— O George te obrigou a comprar este anel? — ela pergunta, rindo e admirando o brilho da pedra.

— Sim, ele disse que tinha de ser perfeito, ou não me ajudaria. — Ela abre um sorriso entre as lágrimas, agora de emoção.

— É lindo... — ela murmura, admirando o brilho do diamante.

— É um anel perfeito, para a minha mulher perfeita.

— O George é o melhor amigo que uma garota pode ter — ela fala, e nós dois rimos.

De repente, Julie fica séria novamente.

— Daniel? Se você fizer algo como o que fez, vou cortar seu "amiguinho" fora, viu? Nunca mais quero passar por esse tipo de sofrimento.

Cubro meu *amiguinho* com as mãos, tentando protegê-lo.

— A única coisa que meu "amiguinho" quer agora é brincar com você em cima desse piano.

Me levanto e me inclino em sua direção, capturando seus lábios em um beijo apaixonado. Eu a coloco sobre a cauda do piano. Ela passa as pernas ao redor do meu corpo, me puxando para si. Eu morreria se não pudesse mais sentir seu toque, o calor do seu corpo. Ela inclina o rosto na direção do meu e nos beijamos intensamente. Um filme passa pela minha cabeça, e me lembro dos nossos momentos felizes juntos, do sofrimento que passei ao quase perdê-la e da notícia surpreendente que ela acabou de me dar.

Caramba, eu vou ser pai! Dá pra acreditar?

Me afasto dela de leve para olhar sua barriga ainda lisa, e não resisto à vontade de passar a mão.

— Você vai ficar linda com barrigão de grávida — falo, ainda enfeitiçado com essa notícia.

— Ah, Danny... eu estava tão insegura! E com tanto medo. Nem consigo acreditar que estamos juntos de novo — ela fala e uma lágrima furtiva escapa dos seus olhos.

— Nunca mais vou me afastar de você e do nosso bebê. Nunca mais — prometo, enquanto enxugo a lágrima e dou um beijo leve em seus lábios. — Vou cuidar de vocês dois para sempre.

Ela sorri e me abraça. O cheiro do seu perfume me envolve e me excita. Minhas mãos percorrem seu corpo e alcanço a barra do vestido, que começo a puxar para cima, mas ela me impede, segurando minhas mãos.

— Não podemos fazer isso aqui... Há câmeras de segurança no bar inteiro.

Ah, merda. Me esqueci desse detalhe.

Passo os braços por baixo do seu corpo, pego-a no colo, e sigo em direção à saída.

— Daniel! Aonde você vai?

— Para o seu quarto. Já passei muito tempo longe de você. Agora eu só quero te amar.

CAPÍTULO VINTE E UM
Julie

Daniel cruza o hotel me carregando nos braços e percebo que boa parte dos funcionários já sabia do seu plano, porque sorriem para mim e fazem sinal de positivo para ele.

— Danny, todo mundo sabia?

— Claro. Como você acha que eu conseguiria fechar um dos bares mais importantes de Nova York? Tive que contar minha história.

— Nossa história, você quer dizer.

— *Minha* história. De como eu fui de solteiro convicto a imbecil apaixonado em pouco tempo — ele fala e nós dois rimos.

Subimos até o oitavo andar, eu ainda em seu colo. Ao chegarmos, ele segue pelo corredor até a porta do meu quarto.

— Amor, pega o cartão-chave no meu bolso? — ele pede e abro a boca, estupefata.

— Como é que você tem o cartão do meu quarto? — pergunto, com a sobrancelha arqueada.

— O Rob me deu. Ele é um romântico inveterado… — Daniel fala e pisca, em seguida acena em direção à porta. — Mas me fez jurar que só usaria se você me perdoasse.

— Acho que vou ter que bater um papinho com o Rob amanhã — falo e ele ri.

Humm… ou não. Talvez eu deva agradecê-lo por ser nosso cupido.

Quando a porta é destrancada, Daniel inclina o rosto para mim e me rouba um beijo.

Ele empurra a porta com o pé e ela se fecha com um baque suave. Ele me acomoda sobre a cama e, antes que eu tenha chance de envolver seu pescoço para puxá-lo para um beijo, ele se afasta e vai até a janela.

Não acredito que ele quer apreciar a vista agora!

— Amor, aonde você vai? — pergunto e abro um sorrisinho ao perceber que estamos nos chamando de amor livremente, sem nenhum medo ou hesitação.

— Abrir as cortinas. Quero que tenhamos a vista iluminada do Natal de Nova York enquanto fazemos amor.

Daniel afasta as cortinas, deixando as luzes coloridas da mágica decoração de Natal da cidade de NY entrar.

Ele vai até a Alexa, que está no canto do quarto, e pede que ela toque músicas românticas. Sorrio quando a voz potente de Adele soa no alto-falante. Ele vem na minha direção com uma expressão concentrada no rosto. Aquele Danny brincalhão se foi, dando lugar ao Daniel apaixonado e intenso que é só meu. Ele captura meus lábios com os seus e me beija profundamente. É um beijo intenso, cheio de promessas, saudade e desejo.

— Baby, não quero machucar você ou o nosso garotão — ele fala com os lábios quase colados aos meus e eu solto uma gargalhada.

— Quem te disse que vai ser um garoto? Pode ser uma menina. — Dou um soquinho de leve em seu ombro.

— Espero que não. Vou ter que ficar de plantão para afastar qualquer marmanjo que ouse chegar perto da minha menininha — ele fala em tom de brincadeira e nós rimos juntos.

— Pode ficar tranquilo, amor. Ainda é muito cedo para saber se é um menininho ou uma menininha. — Ele abre a boca para falar, mas continuo: — Além disso, você não vai atrapalhar os namoros da nossa filha.

— Mas... — ele começa a protestar e eu arqueio a sobrancelha.

— Nada de "mas". Nossa filha ou filho vai poder ser ou fazer o que quiser. E nós dois vamos apoiar, porque é assim que bons pais agem.

Daniel sorri e traça meu rosto com um dedo.

— Você é incrível sabia? — Seus olhos verdes brilham com paixão. — E vai ser uma mãe maravilhosa.

Ele sorri e se aproxima de novo, nos unindo com um beijo apaixonado. Sua mão corre pelo meu corpo e eu solto um gemido. Daniel beija minha bochecha e deixa uma trilha de beijos até minha orelha, que ele mordisca e me faz gemer baixinho.

— Quero você — ele sussurra em meu ouvido.

— Sou sua.

— Sabe o que você faz comigo? — ele pergunta com a voz baixa e rouca, semicerrando os olhos enquanto puxa a barra do meu vestido.

— O quê? — pergunto, sem fôlego.

— Você me faz querer coisas que nunca quis antes com ninguém. Coisas que eu achava que não estivessem no meu destino. — Ele tira o blazer e puxa o nó da gravata, jogando tudo no chão. — Me faz desejar ser um homem melhor. Acreditar que eu posso ser feliz... que posso te fazer feliz. — Ele volta a puxar meu vestido. Ao tirá-lo, ele observa minha lingerie. — Eu te quero, Ju... — Seu olhar é intenso, como se pudesse enxergar dentro de mim.

Durante alguns instantes, nossos olhos ficam presos um no outro e me sinto hipnotizada. Ele mal está me tocando e minha pele já estremece em antecipação.

— Me beija — peço em um sussurro.

Ele se inclina, passa os lábios sobre os meus de leve e se afasta novamente, sem nunca deixar de me olhar. Ele observa meu corpo, as pequenas mudanças que a gravidez começou a fazer em mim, meu rosto, meus cabelos, como se estivesse gravando cada parte minha em sua memória. Quando seus olhos encontram os meus, ele murmura:

— Nunca mais vou desistir de nós.

Sinto as lágrimas se formarem novamente quando ele me beija. Só ele tem o poder de tocar minha alma tão profundamente. Ao longe, meu cérebro registra que a música de Adele terminou, e Brian Adams começa a cantar "I Do It for You", como se fosse uma declaração de Danny sobre tudo o que ele faria por mim. Ele interrompe nosso beijo, afastando-se apenas o suficiente para me olhar, e acaricia meu cabelo com carinho.

— Eu te amo, baby.
— Eu te amo, Daniel.

* * *

Daniel

Sinto a emoção tomar conta de mim ao olhar para Ju. É incrível a sensação de tê-la em meus braços novamente.

Tento gravar na memória todas as suas curvas e traços do seu rosto para eternizar este momento dentro de mim. Abro o sutiã bonito que ela está usando e ao ver seus seios nus já consigo notar uma pequena diferença que a gravidez causa no seu corpo. Passo os dedos por eles e os seguro, acariciando e sentindo seu peso em minhas mãos.

— Ah, Danny... é tão bom... — ela diz e eu sorrio, sem conseguir conter a alegria por saber que consigo fazê-la se sentir assim.

Puxo a calcinha lentamente para baixo e sinto suas mãos subirem por minhas costas e alcançarem meu peito. Após deixá-la nua, me aproximo do seu rosto, entrelaço os dedos em seu cabelo longo e bonito, fazendo-a arquear as costas, e a beijo com carinho. Sinto como se meus dedos tivessem vida própria e eles percorrem seu corpo, suas costas, seguram seu bumbum e a puxam com firmeza contra mim. Ela geme e cola o corpo no meu, pressionando os seios contra meu peito. Eu a beijo na boca, passando a língua pela curva do seu queixo. Desço pelo pescoço até chegar ao seio, sugando um mamilo, fazendo-a ofegar, e desço em direção ao ventre plano e dou um beijo. Ela desce a mão pelo meu corpo, segura minha ereção e circula o dedo sobre a ponta.

— Gosto disso — murmuro e ela ri.

— Gosta, é? — ela pergunta com um tom malicioso.

— Aham. Mas agora é a minha vez de brincar. Depois é a sua. — Pisco para ela, prendendo seu olhar no meu. — Sou um homem de muita sorte, baby. Jamais vou esquecer do quanto sou sortudo por ter você.

Eu a beijo novamente, desta vez com mais intensidade. Seguro seus cabelos com a mão esquerda, enquanto a direita desce pelo seu corpo e agarra seu quadril com firmeza, para então traçar o caminho até sua entrada. Eu a penetro com dois dedos e o movimento a faz se contorcer. Julie geme e não desvia os olhos dos meus, o que me deixa ainda mais louco de desejo.

Afasto a mão da sua intimidade e envolvo suas pernas ao redor do meu corpo. Nossos corpos colam um no outro e eu a beijo com ainda mais intensidade.

— Eu te quero, meu amor — Julie sussurra e meu coração quase falha ao ouvir suas palavras. Tê-la de volta parece um sonho. Olho em seus olhos azuis e vejo neles os mesmos sentimentos que devem estar refletidos nos meus: uma mistura de amor, paixão, desejo e felicidade.

Distribuo beijos suaves em seu corpo, seguindo por sua barriga, alcançando a parte entre seus seios, enquanto passo a palma da minha mão em sua clavícula até chegar à curva do pescoço. Sua respiração é ofegante e ela se contorce sob meu corpo até não aguentar e me puxar para si, o que me faz soltar um gemido alto.

— Te quero tanto, baby — murmuro, esfregando minha ereção na intimidade úmida dela. Fecho os olhos, e tento me conter com medo de machucá-la, ou o bebê.

— Eu sou sua, Daniel… por favor, por favor… — seus gemidos ecoam no ar — …faz amor comigo — ela pede, arqueando seu corpo trêmulo embaixo do meu, enquanto passa as mãos em minhas costas.

— Amo quando você diz isso. Amo saber que você é minha mulher… minha companheira… a dona do meu coração. Você me faz tão feliz, Ju. — Passo as mãos pelas suas coxas, subindo para o quadril. — Você é tão linda… não te mereço — sussurro contra seus lábios e a penetro devagar —, mas não posso ficar sem você.

— Ahh, Daniel… — ela geme baixinho em meu ouvido, entrelaça os dedos em meus cabelos e puxa minha cabeça para mais perto da sua. Ela olha dentro dos meus olhos e geme de novo. — Por favor, quero sentir você todo dentro de mim.

Um suspiro escapa do meu peito quando eu a penetro um pouco mais e acaricio seu pescoço com a língua e os lábios, ao redor da clavícula, pelo alto de seus ombros. Ela me aperta dentro de si, enquanto eu me movo lentamente.

Julie solta meus cabelos, e desce as mãos para os meus ombros, cravando as unhas em minhas costas. Eu a beijo mais uma vez e me movo até preenchê-la totalmente. Ela geme de prazer enquanto paro meus movimentos, sentindo seu corpo se ajustar ao meu.

Há semanas não ficamos ligados desta forma — a mais primitiva união entre um homem e uma mulher. Enquanto olho dentro daqueles olhos azuis expressivos que tanto amo, me dou conta de que nosso amor é perfeito porque temos uma conexão especial. O sexo transcende o desejo carnal para ser uma celebração do nosso sentimento recíproco. É como se tivéssemos sido prometidos um ao outro e finalmente houvéssemos nos encontrado em um lugar só nosso.

Lar. Julie é o meu lar.

Fazemos amor pelo que parecem ser horas. Exaustos, caímos nos braços um do outro, perdidos em nosso mundo.

— Eu te amo, sr. Stewart. Muito, todos os dias, para sempre — ela sussurra e toca seu ventre liso.

— Eu te amo mais, futura sra. Stewart. — Sorrio e a beijo, puxando-a para mais perto de mim. Recosto na cama, para desfrutarmos da vista de Nova York. Ela se acomoda em meu colo e me provoca, enquanto se esfrega em mim. Em instantes, me sinto pronto para tomá-la mais uma vez.

— Essa gravidez vai ser bem interessante, baby. — Ela geme e ri, enquanto beijo seu pescoço. — Acho que vou te manter grávida para sempre.

Julie sorri, me beija na boca e fazemos amor novamente.

EPÍLOGO
Julie

Mal posso acreditar que a fria Nova York ficou para trás e que estou de volta a Los Angeles nos braços do homem que amo. No dia seguinte, nem precisei dizer a Rob que gostaria de voltar para casa. Ele mesmo disse que, assim que Daniel entrou em contato, ele soube que eu não ficaria no Rose Club. Que o meu lar é onde estava meu coração, e me liberou do contrato sem problemas, pelo que serei grata eternamente.

Quando o avião pousa no LAX, o aeroporto internacional, mal posso conter o frio que sinto na barriga. Não estive fora por muito tempo, mas é como se fosse outra vida.

— Baby, tudo bem? — Daniel pergunta ao notar meu olhar perdido na janela do avião, enquanto aguardamos para sair da aeronave.

— Sim, tudo ótimo… só estava pensando…

— Em quê? — ele pergunta e franze o cenho.

— Em como tudo mudou…

— E isso é ruim? — ele questiona, inclinando a cabeça para o lado.

Sorrio e balanço a cabeça, negando.

— Não, claro que não. — Levo a mão ao ventre. — E vai mudar ainda mais, não é?

Ele sorri e acaricia minha bochecha com a ponta do indicador.

— Com certeza. Prometo que farei de tudo para te fazer feliz.

Neste momento, as pessoas começam a sair do avião. Daniel estende a mão para mim, eu entrelaço os dedos nos seus e seguimos juntos para a área de desembarque.

***

Depois de pegarmos as bagagens, seguimos pelo setor de desembarque e a cena diante de mim me faz corar e rir ao mesmo tempo.

George está parado ao lado de Ben, segurando um cartaz com a mensagem:

MÃE DO(A) MEU(MINHA) AFILHADO(A).

— Não fiquei tanto tempo fora para não reconhecer o meu melhor amigo — falo ao me aproximar e me jogo em seus braços.

— Preciso começar a me exibir por aí, querida. Já contei para todo mundo que vou ser padrinho de um bebê lindo — ele fala com arrogância.

— Não sabia que você já tinha sido escolhido para o papel — Danny comenta em tom de brincadeira, e George abre a boca, fingindo estar ofendido. Quando eu e Daniel rimos da sua expressão, ele revira os olhos.

— Não abusa, Danny Boy. Coloco a Julie no primeiro avião de volta para NY e você vai ficar chupando dedo. — Seu tom indignado é muito engraçado e todos nós rimos.

— Ei, *eu* tenho poder de decisão sobre o meu destino — protesto, e ele me abraça mais uma vez.

— Claro que tem, querida. E, como diz aquela música, "com destino à felicidade". — George beija o topo da minha cabeça. — Estou muito orgulhoso de você.

— Vamos, pessoal? — Ben pergunta e nós concordamos.

— Para casa? — George questiona, arqueando a sobrancelha e Danny balança a cabeça, negando.

— Vamos para a casa dos meus pais. — Ele me olha e sorri. — Acho que está na hora de alguém descobrir que vai ser vovó.

Daniel pisca ao se referir a Mary e eu concordo.

Mas não consigo evitar aquele frio na barriga de novo, já que é a primeira vez que contaremos a alguém que seremos pais em breve.

***

Assim que chegamos à casa dos Stewart, Mary vem até mim e me abraça com carinho.

— Nem acredito que minha filha está de volta — ela fala e emoldura meu rosto em suas mãos.

— Senti saudades — falo e Paul se aproxima para me abraçar também.

— Nós também sentimos — ele diz e beija minha testa.

Assim que terminamos os cumprimentos e nos acomodamos no sofá, Daniel se inclina e fala:

— Pai e mãe, nós precisamos conversar com vocês.

— O que houve, meu filho? — Paul pergunta, preocupado.

Daniel passa a mão nos cabelos e parece nervoso. Aperto sua outra mão, tentando passar tranquilidade. Sei que ele não tem motivo para ficar nervoso. Tenho certeza de que Paul e Mary ficarão encantados com a notícia de que serão avós.

Só que, quando Daniel fala, minha boca se abre e sou pega de surpresa:

— Sei que a nossa família é a única que a Julie tem. — Ele respira fundo e continua: — Quero pedir a vocês a mão dela em casamento, na falta de Lauren e Mark.

— Ah, meu Deus — Mary murmura e me abraça, com lágrimas nos olhos.

— Meu filho — Paul se inclina e segura nossas mãos, com um sorriso no rosto —, nada nos faria mais felizes do que vocês ficarem juntos. E tenho total convicção de que os pais da Julie se sentiriam da mesma forma.

Ele desvia o olhar para a esposa, que enxuga os olhos.

— Você se lembra, meu amor, que sempre falávamos nisso quando eles eram pequenos?

Mary concorda.

— Eu me lembro de que, quando engravidei do Daniel — ela fala, olhando para mim —, seus pais estavam há um tempo tentando ter um bebê. Sua mãe precisou passar por uma série de tratamentos de fertilidade porque não conseguia engravidar. A Lauren não parava de fazer planos. Ela tinha certeza de que eu teria um menino, e, naquela época, não tínhamos a facilidade para descobrir o sexo do bebê como hoje em dia. Fiz algumas ultrassonografias, mas o Danny sempre se virava e não conseguíamos descobrir o sexo. Durante os nove meses da minha gestação, sua mãe não parou de dizer que eu teria um menino, e que ele cuidaria da menininha que ela teria um dia. E que eles namorariam e seriam felizes para sempre. Levou vinte e tantos anos para isso acontecer, mas finalmente você vai tomar conta da nossa menina como nós duas sonhamos.

Olho nos olhos de Danny e vejo as lágrimas escorrerem pelo seu rosto. Ele abre um sorriso feliz e acaricia meu rosto com o polegar. Eu o beijo suavemente nos lábios e me viro para Mary:

— Temos mais uma coisa para contar — falo, e Daniel passa os braços ao redor do meu corpo, daquele jeito que me faz sentir protegida.

Quando estou prestes a falar, outra pessoa interrompe:

— Chegamos! Vocês já contaram sobre o bebê? — George entra na sala, seguido por Ben e Jo, e os dois o repreendem.

— George!

— O quê? Eu trouxe champanhe para brindarmos! — ele fala, erguendo a garrafa que está em sua mão.

— Bebê? — Mary pergunta e eu assinto.

— Daqui a alguns meses, vocês serão vovós.

Ouço o espocar da rolha de champanhe e, após os brindes, nos sentamos para fazer planos para o futuro.

***

Algumas semanas depois, a festa de noivado que começamos a planejar no dia em que retornamos de NY está finalmente acontecendo. A única exigência de Daniel foi que ela acontecesse na nossa casa em Santa Monica, para onde nos mudamos logo que voltamos a LA.

Olho ao redor e vejo todas as pessoas que são realmente importantes em nossa vida. Amigos e parceiros de negócios de Daniel,

Mary e Paul, George e Ben, Jo, Rafe e Zach, até mesmo os rapazes da The Band estão aqui. Alan fez questão de vir nos parabenizar e ainda trouxe um presente para o bebê, que nós amamos: um macacãozinho escrito *"Bebês roqueiros não dormem a noite toda"*. Graças a Deus, ele e o Daniel se reconciliaram e agora se tratam de forma respeitosa. Voltei a cantar no After Dark às sextas-feiras e continuaria até que a gravidez entrasse em um estágio mais avançado, e seria terrível se o clima continuasse ruim entre os dois.

Sinto o sol do fim da tarde tocar meu rosto enquanto me apoio na mureta do deque e olho para a praia, em direção à vista maravilhosa do Pacific Park com a nossa roda-gigante. Mal posso acreditar que a felicidade que estou sentindo é real. Sinto as mãos fortes do meu noivo envolverem meu corpo em um abraço apertado.

— Baby, está tudo bem? Está sentindo alguma coisa? — ele pergunta preocupado.

— Estou bem... Só estava aqui quietinha, olhando a nossa vista e pensando em você.

— Não vejo a hora de essa gente toda ir embora para a gente poder ver outra vista, sozinhos — ele fala e eu solto uma gargalhada.

— *Amor* — eu o repreendo em tom de brincadeira —, você viu *outra* vista antes de o pessoal chegar aqui.

— Ah, mas nunca me canso da sua paisagem — ele responde e dá uma piscada para mim, abrindo um sorrisinho malicioso.

Eu não resisto e o beijo.

— Sabe o que eu estava pensando? — pergunto, me afastando um pouquinho.

— Claro que sei. Que você não consegue ficar longe de mim e do meu corpo sedutor.

Dou uma risada.

— Isso também. Mas estava pensando que, no ano que vem, nessa mesma época, seremos quatro aqui nesta casa.

— Quatro? — ele pergunta, assustado. — Não vai me dizer que vamos ter gêmeos, né? Deus, se forem duas meninas...

— Esqueceu do Pepper, o seu fiel escudeiro? — pergunto, rindo do desespero de Daniel diante da possibilidade.

— Ufa — ele assobia. — Que susto, baby! Achei que fossem dois bebês. — Ele sorri, parecendo mais aliviado. — Sabe o que eu acho, futura sra. Stewart?

— O que, sr. Stewart?

— Que nós quatro seremos uma família linda e feliz.

Ele me dá um beijo apaixonado, tornando aquela tarde inesquecível, com a nossa roda-gigante como testemunha.

Sim, esta será uma família muito feliz.

***

George

Olho ao redor da linda casa em que Daniel e Julie estão morando, vejo todos os nossos amigos e pessoas que realmente importam presentes no noivado do casal feliz, e não posso deixar de sentir alívio por vê-los juntos, apaixonados e cada vez mais unidos.

Aquele período em que eles estiveram separados foi difícil para todos nós. Julie ficou arrasada por ter perdido seu grande amor e assustada com a notícia da gravidez; Daniel parecia um cachorro abandonado sentado na porta da casa dela esperando-a voltar.

É claro que minha prioridade era cuidar da Julie, a parte mais magoada e fragilizada da história toda, ainda mais quando ela descobriu que teria um bebê. Não entendo nada de crianças — ainda —, mas entendo tudo de coração partido.

E foi como eu me senti quando a vi tão arrasada. Julie é como uma irmã para mim e, se fosse preciso, eu me mudaria para Nova York só para cuidar dela. Sei que seria um problema por causa do Ben, mas não me importaria de viver em um lugar onde eu poderia fazer compras na Bergdof Goodman da Quinta Avenida, patinar no gelo no Central Park e assistir à minha melhor amiga cantar no Rose Club.

Mas, no fundo, o que eu mais queria era que eles dois se acertassem. Daniel pisou muito na bola, mas ele estava aprendendo. A verdade é que vivemos em um mundo em eterna evolução e devemos estar prontos para compreendê-la, aceitá-la e viver sempre buscando melhorar. E era o que ele estava fazendo. Aprendendo a lidar com Julie e a respeitar o seu espaço, incentivando-a e compartilhando momentos.

Só que ele teve que aprender isso da forma mais dura possível: perdendo a mulher que ele amava. Ele só faltou se ajoelhar e me pedir ajuda para recuperar a namorada. O que, obviamente, eu faria, porque tenho um fraco para homens com o coração partido... mas eu precisava elaborar um belo plano de ação para que ele colocasse sua cabeça no lugar e reconquistasse a Julie. Porém, dessa vez, suas intenções tinham que ser sérias. Ele já havia brincado bastante de conquistador por aí. Estava na hora de assumir suas responsabilidades — ainda mais porque um bebê chegaria em breve.

Ou seja, tive que agir com Julie, Daniel e o bebezinho em mente.

Muito prazer, sou George, o conselheiro amoroso.

Meu primeiro passo foi me juntar à Mary, que estava certa de que Daniel tinha que se casar com Julie. É engraçado como Mary parece sempre saber das coisas. Ela tinha certeza de que esse amor era do tipo que duraria eternamente. Que eles haviam sido feitos um para o outro. E vendo-a agora nos braços dele, enquanto eles olham para a roda-gigante de Santa Monica, que faz parte da história dos dois, tenho que concordar com ela. O amor deles era destinado a acontecer. Não foi preciso muito esforço para convencê-lo do casamento. Na verdade, quando falamos a palavra *casar*, ele assentiu e começou a fazer planos.

O primeiro passo foi procurar uma casa para os dois morarem juntos. Ele achava que isso fosse dar a Julie a segurança de que ele estava realmente se comprometendo com a relação. Mas, obviamente, Daniel quis fazer as coisas da forma mais difícil. Não bastava comprar uma casa. Tinha que estar no nome de ambos, o que precisaria da assinatura de Julie na escritura, e isso era algo que eu não conseguiria obrigá-la a assinar.

Você pensa que ele desistiu? E aqui faço um grande revirar de olhos porque ele me atormentou até me deixar quase louco. Mas Jo, que demonstrou a importância de se ter uma advogada inteligente na família, sugeriu que a Julie me desse uma procuração para que eu pudesse *ajudar* com suas coisas em Los Angeles, enquanto ela estava em Nova York.

E foi perfeito!

Daniel escolheu esta casa linda, na qual estamos hoje, em frente à praia de Santa Monica, que eles tanto amam. É enorme e parece uma casa dos sonhos. Nos fundos há um deque de madeira, com acesso à praia e vista para o Pacific Park. Além de todas as comodidades que a casa tem, o romântico noivinho mandou instalar um lindo balanço de dois lugares, embaixo de um caramanchão decorado com flores de cerejeira, especialmente para nossa garotinha.

Foi bonito ver Daniel deixar seu lado romântico assumir o controle. Ele se esforçou tanto para tê-la de volta, e isso me convenceu de que ele a faria feliz.

O resto, como dizem, é história. Ele foi até o castelo temporário da sua princesa em Nova York, colocou nela o sapatinho de cristal — ou melhor, a aliança de diamante — e fez o baile entre os lençóis.

Ai, ai.

Agora estamos aqui, nesta casa linda e cheia de alegria, brindando o noivado dos pombinhos felizes. Eles estão vivendo o seu "felizes para sempre" e me sinto orgulhoso de ser parte disso.

Pego o celular no bolso do paletó claro e tiro uma foto dos dois abraçados. Danny está com a mão posicionada sobre o ventre da Julie, parecendo todo orgulhoso no seu papel de futuro papai.

Um movimento me chama a atenção e vejo Ben se aproximar com duas taças de champanhe. Sorrio para ele, que me entrega uma das taças, e brindamos aos noivos.

— Agora que a Julie e o Daniel estão com o relacionamento estabelecido, o que acha de passarmos uma temporada na Europa? — ele me pergunta com aquele seu sotaque britânico que me provoca arrepios toda vez que ele fala comigo.

— Ben, *chéri*, não! — protesto. Uma temporada na Europa é um sonho, mas agora é impossível. — Não posso deixar a Julie, ainda mais agora que o bebê vai chegar. Além do mais, temos um casamento para organizar. Eu *preciso* ajudá-la a escolher o vestido. Imagine se vou deixar minha melhor amiga fazer os preparativos do casamento sem a minha presença só por uma viagem! De jeito nenhum. Agora é que a diversão vai começar. Não posso abandonar tudo aqui para fazer um *mochilão* com você pelo velho continente, por mais que eu ame seu corpo sedutor.

— Dificilmente uma temporada na Europa comigo se caracteriza como um mochilão... — Ben fala e ri, se divertindo.

Sorrio para ele, enquanto observo aquelas covinhas adoráveis que ele tem. Não posso evitar de admirá-lo. Ele é realmente... hum... espere. O que está acontecendo ali?

Olho por cima do ombro de Ben e vejo Zach e uma certa *mocinha* trocando olhares, no mínimo, curiosos, quando acham que ninguém está olhando. Quase posso sentir a energia daqui.

Zach emana toda uma energia sexual primitiva por onde passa. Os cabelos loiros, os olhos azuis, o corpo forte e o sorriso sedutor são suficientes para deixar as garotas em chamas, mas seria curioso que eles dois tivessem algum tipo de relacionamento. Ela era independente demais e muito cheia de energia para ter um caso que fosse com alguém como ele.

Eles trocam olhares mais uma vez e quase posso dizer que estão se comunicando silenciosamente. Será que...

— O que houve, George? — Ben me pergunta, olhando na mesma direção que eu.

— Shhh. Não olhe agora — resmungo e ele ri. — Não sei o que está acontecendo, *chéri*. Mas vou descobrir. Ah, vou. Ou não me chamo George Preston!

— George! — Ben me repreende. — Você não pode ficar fiscalizando a vida dos seus amigos assim!

— Oh! — Abro a boca e levo a mão ao peito. — Não me chame de fofoqueiro! Estou simplesmente cuidando do bem-estar das pessoas que amo. — Minha boca se abre um pouco mais. — Meu Deus, ele está saindo da varanda! E agora, ela está indo atrás dele. — Seguro o antebraço de Ben. — Estou pas-sa-do!

Ben dá uma risada, se divertindo com a minha incredulidade. Não sei o que aqueles dois estão fazendo, mas tem alguma coisa aí. Algo de misterioso, secreto e proibido. Tenho certeza disso. E vou descobrir. *Ah, se vou!*

Continua em Apaixonada por você.

Nota da autora sobre a nova edição

Querido(a) leitor(a),

Espero que você tenha se divertido e apreciado a leitura de *Louca por você*, o primeiro livro da série After Dark. Mas, antes de terminar, gostaria de fazer uma observação que considero importante:

Louca por você foi desenvolvido em 2013. Vale destacar que ele foi escrito pouco depois do *boom* de *Cinquenta tons de cinza* e demais livros que vieram motivados pelo sucesso de E L James. Naquela época, os mocinhos eram dominadores, ciumentos e possessivos. *Louca por você* reflete a cultura literária desse período.

Durante a reedição do livro, algumas falas e comportamentos do Daniel me incomodaram e, a meu ver, não são mais aceitáveis em 2025, o que me motivou a fazer mudanças relevantes nas características mais machistas do personagem. Além disso, senti que a Julie também precisava de uma consciência maior sobre o seu papel no mundo. Talvez, ao final da leitura, você ainda sinta certo incômodo, pois, apesar das alterações realizadas, não quis mudar a "essência" do livro. Mudar toda a dinâmica de *Louca por você* seria apagar uma história de sucesso entre os leitores e da nossa cultura literária.

Acredito firmemente que um dos papéis da literatura seja incomodar e provocar discussão. Fazer o leitor refletir sobre as situações apresentadas no livro e até comparar com a sua própria vida. Essa é outra razão pela qual não alterei por completo todos os comportamentos que me causaram desconforto. Dessa forma, deixo para você, leitor, o desafio de analisar a postura dos personagens e refletir sobre seu próprio comportamento e o das pessoas ao seu redor, principalmente no que se refere a esse tema de suma importância que é o machismo estrutural.

Assim como na vida real, meus personagens costumam aprender e amadurecer, o que, no caso do Daniel, pode ser visto no decorrer de toda a série After Dark.

Se você gostou do livro, considere deixar uma avaliação na loja em que o adquiriu ou em suas redes sociais. Mesmo um simples comentário dizendo que gostou e que recomenda ajuda a fazer com que a obra chegue a novos leitores.

Um beijão,

A. C. Meyer

Playlist de Louca por você

"... BABY ONE MORE TIME" - BRITNEY SPEARS
"PUT YOUR RECORDS ON" - CORINNE BAILEY RAE
"SHE WILL BE LOVED" - MAROON FIVE
"FEVER" (ACÚSTICO) - MADONNA
"UNWRITTEN" - NATASHA BEDINGFIELD
"NEED YOU NOW" - LADY ANTEBELLUM
"COME AWAY WITH ME" - NORAH JONES
"YOU'RE BEAUTIFUL" - JAMES BLUNT
"TAKE ME OUT" - FRANZ FERDINAND
"BRAND NEW ME" - ALICIA KEYS
"EVERY NIGHT" - PAUL MCCARTNEY
"TEARS IN HEAVEN" - ERIC CLAPTON
"CRAZY FOR YOU" - MADONNA
"SOMEONE LIKE YOU" - ADELE
"I DO IT FOR YOU" - BRIAN ADAMS
"I NEVER TOLD YOU" - COLBIE CAILLAT
"YOU GIVE ME SOMETHING" - JAMES MORRISON

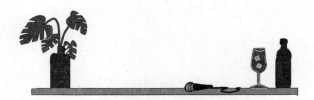

CONTEÚDO EXTRA

CONTEÚDO EXTRA

Apresentação do conteúdo extra

No decorrer do processo de escrita, nós, autores, escrevemos muitas cenas que, por algum motivo, na edição final, acabam saindo do livro. Com *Louca por você* não foi diferente.

  Remexendo em arquivos antigos, encontrei algumas cenas que ficaram de fora e, como vocês sempre me pedem um pouquinho mais da série, resolvi compartilhar essas cenas para que possamos, juntos, matar a saudade de Daniel e Julie.

  Enfim, não se trata de *um livro*. São cenas extras de Daniel e Julie, disponibilizadas para os fãs da série acompanharem mais da intimidade do nosso casal.

  Espero que gostem! Adorei revisitar esses dois!

Beijos,

A. C. Meyer

DIA DOS NAMORADOS ESPECIAL

Um conto da série After Dark

A. C. MEYER

Julie

Hoje é o Dia dos Namorados. Daniel anda tão carinhoso agora que a gente voltou a namorar que espero que a qualquer momento ele fale sobre os nossos planos para este dia. Sei que vai ser complicado fazer muita coisa porque o Dia dos Namorados caiu exatamente num dia de apresentação no After Dark, mas pelo menos um jantarzinho romântico a gente poderia ter, certo? Pois é, mas eu não poderia estar mais enganada. Ele não falou nada, não fez planos e nem mesmo as "dicas" que dei no decorrer da semana pareceram situá-lo a respeito da data.

Eu tentava com todas as forças não me abater. Diariamente, falava para mim mesma que ele estava comigo, e isso é o que importava. Estar com ele era suficiente. Tinha que ser... Mas é tão difícil você estar com alguém que ama com todo o seu coração e essa pessoa não corresponder ao sentimento como você espera. Sim, eu sei que Danny gosta de mim, mas amor verdadeiro? Daqueles que te deixam sem fôlego só de olhar para o outro? Acho que não. Ele nunca falou em amor, e eu... bem, a vida toda fui apaixonada por ele.

Respiro fundo e separo a minha roupa para a noite. Já que é Dia dos Namorados, vou colocar um vestido vermelho justo, de um ombro só, com meus cabelos soltos e sapatos *peep toe* nude.

Fico pensando... será que eu ligo para Danny? Ele sumiu o dia inteiro, não parece estar em casa e também não me ligou para avisar que vinha me buscar como sempre faz. Que estranho. Pego o celular a fim de ligar para George e pedir a ele que venha me buscar e vejo uma mensagem de texto.

Daniel: Baby, não vou poder buscá-la. George vai levar você, ok? Já está combinado. Bjs

Pelo menos já sei que ele está vivo, né? Droga. Eu não queria ficar com o astral ruim num dia tão significativo. *Foco, Julie, foco!* Balanço a cabeça numa tentativa de espantar esses pensamentos melancólicos e entro no chuveiro, cantarolando uma das músicas da *setlist* de hoje.

Termino o banho e começo a me preparar. Sento na cadeira em frente ao espelho, já vestida, para arrumar o cabelo e me maquiar quando a campainha toca. Vou até a porta, imaginando quem poderia ser.

— Oi, garotinha! Uau! Vermelho? Sexy! Gostei — George fala, parecendo uma metralhadora verbal e sem me dar uma chance nem de dizer "oi". — Vamos arrumar esse cabelo para irmos ao AD.

— Eu estava começando a fazer isso — respondo sorrindo para meu amigo tão querido. — Hum... George, Danny falou algo com você hoje? — pergunto, sentando na cadeira enquanto ele pega o secador.

— Ele me pediu para levá-la ao AD, pois tinha um compromisso.

— Você não achou estranho? — pergunto, e ele liga o secador.

— Estranho? Por quê? Não é a primeira vez que eu te levo ao AD — ele fala alto, sua voz sobressaindo-se ao barulho do secador.

— Porque hoje é Dia dos Namorados, e ele deveria ter me ligado? Ou mandado flores? Ou uma mensagem romântica?

— Garotinha. — George desliga o secador e me vira para ficar de frente para ele. — Não crie expectativas, já te falei. Viva um dia de cada vez com Danny Boy. Acho que ele nunca nem sequer comemorou o Dia dos Namorados — ele fala, sorri e aperta a minha bochecha como se estivesse falando com uma garotinha de verdade. — Agora, vire-se porque quero arrumar este cabelo. Hoje o visual será outro.

— Outro?

— Sim, hoje vamos deixá-la com cara de *top model*.

George seca, puxa e estica meu cabelo, me deixando com a sensação de que estou quase ficando careca. A única desvantagem de ser cantora é ter que passar por esses tratamentos de tortura para subir no palco. Seria tão mais fácil se eu pudesse apenas fazer um rabo de cavalo e vestir minhas calças de ioga confortáveis... Bom, se George sequer imaginar que estou pensando nisso, vai me fazer passar por mais tortura feminina só para que eu aprenda a não pensar assim. Droga.

Quando acabamos a produção da noite, ele me leva até o After Dark. Chegando lá, encontramos Rafe na porta. Ele nos recebe com um sorriso constrangido no rosto. Oh, droga... não parece bom...

— George! Julie! Ehh... Oi.

— Oi, Rafe. Meninos, vou deixar vocês, porque preciso encontrar Alan para pass... — Rafe me interrompe.

— Eh... Julie, você não vai cantar hoje — ele fala de uma vez, e eu paro, olhando para ele chocada.

— Não vou? Não vou cantar? Como assim? — Já disse que estou chocada? CHO-CA-DA.

— É que hoje teremos um convidado especial, e ele vai... cantar... no seu lugar.

— Ohhh.

— Garotinha, vamos para o bar beber um pouco. — George me puxa, acenando para Rafe, e eu o acompanho, ainda perdida com a notícia.

Chegamos ao bar, e Jason abre um grande sorriso para mim.

— Oi, gata! Quer beber alguma coisa?

— Oi, gato! Duas tequilas, por favor — George responde, piscando para ele. Todos nós rimos. Jason nos serve os shots de tequila e abre um sorriso para mim.

— Jason, você viu Danny por aqui? — Não consigo segurar a pergunta.

— Não, gata, não vi. Você deveria largá-lo e ficar comigo. Seríamos um casal quente!

— Ah, sim, como dois gatos no cio — George fala, e Jason ri.
— Circulando, Don Juan. Deixa Danny saber que você está dando em cima da garota dele. — Jason coloca a mão no coração, como se tivesse sido atingido, e nós três rimos.

— George, o que vou fazer com ele? — pergunto quando Jason se afasta.

— Com Jason? *Oh. My. God* — George fala, parecendo chocado. — Espero que nada. Mas eu poderia... — Ele abre um grande sorriso.

— Não! — falo, rindo da sua confusão. — Com Danny. Depois de tudo, ele esqueceu o Dia dos Namorados. E simplesmente sumiu. — Solto um grande suspiro.

— Bom, garotinha. Acho que você vai ter que agradecê-lo — ele fala com um sorriso, indicando o palco. A luz diminui, e a The Band aparece com o tal convidado da noite. OH, MEU DEUS! É Danny!

— O que o Danny está fazendo no palco? — pergunto para mim mesma, mas George responde.

— Vamos descobrir.

Daniel

Esse será o nosso primeiro Dia dos Namorados juntos, e eu queria fazer algo especial para a Julie como forma de me redimir por ter esquecido a nossa comemoração de seis meses juntos. Minha garota é toda romântica, e faço tudo para agradá-la, inclusive ficar lado a lado com esse imbecil do Alan.

Conversei com George, e ele me sugeriu a surpresa. E meu coração doeu por ter que sumir o dia todo. Imagino que ela esteja aborrecida, mas espero que ela me perdoe quando souber o motivo.

Faltam poucos minutos para eu entrar no palco quando Alan começa a provocação:

— Não acredito que hoje vou ter que te aturar no show — ele fala, com ar de desprezo.

— Levando em conta que sou eu quem paga o seu salário, você deveria manter a boca fechada. — Além de idiota, é abusado.

— Levando em conta que a The Band é disputada pela maioria das casas noturnas de LA, seria um péssimo negócio para você.

— Merda — resmungo e pego o violão.

— Julie merece coisa melhor que você.

— Jura? Alguém como você, por exemplo? — Me viro para ele, contando até cinquenta, porque se eu contasse até dez voaria em seu pescoço.

— Ela estaria muito melhor comigo — ele fala e abre um sorriso cretino.

— É mesmo? Ela não deve achar isso, já que largou você para ficar comigo — falo e abro um grande sorriso. Ele fecha a cara. Daniel, o fodão: 1; Alan, o imbecil: 0.

— Caras, está na hora — Rafe fala. — Por favor, não se matem no palco.

Nós dois olhamos para ele e depois um para o outro. Alan estende a mão primeiro.

— Trégua? Pela Julie?

— Ok, trégua. — Apertamos as mãos e subimos no palco, ouvindo o suspiro aliviado de Rafe.

As luzes diminuem, e me encaminho para a cadeira no centro do palco. Depois de me acomodar e posicionar o violão, levanto o olhar para a plateia e falo:

— Boa noite, pessoal! Hoje é uma noite muito especial. Estou vendo vocês com seus namorados, e gostaria de fazer uma homenagem para a minha garota. Ju, baby, esta é para você. — O público começa a aplaudir, e meu olhar é atraído para a linda mulher de vestido vermelho que está sentada no bar. Vendo sua cara de surpresa, pisco para ela, sorrio e começo a tocar os primeiros acordes de "I'm Yours", de Jason Mraz. A The Band me acompanha, e fecho os olhos, cantando a música romântica com todo o meu coração.

Não sou um cantor profissional, mas também não desafino. Não precisa olhar para mim com essa cara. Sou afinado, graças a Deus!

Enquanto canto, me vêm à mente vários momentos bons que passamos juntos: nossas gargalhadas, fins de tarde em nosso balanço, beijos sem fim cheios de carinho, noites e madrugadas de amor. Essas imagens reforçam a ideia de que eu escolhi a música certa, que fala que sou dela. Sim, eu sou. Ela fez uma bagunça completa em mim, mas que faz todo o sentido do mundo.

Abro os olhos e vejo casais cantando junto, sorrindo e se beijando. Lá no bar, minha garota linda está estupefata, com lágrimas caindo e um sorriso bobo no rosto. Sorrio para ela. Continuo cantando e, olhando em seus olhos, afirmo que sim, sou dela. Julie abre um sorriso ainda maior.

Nem espero a banda terminar de tocar. Levanto da cadeira, deixando meu violão lá em cima, e desço do palco num pulo. Vou até Julie, ouvindo a plateia nos aplaudir. Paro em frente a ela com um grande sorriso no rosto. Lentamente, me aproximo ainda mais do seu corpo pequeno. Ela está linda, com um vestido vermelho sedutor e o cabelo solto e liso, do jeito que eu gosto. Estendo a mão, colocando uma mecha dele para trás da orelha, e ela levanta o olhar para mim, com um brilho nos olhos que me deixa atordoado e excitado. Só consigo pensar em estendê-la no balcão do bar e extravasar meu desejo. Esqueço completamente onde estou, quem sou e quem está ao meu redor. Meu foco está nela. Seus lábios se abrem, e eu não resisto. Puxo-a para um beijo apaixonado. Minha mão direita segura seu cabelo e a esquerda envolve sua cintura, puxando-a ainda para mais perto de mim.

Só quando ouço seu gemido baixo me lembro de que estamos no meio do bar, cercados por uma grande plateia que suspira com a nossa demonstração de desejo. Eu me afasto, interrompendo o beijo, e o público aplaude. Olho ao redor e vejo a plateia de pé. Agradeço a demonstração de carinho e pego Julie pela mão.

— É hora de irmos, baby.

— Ir? Para onde?

— Comemorar o nosso Dia dos Namorados — explico sorrindo, e o rosto da minha garota se ilumina. Seguimos em direção à porta, mas George nos detém.

— Não esqueça a mochila, Danny Boy. — Pego a mochila, agradeço e ele completa, rindo: — Façam tudo o que eu faria.

Saímos pela porta da frente, e eu a levo em direção à moto. Uma noite romântica estava planejada para nós. Se você acha que sou um ogro completo, se deu mal, pessoa de pouca fé. Posso, sim, ser um cara romântico e sedutor.

Subo na moto, pego os capacetes e entrego um a ela, junto com a mochila que George me deu. Ela coloca o capacete na cabeça e a mochila nas costas e sobe atrás de mim. Seus braços envolvem meu corpo num abraço apertado. À flor da pele como estão meus nervos, se não arrancar com esta moto agora, vou transar com ela no meio do estacionamento do After Dark. E então, adeus noite romântica. Droga.

Julie

A brisa da praia envolve meu corpo abraçado a Danny em cima da moto assim que chegamos a Santa Monica. O cheiro da maresia atinge minhas narinas no momento em que viramos na Rota 66. Ele segue com a moto em direção ao Píer de Santa Monica enquanto nós dois continuamos em silêncio. Nossa roda-gigante está iluminada, e a minha cabeça está um turbilhão.

O corpo duro de Danny contra meu peito me aquece e me desperta lembranças dos momentos mais incríveis que passamos juntos. Eu o aperto ainda mais contra mim e minhas mãos correm por seu peito e sua cintura até que o sinto respirar fundo. Minha mão esquerda desce até o cós da sua calça, e meus dedos percorrem o caminho para baixo da sua camiseta, sentindo o contorno daquele corpo definido.

— Oh, baby. Se você continuar assim, serei obrigado a parar no meio do caminho e tomar você em cima da moto — ele fala, elevando a voz para que eu consiga ouvi-lo mesmo com o capacete. Solto uma risada ao perceber seu ar desesperado, e ele continua: — Não estou brincando, Julie. Tire esses dedos daí ou paro aqui mesmo, no meio do nada, e te curvo contra a moto para você aprender que não se provoca um homem no limite.

— Ohhh… — murmuro para mim mesma enquanto imagino a cena. Não, eu não era adepta do exibicionismo, mas pensar em Danny fazendo amor comigo em cima daquela moto era, no mínimo, o suficiente para me sentir queimar por dentro.

Puxo o ar algumas vezes, respirando fundo para tentar acalmar a minha libido, que está a mil. Olho ao redor e vejo que estamos quase chegando à roda-gigante. Não posso segurar o sorriso. Como amo este lugar!

De repente, Danny diminui a velocidade e vai para o acostamento, em direção a uma vaga.

— Chegamos? — pergunto, surpresa, uma vez que o calçadão está deserto por causa da hora.

— Sim — Danny responde, parecendo esconder algo. Descemos da moto e mal tenho chance de tirar o capacete. Danny me puxa para um beijo apaixonado, repleto de desejo e paixão. Sua boca cobre a minha, e não consigo deixar de pensar no quanto seu gosto e seu cheiro me tiram do sério. Seu perfume masculino me envolve, e minha vontade é de correr o nariz por todo aquele corpo, aspirando o perfume inebriante e sentindo o gosto da sua pele com a língua. Oh, Deus. Acho que Alan havia sido uma influência ainda maior do que eu poderia imaginar. Ouço um gemido, e quando Danny se afasta, para meu espanto, percebo que fui eu.

— Julie, você está me matando, baby.

— Oh, desculpe — peço, constrangida. Oh. Meu. Deus. Eu, que não dormia ouvindo os gemidos da casa ao lado quando Danny não estava comigo, passei a soltar meus próprios gemidos altos e constrangedores, porque não sou capaz de segurar o desejo pelo homem dos meus sonhos.

— Não se desculpe. Apenas guarde esses gemidos para mais tarde. Quero ouvi-los em alto e bom som quando estivermos em casa. — Ele sorri e se abaixa para tirar meus *peep toe*, me deixando descalça. Danny tira a mochila das minhas costas, me dá a mão e me leva em direção à areia da praia, com meus sapatos na mão livre.

— O que tem aí dentro? Para onde estamos indo? — pergunto. Ele me olha e sorri. Seus olhos verdes estão ainda mais brilhantes.

— A curiosidade matou o gato. Já estamos chegando. — Seguimos pela faixa de areia até que paramos numa parte onde estamos relativamente próximos da água, mas longe o suficiente para não sermos atingidos pelas ondas. Danny tira a mochila das costas, e eu o observo com curiosidade. Ele tira de dentro dela uma manta azul e a estende na areia. — *Mademoiselle*, sente-se por favor — ele fala, fazendo uma reverência para mim, e nós dois rimos. Dizer que estou curiosa é pouco. Estou quase morrendo de tanta ansiedade. Ele se senta ao meu lado, guarda meus sapatos na mochila e me puxa para seus braços, nos deitando na manta, com os olhos voltados para o céu.

— A noite está tão linda, com tantas estrelas — falo, quebrando o silêncio e me aconchegando ainda mais a ele. — É uma sensação incrível estarmos aqui, com a praia calma e silenciosa, vendo todas essas estrelas no céu.

— É verdade, baby. Está vendo a Ursa Maior ali? — Ele aponta em direção a um aglomerado de estrelas, mas não consigo identificar nada.

— Onde?

— Preste atenção naquela direção. — Ele volta a apontar para o céu. — Há sete estrelas mais brilhantes que as demais. Se você observar com calma, elas formam uma espécie de quadrado e uma cauda.

— Oh, meu Deus! Eu consegui ver! — falo, animada. Ele continua apontando as estrelas do céu.

— Naquela direção, exatamente no mesmo formato, está a Ursa Menor e, na ponta da cauda, está a Estrela Polar.

— Nossa, ela é muito mais brilhante do que as outras.

— Sim, e ela é a estrela que indica a direção do Polo Norte — ele explica e ri.

— Legal!

— Foca o olhar naquela estrela da Ursa Maior. — Ele aponta para uma das estrelas. — Agora, se a gente traçar uma linha reta imaginária, passaremos pela Estrela Polar e, seguindo essa linha, chegaremos à Cassiopeia.

— Eu não sabia que você conhecia tanto sobre as estrelas, Danny.

— Quando fui para a faculdade, pensei em fazer Astronomia, mas conheci os caras e começamos a falar sobre abrir o bar. Então, achei que um diploma na área de negócios seria mais importante. — Ele sorri e continua falando: — Mas ainda gosto de ler sobre as estrelas, constelações e tudo mais.

— Ahh, Danny, que lindo. Você tem tantos lados que eu ainda não conheço... apesar de nos conhecermos a vida inteira.

— Aos poucos, você vai conhecer. Isso não é algo de que costumo sair falando por aí — ele responde, e volto meu rosto para ele, que ri, parecendo envergonhado. — Baby, eu trouxe uma coisa para você.

— Para mim? — pergunto, surpresa. Ele não parou de me surpreender a noite inteira.

— Sim, para você. Nunca comemorei um Dia dos Namorados com ninguém. Para mim, esse dia nunca teve muita importância, já que nunca fui um cara de relacionamentos — ele começa a explicar, e balanço a cabeça, concordando. — Mas, este ano, achei que tivesse motivos para comemorar, porque estamos juntos e, oficialmente, somos um casal.

— Sim... — murmuro, já sentindo o nó de emoção se formar em minha garganta.

— Eu pensei muito sobre esta noite e sobre o que poderia fazer para que ela fosse especial. Então, primeiro quis cantar para você.

— E eu adorei. Fiquei tão surpresa ao te ver no palco...

— Eu queria que você sentisse o mesmo que eu quando te vejo cantar no AD.

— Oh...

— Sinto como se você cantasse só para mim. — Ele abre um sorriso de menino. — Depois de cantar, eu a trouxe para Santa Monica, porque sei que você adora este lugar.

— Danny, eu amo tanto esta praia... é um lugar repleto de recordações importantes e felizes. Meu sonho é um dia poder morar aqui. A sua escolha foi perfeita — explico, e ele sorri para mim.

— Bom, então fiz mais duas coisas. Não envolvem valor financeiro, baby. Eu não queria comprar algo só por comprar. Queria que fosse algo que tivesse um significado para você.

— O que você fez?

— Bom, você sabe como vê-la cantando "Come Away With Me" naquele vídeo no YouTube mexeu comigo de uma forma que não sei explicar. Mas te ver cantar naquele show quando cheguei de viagem foi uma das coisas mais sensuais que já presenciei.

— Ohh...

— Então — ele prossegue — pedi ao Max, o DJ do After Dark, para fazer uma coisa para mim. — Ele se vira para a mochila, retira um iPod de dentro dela e coloca um dos fones de ouvido, mexendo no aparelho até encontrar o que está procurando. Ele abre um sorriso e estende o outro fone para mim, me puxando de volta para deitar ao seu lado, aconchegada a ele.

Os acordes de "Come Away With Me" começam a tocar, e espero Norah Jones começar a derramar sua voz rouca em nossos ouvidos, mas, para minha surpresa, ouço a minha própria voz.

— Danny...

— Shh... vamos ouvir. — Seu sorriso é ainda maior. Ouvimos em silêncio aquela canção, que era tão representativa para nós dois, cantada por mim. Eu me sentia feliz e emocionada ao mesmo tempo. Nunca havia me ouvido cantar, e saber que Danny havia feito um esforço para me fazer algo especial enchia meu coração de amor.

A música acaba e não consigo segurar as lágrimas de emoção. Ele se vira para mim, sorri, enxuga as lágrimas com a ponta do dedo, e então beija o caminho que elas fizeram.

— Não chore, baby. Gosto de ver você sorrindo, não chorando — ele fala, e abro um sorriso entre as lágrimas que teimam em cair.

Daniel me puxa para seus braços e me segura enrolada nele até que eu consiga abrandar minha emoção.

— E como agora você já sabe, gosto muito de tudo que se refere ao céu, às estrelas e aos planetas. Então, fui até o planetário e consegui fazer uma coisa para você.

— Para mim? No planetário? — Eu já estava imaginando que poderia ser uma visita guiada ou algo assim.

— Sim, deixe-me pegar. — Ele se afasta um pouco de mim, sentando para mexer mais uma vez na mochila, e retira um envelope preto de material resistente. Eu me sento ao seu lado, e ele estende o envelope para mim. — Abre, baby.

Faço o que ele pede e abro o grande envelope, que guarda uma espécie de certificado, impresso em papel especial.

ESTE É O CERTIFICADO DE REGISTRO DA ESTRELA DENOMINADA JULIE WALSH, COM MAGNITUDE 8.70, TIPO F5, LOCALIZADA NAS COORDENADAS RA 19H 45M 2.57S, COM DECLÍNIO A 15º 50M 30.99S

Leio e me viro para ele.

— Danny! Você... oh, meu Deus... você registrou uma estrela! Para mim? — Eu realmente não posso acreditar! Ele não para de me surpreender.

— Ah, baby, não é nada de mais... — Ele sorri, sem jeito. — É apenas uma forma de dizer que você é importante para mim. — Continuo lendo o documento e, logo abaixo, há um recado dele.

Julie,
Você é a estrela que ilumina meus dias e noites.

Com carinho,
Danny

— Nem sei o que dizer... — falo, e ele ri.

— Aqui atrás tem uma foto de satélite da sua estrela — ele fala e puxa outro papel, que está atrás do certificado e exibe uma foto de satélite da bela estrela azulada.

— Uau! Em comparação com as demais, ela parece grande. — O sorriso não abandona o meu rosto em momento algum.

— Sim, parece mesmo. Você gostou?

— Se eu gostei? Danny, é a coisa mais incrível que alguém poderia me dar. — Ele sorri, parecendo aliviado, e pulo para seu colo, passando minhas pernas ao redor de sua cintura e ficando frente a frente com ele. Danny me puxa para mais perto ainda e me abraça apertado. Suas mãos grandes correm pelas minhas costas, provocando arrepios por todo o corpo.

Meu vestido vermelho sobe um pouco, expondo as pernas nuas, e ele move sua mão direita para minha coxa, explorando a extensão de pele exposta. Nos beijamos intensamente e ele segura meus cabelos com uma das mãos, puxando firme, mas sem machucar. Danny morde meu lábio inferior, olhando nos meus olhos. Todo o desejo que estamos sentindo estão refletidos naquele mar verde que é o seu olhar.

— Não vou resistir a você, baby.

— Não resista. Preciso de você, Daniel. Só de você. — Ele nos vira na manta e me coloca deitada embaixo dele. Então volta a me beijar com urgência, suas mãos percorrendo meu corpo e despertando as sensações mais incríveis em mim.

— Você é linda — ele fala antes que eu tenha a chance de puxar sua camiseta. — Linda por dentro e por fora, e me sinto orgulhoso de ser seu namorado.

Eu olho ao redor, pensando no trabalho que ele teve para proporcionar uma noite incrível e inesquecível. Ouço o barulho do mar, com suas ondas indo e vindo; vejo no céu o tapete estrelado e penso que minha estrela está ali em cima em algum lugar. Ao fundo, atrás de Danny, está a nossa roda-gigante. Sim, ela já era nossa. Toda iluminada, proporcionando uma das mais lindas vistas da cidade. E ali, à minha frente, estava o homem que amei a vida toda. Seu corpo quente pesa sobre o meu, me estimulando e despertando os sentimentos mais intensos que já senti na vida.

— Eu me sinto ainda mais orgulhosa de ser sua namorada — falo e o puxo para mais um beijo. Antes de nossos lábios se encontrarem, Danny para no meio do caminho, me olha nos olhos e abre um sorriso lindo. Ele coloca uma mecha de cabelo atrás da minha orelha e roça os lábios contra os meus. Então falo: — Feliz Dia dos Namorados, querido.

— Feliz Dia dos Namorados, baby. — Sua boca cola na minha num beijo repleto de carinho e desejo, até que ele se afasta apenas o suficiente para falar. — Prepare-se, pois agora a nossa noite ficará ainda mais feliz.

É, senhoras e senhores, Daniel sabe realmente como comemorar em grande estilo.

SURPRESA PRA VOCÊ

Um conto da série After Dark

A. C. MEYER

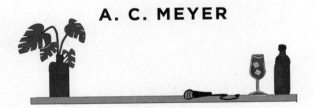

Dia 4 de outubro é o aniversário do Danny.
Vamos conferir como ele comemorou esse dia especial?

Daniel

Depois de uma noite... hummm... divertida, para dizer o mínimo, acordo bem mais tarde do que o normal, despertado pelos raios de sol que atravessam a grande janela. Eu e Julie já havíamos mudado para a casa nova, apesar de o casamento ainda não ter sido marcado. A casa estava com poucos móveis ainda. No nosso quarto só havia uma grande cama de casal, mas era maravilhoso acordar todos os dias ao lado da minha garota, com aquela vista da praia de Santa Monica. Por falar em minha garota, acho que vou...

— Baby? Cadê você? — Levo um susto quando me viro na cama para puxar a Ju para mais perto de mim, mas ela não está mais lá. Sento, me sentindo um pouco confuso. Desde que a Julie ficou grávida, nossas manhãs são muito mais preguiçosas, já que ela sente sono quase o dia todo. Olho ao redor, procurando um relógio, quando me dou conta de que dia é hoje. Meu aniversário! Com certeza ela se levantou para me fazer uma surpresa e trazer o café na cama. Só pode ser isso.

Ouço passos na escada e a voz de Julie. Ela deve estar conversando com Pepper e trazendo o café. Me deito novamente, me cubro e fecho os olhos, fingindo que estou dormindo para não estragar sua surpresa. Ah... eu amo meu aniversário! Sou beijado, abraçado, presenteado e mimado. E ainda ganho surpresa!

A porta do quarto se abre, e Julie entra. Como imaginei, está acompanhada de Pepper. Ela se aproxima da cama e, quando me preparo para fazer cara de surpresa, é ela quem consegue me surpreender, jogando um travesseiro na minha cabeça.

— Acorda, preguiçoso!

— Ai, Julie! — Levanto num pulo, mas não vejo meu café da manhã na cama. Olho para ela, que está arrumada para sair e arrumando a bolsa num canto. — Baby, aonde você vai?

— Programa de garotas. Vou ao salão com a Jo e depois George vai nos levar para fazer compras. Preciso de um vestido novo para o show da próxima semana. — Ela olha para mim enquanto fala, abre um sorriso e volta a atenção para a grande bolsa, onde carrega o mundo todo. Ela termina a arrumação e entra no banheiro da suíte.

Fico parado, boquiaberto. Nem um "parabéns". Nadinha. Não me conformo.

— Ju, você não está esquecendo de nada? — pergunto, indo até o banheiro. Ela está linda, com um vestido estampado floral azul e um casaquinho branco. A barriga está começando a aparecer, e ela parece um anjo. Ela me olha pelo espelho enquanto passa batom e sorri.

— A gente ficou de fazer algo hoje? Não me lembro de termos combinado nada, amor. — Ela me olha, parecendo confusa, e balanço a cabeça. Ela vem até mim, abre aquele sorriso que chega aos olhos e me abraça, aconchegando seu corpo macio contra o meu. Sinto o cheiro doce do seu perfume, e só consigo pensar em levá-la de volta para a cama. Ogro, né? Eu sei, eu sei. Estou tentando melhorar. Abro meu melhor sorriso sedutor e, enquanto minhas mãos passeiam por seu corpo, falo, tentando não dar a ela chance de pensar.

— Achei que a gente fosse aproveitar a manhã. Na cama — beijo sua orelha —, você por cima. — Desço para o pescoço. — Depois eu vou... — Antes que eu consiga seduzi-la, ela se afasta um pouco, fica na ponta dos pés e me dá um beijo no nariz. No nariz? — *Atchimmmm!*

— Hoje não dá mesmo, amor. Sua irmã já deve estar chegando. Tenho que ir. — Ela me dá um beijo leve e volta para o quarto.

— Mas... mas... baby...

— Mais tarde eu volto, querido — ela fala para mim e se abaixa para brincar com Pepper. — Cuida do papai, Pepper.

Então ela se levanta, vira na minha direção, joga um beijo no ar e vai embora. Fico ali, parado, de boca aberta. Não acredito que ela me deixou naquela situação. E no dia do meu aniversário!

— Vem cá, Pepper — chamo o nosso golden retriever. Ele olha em minha direção, late e sai pela porta do quarto. Até meu cachorro me abandonou no meu aniversário. Será que eu estava passando por uma daquelas besteiras de inferno astral de que as meninas falam?

Ainda chocado com o esquecimento de Julie, sigo para o banheiro para tomar um banho rápido. Nunca, nesses anos todos, ela havia se esquecido do meu aniversário. E nós nem éramos namorados! Agora que estamos juntos, ela não me dá nem um beijinho? E presente? Que aniversário não tem presente? Humpf! Injusto é pouco.

Saio do chuveiro e, enquanto seco o cabelo, ligo para a única pessoa no mundo que jamais esquecerá do meu aniversário.

— Mãe!

— Oi, filho, tudo bem? Quase que você não me pega em casa — ela fala, apressada.

— Oi, mãe. Achei que ia querer falar comigo hoje... — digo, fazendo um grande bico. Por que ninguém está me dando atenção?

— Eu sempre quero falar com você, filho. Mas preciso ir agora, Danny. Seu pai já está buzinando lá fora — ela fala, se despedindo. Isso me deixa estupefato. — Amanhã conversamos com calma, querido. Beijos.

Ela se despede e desliga, me deixando boquiaberto segurando o telefone. O que ela quer dizer com "amanhã conversamos"? Eu não vou ganhar nem um parabéns?

Um pensamento me vem à cabeça. Será que estou confundindo as datas? Corro até o celular e abro o calendário. Está certo! É hoje! Não consigo acreditar que todo mundo esqueceu. Droga. Ligo para o Zach. Recebo uma mensagem de texto em resposta:

> **Zach:** Reunião com fornecedores. Nos falamos mais tarde.

Então, ligo para o Rafe. Caixa postal.

Pepper se aproxima, esfregando a cabeça em minha perna. Me abaixo para fazer um carinho, e ele corre até a coleira, trazendo-a para mim, pedindo para passear.

— Tá bom, amigo. Vamos para a praia. — Visto uma bermuda e uma camiseta, calço o chinelo e levo o que parece ser meu único amigo para a praia.

Ando pelo calçadão com Pepper pulando ao meu lado. Ele ainda é um filhote cheio de energia. Olho em direção ao mar, pensando sobre as mudanças pelas quais minha vida passou. Primeiro, ser arrebatado pelo sentimento mais poderoso que já senti: me apaixonar profundamente por uma mulher que se tornou a pessoa mais importante da minha vida. Julie me completa e me faz feliz. Ela me mostra diariamente o que é ser amado por alguém.

Meu pensamento recai sobre o presente que ela estava me dando: ser pai. Ser responsável por um ser tão pequeno... Às vezes, eu olhava para ela e me perguntava se seria capaz de dar conta de tudo...

Passo a manhã na praia, com Pepper correndo para lá e para cá enquanto penso na vida. Estou sentado e distraído quando duas mãozinhas meladas seguram meu braço, me tirando daquele momento reflexivo.

— Tio — uma garotinha ruiva que mais parecia um bife à milanesa de tão suja me chama —, me leva no chuveirinho para tirar a areia?

Oh, Deus, e agora? Devo entrar em pânico?

— Hum... onde está a sua mamãe?

— Está ali. — Ela aponta para uma moça ruiva, com mais três crianças em idades próximas.

— E aqueles são seus irmãos? — Ela confirma com a cabeça. Céus! Quantos filhos! Não é à toa que a moça nem percebeu que a garotinha saiu de perto dela. — Você não deveria ter pedido à sua mamãe antes de vir aqui falar comigo? — pergunto, preocupado. E se eu fosse um maníaco? Um sequestrador de criancinhas? Um... bicho-papão, sei lá!

— Eu disse que vinha tomar banho. Já sou uma mocinha, tenho cinco anos — diz e me mostra quatro dedos, o que me leva a crer que ela não é tão mocinha quanto pensa. A garotinha sorri para mim, e eu a levo até o chuveiro ali ao lado. Ela brinca na água e Pepper se aproxima, pulando ao seu redor e tentando fugir dos pingos d'água. Fico olhando aquela cena tão inocente e me dou conta de que em pouco tempo estarei presenciando aquilo com nosso bebê.

A menina acaba de tomar banho, sacode a cabeça igual ao Pepper e se despede de nós, correndo de volta para a mãe, que a recebe com um beijo e ouve atentamente o que ela fala enquanto as outras crianças rolam na areia.

— Vamos, Pepper, já está tarde — chamo meu amigo e volto para casa, os pensamentos sobre meu aniversário já muito distantes diante da grandeza dos sentimentos que fervilham dentro de mim.

***

Julie

Estou exausta! Depois de um dia inteiro trabalhando com nossos amigos para organizar a festa surpresa de Danny, tudo que meu corpo quer é banho e cama. Mas hoje é um dia especial, e cama é algo que eu terei só mais tarde e acompanhada do meu amor. O banho eu consegui por cortesia de Jo, que me levou até sua casa para que eu pudesse me arrumar para a nossa grande noite.

Olho ao redor do jardim dos Stewart e me sinto orgulhosa. O jardim florido de Mary havia recebido uma decoração especial. Uma grande mesa redonda, decorada com flores coloridas e velas ao centro. Na varanda da casa há uma faixa com a frase "Feliz aniversário, Danny" presa no alto.

O jardim está uma confusão de cores com as flores que o enfeitam e os balões. E no canto direito, uma grande mesa com presentes o espera. Tenho certeza de que ele vai ficar feliz.

— Garotinha, Zach disse que você pode ligar. Ele já deve estar a caminho do After Dark — George me fala, e eu sorrio, imaginando a cara que Daniel vai fazer quando chegar ali.

Pego o celular e ligo para ele. Um, dois, três toques.

— Oi, baby! Está tudo bem? — ele pergunta, preocupado.

— Oh, Danny, eu queria pedir a você para vir me buscar na casa dos seus pais. — Meu coração se aperta por deixá-lo preocupado. — Saí com George e Jo, e depois vim até aqui trazer umas coisinhas que comprei para Mary, mas estou tão cansada...

— Não saia daí, querida. Eu estava indo para o bar, mas vou te buscar.

— Tem certeza? Não quero atrapalhar... — falo, e George sorri para mim com ar malicioso.

— Chantagista — ele murmura, e aceno com a mão, rindo.

— Claro que não, Julie! Você é a minha prioridade. Daqui a pouco estou chegando aí.

Ficamos todos no jardim, aguardando a chegada dele: meus sogros, Zach, Rafe, George, Ben, Jo, Alan e eu. Conversamos baixinho para não entregar a nossa presença, até que ouço passos e Danny chamando.

— Julie? Baby? Onde você está? — ele chama ao longe, e nós ficamos em silêncio, com apenas as velas iluminando ao nosso redor. De repente, ele abre a porta e...

— Surpresa! — todos nós gritamos e começamos a cantar parabéns enquanto ele parece atordoado.

— Nossa... — ele fala, passando a mão no cabelo, exatamente como faz quando está confuso. — Vocês fizeram uma festa pra mim?

— Me aproximo dele e o abraço.

— Feliz aniversário, amor. Sim, é uma festa pra você. Achou que tivéssemos esquecido? — pergunto rindo, e seu ar confuso vira um sorriso malicioso.

— Sabe que vai ter troco, né?

— Humm... Você pretende me punir?

— É uma boa ideia — ele fala baixinho quando nossa família se aproxima para cumprimentá-lo.

***

Daniel

Passamos a noite rindo na companhia dos nossos amigos e familiares como há muito tempo não fazíamos. Eu tinha começado o dia frustrado, achando que ninguém tinha lembrado de mim, mas, no fim das contas, tive um dos melhores aniversários dos últimos tempos. Acho que principalmente pelo fato de eu me sentir mais maduro para aceitar o amor das pessoas ao meu redor com o coração aberto. Eu não era mais aquele cara frívolo de algum tempo atrás.

  Bem mais tarde, vamos para casa e ainda ficamos conversando um pouco. Quando Julie parece muito cansada, eu a mando subir enquanto fecho a casa para que a gente possa se preparar para dormir. Na verdade, achei que fôssemos aproveitar um banho de banheira para fazer amor, mas mal entro no quarto e vejo minha garota deitada na cama, ainda vestindo a roupa da festa, dormindo. Ela tem sentido muito sono, e anda com desejo de comer as coisas mais estranhas que se possa imaginar. Eu nem discuto quando ela me pede algo bizarro, como aconteceu outro dia: bolo de chocolate com batata chips e manteiga de amendoim. E se eu dissesse que essa combinação é nojenta, ela me colocaria para fora do quarto em cinco segundos. Então, prefiro seguir aquela velha máxima: estamos aqui para servir!

  Chego perto da cama para ver o quão pesado está seu sono. Ela dorme com um sorriso leve no rosto, como se estivesse sonhando com alguma coisa boa. Não resisto à vontade de estar perto dela e me deito na cama por trás, puxando-a de encontro ao meu peito e colocando as mãos em sua barriga para sentir o bebê. Tenho certeza de que vai ser um menino, e vou ensiná-lo a jogar futebol e basquete.

  Ela se mexe um pouco, e sinto seu corpo se esfregar contra o meu, como se fosse um gato, ou melhor, uma gata à procura do meu calor. Ela se vira de repente, abre os olhos e parece surpresa ao me ver ali, olhando para ela.

— Oh, Danny... eu dormi muito? — ela pergunta, parecendo sonolenta.

— Não, amor, nem quinze minutos. Eu estava aqui, admirando a mãe do meu filho, porque eu estava com saudades dela. — Pisco, e ela sorri.

— Hummm... que delícia. A mãe do seu filho ou filha também estava com saudades. — Ela passa os braços ao redor do meu pescoço, e tenho certeza de que, agora sim, a coisa vai ficar boa.

— Filho. Tenho certeza de que é um menino. Eu estava lá embaixo, muito sozinho e sofrido. Sentindo falta do seu abraço, do seu beijo, do seu carinho, entre outras coisas — falo, beijando seu pescoço. Sinto seu corpo se arrepiar. Nunca me canso de tê-la em meus braços.

— Só disso que você estava com saudades? — ela pergunta baixinho, já antecipando o que virá pela frente.

— Não. Estava com saudades de fazer amor com a minha mulher — falo e a beijo, puxando-a para cima de mim.

Nosso beijo fica mais exigente e é incrível como eu nunca me canso de fazer amor com a Julie. Solto seu cabelo, que está preso num coque frouxo, e aquela cortina de cabelos loiros cai por cima de mim. Olho para ela tentando memorizar cada pedaço daquela mulher. Ela está linda com o rosto corado, os olhos brilhantes, e aquela expressão que antecede o momento em que começamos a fazer amor.

Nós nos beijamos novamente, minhas mãos passeando por seu corpo enquanto ela solta gemidos baixinhos. A gravidez a deixou ainda mais sensível, e um beijo quase a leva ao clímax. Isso chega a ser assustador.

Puxo sua roupa para cima e toco em seus seios, que já estão maiores e também mais sensíveis. Fico impressionado com as mudanças pelas quais seu corpo está passando e, ao contrário do que ela às vezes demonstra pensar, não acho que ela esteja gorda ou qualquer coisa assim. Ela está muito mais feminina, com suas curvas e formas arredondadas. E isso me deixa ainda mais louco por ela.

Julie se afasta um pouco e puxa a minha camiseta, jogando-a no chão. Então ela começa a fazer uma trilha de beijos, partindo do meu pescoço e indo para o sul. Eu a observo, e ela percebe que algo me preocupa.

— Danny, está tudo bem? — ela pergunta depois de dar um beijo ao lado do meu umbigo.

— Você está bem? Está confortável? A barriga não está atrapalhando? — faço todas essas perguntas de uma vez, e ela ri.

— Estamos bem, e a barriga não está atrapalhando. Ela ainda é muito pequena. Relaxa, amor. Me deixa cuidar de você — ela fala e abre o cinto da minha calça. Prendo a respiração quando ela corre as mãos suaves pelo meu abdômen.

— Você está bem? Está confortável? — ela repete minhas perguntas e ri, quase me desafiando a castigá-la por ser tão impertinente. Antes que ela perceba, eu a viro, colocando seu corpo embaixo do meu, mas tomando cuidado para não amassar o bebê. — Danny! — ela diz, surpresa.

— Deixa eu cuidar de você, baby. — Pisco para ela e puxo sua calça de malha para baixo, deixando-a só de calcinha, ou melhor, uma calcinha de cintura alta de uma malha gostosa que cobria boa parte da sua barriga arredondada. Uma das coisas que mais estranhei depois que a Julie ficou grávida foi a mudança nas roupas íntimas. Antes, ela usava calcinhas de renda pequenas; agora, sua roupa íntima aumentou consideravelmente de tamanho e, quando questionei o motivo, ela me explicou que aqueles pedacinhos de renda que eu adorava machucavam o bebê. Desde então, nunca mais reclamei das suas calcinhas.

Me afasto um pouco para tirar a minha roupa. Eu já estava pronto para tomar aquele corpo, que era só meu. Volto a beijá-la, minhas mãos correndo pelas suas costelas, chegando à calcinha e começando a puxá-la para baixo. Separamos nossos lábios, e ela geme baixinho no meu ouvido:

— Quando seus olhos ficam ainda mais verdes que o normal, antecipando o prazer que está por vir, eu fico louca.

— Você é que me deixa louco, baby — falo em seu ouvido e finalmente tiro sua lingerie. Volto a beijá-la, e meu corpo se une ao seu. Nossos movimentos estão em sintonia, e o desejo que sentimos um pelo outro é tão grande que sei que não vamos resistir muito tempo.

Não paro de beijá-la e de dizer em seu ouvido o quanto ela é linda e perfeita e o quanto eu a amo enquanto fazemos amor. Sei que isso tem o poder de deixá-la ainda mais excitada, como se o fato de reafirmar meus sentimentos tivesse ligação direta com seu desejo.

Nossos movimentos ficam mais rápidos, e sinto seu corpo se arrepiar e estremecer em meus braços, atingindo o orgasmo, seguido do meu.

Ficamos assim: moles, suados e abraçados. Nossas respirações ainda estão alteradas. Quando me lembro de que ela está deitada de bruços, eu a puxo para mais perto de mim, fazendo-a ficar de barriga para cima e com o corpo apoiado em meu peito. Ela sorri. Corro minha mão pelo seu corpo até chegar ao seu ventre e faço carinho nele.

— Está tudo bem, amor? — ela pergunta, parecendo preocupada.

— Não poderia estar melhor, baby. — Dou um beijo em seus cabelos. — Minha mulher está aqui nos meus braços, de onde nunca deveria ficar longe, comemorando o meu aniversário da melhor forma possível, e o nosso bebê está aí, na sua barriga.

— Amor, e se for *uma* bebê, e não *um* bebê? — ela pergunta, parecendo preocupada.

— Julie, amor, deixa eu te explicar uma coisa... — começo a falar, e ela se vira para olhar para mim, parecendo interessada na minha explicação. — O destino não brinca. A palavra "destino" é do gênero masculino... e homens não sacaneiam homens. Caras não se vingam de caras, entende? — Começo aquela explicação e, antes mesmo que eu termine, ela está às gargalhadas. — E agora, senhorita barriguda, vamos tomar um banho para que eu possa colocar minha noiva para dormir. — Ela segura meu braço e abre um sorriso leve para mim.

— Você realmente gostou do seu aniversário? Fiquei com medo de você ter ficado aborrecido.

— Eu amei, baby. No início, fiquei chateado, pensando que ninguém me amava mais. — Ela ri. — Mas, então, tive um dia muito significativo com Pepper na praia. Pensei muito na vida... na nossa vida. E no fim das contas, percebi que não podia reclamar. Porque você já me deu o melhor presente de todos quando aceitou voltar para mim. Você me faz um homem melhor, baby. — Os olhos dela brilham com lágrimas não derrubadas. — E então, quando você me chamou, fiquei preocupado, achando que pudesse ter acontecido algo, mas quando vi todos vocês reunidos lá na casa dos meus pais... foi simplesmente maravilhoso. Se isso não é ter um bom aniversário, eu não sei o que poderia ser — termino o meu discurso e sorrio para ela, puxando-a para um beijo leve. — Vamos tomar banho? — Ela balança a cabeça, concordando.

Nós nos levantamos da cama e, quando ela menos espera, a pego no colo, fazendo-a dar um gritinho de surpresa. Levo-a até o banheiro para tomarmos um belo banho de banheira. Enquanto ando pelo quarto com ela em meus braços, faço um agradecimento mental a Deus por ter me dado essa mulher maravilhosa de presente. Peço que Ele nos mantenha sempre assim, unidos e felizes.

O PRIMEIRO NATAL DE DANNY E JULIE

Um conto da série After Dark

A. C. MEYER

O PRIMEIRO NATAL DE DANNY E JULIE

Um conto da série After Dark

A.C. MEYER

Daniel

Antes da festa de Natal...

Levanto com cuidado para não acordar Julie, que estava dormindo em nossa cama king size. Ela andava cansada e eu queria deixá-la descansar ao máximo nesta manhã, já que ficaríamos acordados até mais tarde. Estávamos animados, pois receberíamos nossa família e nossos amigos para passarem pela primeira vez a noite de Natal em nossa casa.

Julie e eu nos mudamos para a casa de Santa Monica na semana seguinte à nossa festa de noivado e não paramos nem um minuto sequer. Colocar uma casa em ordem era mais complicado do que eu podia imaginar. Julie correu uma maratona, procurando móveis e escolhendo o que traria das nossas casas antigas para a nova.

Além disso, precisávamos esvaziar as casas em Melrose para alugá-las. Rafe estava precisando de um local mais próximo do After Dark. Ele morava em Bel-Air, dividindo apartamento com David — um antigo colega nosso de faculdade. David estava prestes a se casar e Rafe achava que o apartamento era muito grande para ele morar sozinho. Oferecemos a casa da Julie a ele, que era um pouco menor que a minha e seria ideal para um homem solteiro.

Alguns dias depois, alugamos a minha casa para uma das médicas do Cedars-Sinai, a dra. Jennifer Steel. Desde que voltou ao hospital para fazer um ultrassom e encontrou com a médica que deu a notícia da sua gravidez, Julie e a doutora se aproximaram. Jennifer era uma médica muito respeitada no hospital e nos deu bastante apoio, nos tranquilizando e tirando várias dúvidas, apesar de obstetrícia não ser sua especialidade. Ela tem um jeito especial de falar sobre gravidez e acho que isso se deve ao fato de ela ser mãe de uma garotinha encantadora chamada Maggie. O apartamento era perfeito para as duas, e o balanço da Julie foi motivo de amor à primeira vista para a pequena menina.

Vou devagarzinho até o banheiro para tomar um banho rápido. Quero fazer o café da manhã da minha garota antes que ela levante da cama. Visto uma calça jeans escura e camiseta branca, e faço sinal para que Pepper, nosso filhote de golden retriever, me acompanhe até a cozinha. Porém, ele apenas me olha solenemente e volta a se deitar aos pés da nossa cama, esperando que a "mamãe" dele levante. Os dois se apaixonaram à primeira vista e eram inseparáveis. Saio descalço do quarto e desço as escadas com cuidado, indo até a cozinha para fazer o nosso café da manhã.

Desde que descobriu que estava esperando o "mini mim", como eu costumava chamar o bebê, minha Ju trocou o cappuccino — que ela tomava todos os dias — por leite desnatado, além de adotar uma alimentação saudável, para que o nosso bebê crescesse bem. Tenho quase certeza de que teremos um menino e, por isso, o chamo de "mini mim". O destino não brincaria comigo dessa forma, me dando uma filha mulher para criar neste mundo cheio de cafajestes, safados e mulherengos como eu fui. Nãoooo, senhoras e senhores! O destino não era uma fêmea vingativa na TPM, tanto que se chama "o" destino, no masculino. Ele, o destino, é um cara legal que não sacaneia os pais de primeira viagem, ceeeertooo?

Começo a arrumar a bandeja com as coisas do café da manhã para levar ao quarto. Sirvo para ela um copo de leite desnatado e cereal com iogurte de frutas, e para mim um sanduíche, já que a obstetra da Julie cortou o pão da sua dieta. Enquanto preparo meu café, começo a sorrir ao lembrar da minha garota. Desde que eu soube da gravidez, sei que estou muito superprotetor com ela, mas não consigo ficar longe. Sinto-me feliz e realizado em mimá-la e fazer o meu máximo para agradá-la. Todos os dias agradeço a Deus pela oportunidade de tê-la de volta em minha vida, pois não saberia o que fazer se não conseguisse o seu perdão.

Ouço o barulho da cafeteira avisando que o café está pronto. Não consigo tirar o sorriso do rosto quando me lembro das coisas que planejei com a ajuda de George e da minha irmã, Jo, para o nosso primeiro Natal "juntos". E o último que passaríamos sozinhos, porque, ano que vem, nesta mesma data, seríamos uma família completa de verdade, com nosso "mini mim" no colo e finalmente casados.

Sei que o próximo ano será difícil, com a gravidez em estágio avançado e todos os preparativos do casamento. Até me ofereci para levá-la de carro até Vegas, mas quase fui linchado. Ei, não me olhe assim! Só queria me casar com a Ju, sem que ela precisasse passar pelo estresse dos preparativos nem ter que se transformar numa *bridezilla*, mas não funcionou.

Coloco minha caneca na bandeja e subo as escadas, levando nossa refeição até o quarto. Abro a porta e, ao ver que ela ainda está dormindo, não consigo segurar meu sorriso. Ela está linda e parece muito serena, deitada com a mão protetoramente sobre a barriga já aparente. Até algumas semanas atrás, ela quase não parecia estar grávida. Agora, num passe de mágica, já consigo ver sua barriguinha aparecer, o que me enche de orgulho. Julie não faz ideia, mas sinto como se ela estivesse me dando um presente ao trazer nosso filho ao mundo.

Deixo a bandeja sobre a cômoda e vou até a cama acordá-la com beijos. *Humm...* Posso acordá-la fazendo outras coisas também. Começo dando beijinhos no seu rosto, indo até a orelha, que ganha uma mordidinha de leve, descendo pelo pescoço, até que...

— Danny, amor... humm. — Ela geme baixinho, enquanto continuo distribuindo mais beijos pelo seu pescoço. Desse jeito, vou ter que descer para fazer outro café, mas será por um ótimo motivo.

— Bom dia, baby — eu a cumprimento, puxando seu corpo para perto do meu, até que ouvimos o barulho do celular tocando. Eu o ignoro, já que estamos muito ocupados.

— Danny, o telefone — Julie fala, com os lábios ainda colados aos meus.

— Quem quiser falar, vai ligar de novo.

— Amor, pode ser algo importante. Esse toque não é o da sua mãe? — Droga. É melhor atender antes que a família inteira comece a ligar preocupada com a Julie. Ela me deixa tão sem rumo que esqueço até do toque que programei para a minha mãe no celular.

— Tá bom, tá bom, vou atender. — Afasto-me dela fazendo uma carranca. Pego o telefone e, realmente, é minha mãe. — Oi, mamãe. Está tudo bem? — pergunto, tentando colocar um sorriso no rosto, antes que minha mãe descubra que está "empatando" o momento.

— Oi, meu filho. Vocês estão bem? E o bebê? A Julie está enjoando? — ela me faz milhares de perguntas, que mal tenho tempo de registrar.

— Está tudo bem, mãe. O que houve?

— É só para avisá-los que chegaremos aí daqui a pouco. Estamos saindo de casa. — Droga. Teríamos que tomar café e levantar correndo para não correr o risco de sermos pegos pela minha mãe na hora H. Mer... cadoria! Agora que ia ser pai, um homem respeitável, de família, estava tentando diminuir os palavrões.

— Certo, mamãe. Estamos tomando café da manhã. Podem vir, sim — falei, fazendo para a Ju a mesma cara que o Pepper faz quando quer carinho. Ela ri para mim, e eu sorrio de volta. É incrível como ela me deixa tão feliz só de abrir esse sorriso lindo para mim.

— Então, até daqui a pouco, meu filho. Beijo.

— Tchau, mamãe, beijo. — Desligo o telefone e me viro para Julie.

— Bom dia, sr. Stewart. Nossas visitas estão chegando?

— Bom dia, futura sra. Stewart. Estão saindo de casa agora. Estava planejando incluí-la no menu do café da manhã, mas eles cortaram meu barato — falo, fazendo um bico que sei que vai fazê-la rir, e é exatamente isso que acontece.

— Bobo! Vamos tomar café, então? Estou morrendo de fome. — Se tem algo que me choca nessa história de gravidez é o apetite da Julie. Parece que nunca tem fim. Ela está sempre, sempre com fome. Parece uma trabalhadora braçal que gasta todas as suas energias e precisa comer em grandes porções, mas não falo isso para ela, ou sofrerei greve de sexo.

Levanto para pegar nossa bandeja e a coloco em cima da cama, para que possamos tomar nosso café, já que *a outra programação* teve que ficar para depois.

* * *

Passamos o dia rindo, na companhia dos amigos e da família, como há muito tempo não fazíamos. A única pessoa que ainda não tinha chegado era Jennifer, que viria somente no horário da ceia de Natal.

Um pouco mais tarde, vejo Alan voltar do quarto com o estojo da guitarra pendurado no ombro. Ele se aproxima da Julie e fala alguma coisa, e ela sorri e dá um abraço nele. Tento ao máximo não ficar com ciúmes, mas sinto um frio no estômago quando vejo a troca de carinho entre os dois. Ela já me disse, inúmeras vezes, que Alan é apenas um amigo, que ela sente um carinho de irmão por ele, e ele o mesmo por ela, mas não consigo evitar.

Meus olhos não desgrudam dos dois e eu os vejo indo para perto da varanda. Ju senta numa cadeira, apoiando as mãos no ventre arredondado enquanto Alan abre o estojo e tira um violão, e não a guitarra vermelha que estou acostumado a vê-lo tocar. Ele se acomoda perto dela e começa a tocar uma canção.

Olho ao redor e todos começam a se acomodar para ouvi-los. Volto a olhar para Julie e ela está me encarando. Ela sorri, ainda com a mão sobre o "mini mim", e vejo tanto amor naquele olhar que esqueço que estava sentindo ciúmes dela com Alan.

Quando menos espero, ela começa a cantar, olhando nos meus olhos, do jeito que fez no After Dark quando aceitou ficar comigo.

> *The other night dear, as I lay sleeping*
> *I dreamed I held you in my arms*
> *But when I awoke, dear, I was mistaken*
> *So I bowed my head and I cried*

You are my sunshine
My only sunshine
You make me happy when skies are grey
You'll never know, dear, how much I love you
Please don't take my sunshine away

I've always loved you and made you happy,
And nothing else could come between.
But now you've left me to love another;
You have shattered all of my dreams

You are my sunshine
My only sunshine
You make me happy when skies are grey
You'll never know, dear, how much I love you
Please don't take my sunshine away

Quando a música acaba, todos aplaudem, ela levanta e vem na minha direção, os olhos cheios de lágrimas, assim como os meus.

Acho que os hormônios dela estão pegando em mim, como uma gripe, porque ando muito mais emotivo que o normal. Nos abraçamos e, antes de beijá-la, digo o quanto a amo e ela ri, feliz.

Alan volta a tocar o violão, desta vez uma versão de "Jingle Bell Rock". Olhamos ao redor e meus pais estão dançando, assim como Jenny e Jude, que, pela primeira vez na noite, está às gargalhadas com algo que Jenny está falando com ele. Zach está dançando com a bebê Maggie, e Rafe com Jo, que está olhando estranho para Zach. Será que eles se desentenderam?

— Amor? — Julie me chama, interrompendo meus pensamentos.
— Oi, baby.
— Acho que estou com desejo.
— Desejo? Agora? Tomara que seja de algo bizarro, mas que a gente tenha em casa — falo mais para mim do que para ela.
— Sim, estou com desejo de ir para a banheira. Agora — ela fala no meu ouvido e dá uma mordida na minha orelha.

Caral...mbola! Os hormônios dela andam em ebulição! Acho que ela deveria ficar grávida para sempre porque está sempre animada para fazer amor.

— Agora? Claro! Vamos nos despedir de todo mundo. Ei, pessoal! — chamo e todos me olham. — Minha noiva está cansada e nós vamos dormir. Boa noite! — E a pego no colo, sem esperar que eles respondam, e sigo em direção ao nosso quarto, porque desejo de grávida tem que ser satisfeito. Deus nos livre de o "mini mim" nascer com cara de banheira!

Julie

Depois de uma noite de Natal mágica, ao lado das pessoas que mais amo neste mundo e de ter meu "desejo" realizado pelo Danny, fomos dormir muito tarde. E eu, que já costumava dormir demais, acordei quase às duas da tarde.

Me assustei quando vi a hora e Pepper se levantou rapidamente, percebendo que algo tinha me assustado.

— Está tudo bem, garoto — falo, acariciando seu pelo macio, para tranquilizá-lo. — Só me assustei com a hora, mas está tudo bem.

Levanto para tomar um banho, mas, antes, olho pela janela. Apesar do frio, o dia está claro e lindo, perfeito para um dia de Natal.

Após uma chuveirada rápida, vou para o closet escolher uma roupa, quando ouço uma batida à porta. Ao abrir, George e Jo entram pelo quarto, rindo e carregando roupas e a famosa maleta de maquiagem do George.

— Vamos nos arrumar, garotinha? — George pergunta, mas nem me deixa responder. Ele me coloca sentada na cadeira, abre a maleta e começa a praticar sua magia.

— George, por que você está me maquiando para tomar café?

— Por que hoje é Natal e você tem que estar linda. Já cuidei da Jo, que deixou um certo rapaz de olhos azuis babando...

— George! — Jo protesta, cortando o comentário dele.

— Quem estava babando por ela? Zach? — pergunto, curiosa.

— Ninguém estava babando por ninguém, Julie. O George é que cismou com isso.

— Meu bem, posso ter cara de trouxa, mas não sou. Você pode continuar negando, mas está rolando um clima entre vocês dois. Ouvi Zach te chamando de princesa ontem à noite, quando vocês dois estavam na cozinha. Ninguém enrola George Preston — ele fala, sem perder a concentração na maquiagem.

— Ele chama todo mundo assim... — Jo começa e George rebate rapidamente.

— Não chama, não. Eu o vejo chamar de linda ou de gata, mas princesa é só com você.

— George, você está vendo coisa onde não existe e me deixando constrangida. Não há nada entre S... Zach e mim. — Abro os olhos e percebo que Jo está completamente desconcertada. Ela ia chamá-lo por outro nome e mudou de ideia. O que será que eles estão escondendo? Resolvo intervir, com medo de Jo desabar e começar a chorar, e nosso passeio ter que ser cancelado.

— George, deixa a Jo. Se ela diz que não tem nada acontecendo, é porque não tem. — Ele balança a cabeça, como se não concordasse com o que eu estava dizendo.

— Aham... sei... sei... Depois não venha dizer que eu não avisei.

— Onde está a Jenny? — Sinto falta da minha amiga e sua bebê fofa.

— Rafe deu uma carona a ela para casa. Parece que tinha plantão hoje.

— Pena que ela não poderá ir conosco.

Jo vai até meu guarda-roupa e pega um vestido azul-marinho de seda, com decote V e mangas compridas, para eu vestir.

— Jo, esse vestido é um pouco demais para um café na beira da praia — protesto, mas ela não me dá a menor importância.

— Você se lembra do que George falou? É Natal. — Ela tira agora meus sapatos baixos, já que quase não tenho usado salto alto, porque tenho medo de cair e machucar o bebê. Depois de estender o vestido sobre a cama, ela procura uma echarpe estampada com fundo vermelho, que combina perfeitamente com o vestido, e tira um casaco mais quentinho.

Neste momento, George finaliza a maquiagem e seca meu cabelo rapidamente, mandando que eu vá me vestir. Quando acabo de me arrumar, olho no espelho e tenho a nítida impressão de que estou bem-vestida demais para um café na Starbucks, mas desisto de reclamar porque sei que não vai adiantar nada.

Saímos do quarto e estranho ao não encontrar Danny.

— Onde está o Danny?

— Foi até o píer com Zach.

— E Mary e Paul?

— Foram embora cedo, com Alan e Jude. Parece que alguns amigos do Paul iam até a casa deles mais tarde, e Alan disse que tinha show hoje à noite, num bar.

— Ah... que pena. — Fico um pouco triste porque não consegui me despedir de ninguém, mas entendo que eles não podiam esperar que eu acordasse para fazer suas coisas.

Meus amigos me abraçam e seguimos em direção à porta para irmos, finalmente, ao nosso café especial. Eu amava esses momentos e mal podia esperar para sentarmos juntos para fofocar.

Daniel

Olho no relógio e está quase na hora de eles voltarem para casa. Nem acredito que conseguimos fazer tudo a tempo.

Zach saiu daqui ainda há pouco, junto com o pessoal que veio montar o cenário, e eu mal tive tempo de tomar um banho, vestir um terno e arrumar Pepper. Tenho certeza de que ela vai ficar feliz quando o vir. Ele está com um gorro de Papai Noel e leva uma caixinha da Tiffany na coleira.

Vou até a cozinha para conferir mais uma vez se está tudo certo com a comida. Encomendei o jantar no restaurante francês de Malibu que ela adora. Estou estranhamente nervoso, como se fosse a primeira vez que vou levá-la para jantar. Nem parece que ela já mora comigo e é a mãe do "mini mim".

Volto para a sala, revendo a decoração, tirando um pelo imaginário da toalha de mesa e sorrindo ao lembrar do empenho dos meus amigos e da minha família, especialmente de George, para que eu conseguisse presentear minha garota do jeito que eu queria. Com sua experiência como decorador de interiores, ele entendeu perfeitamente o que eu queria e construiu em nossa sala o cenário exato para o que eu tinha sonhado. Tenho certeza de que pelo menos surpresa ela vai ficar.

Ouço o barulho de passos do lado de fora, sinal de que eles chegaram. Ligo o som e a voz romântica de Shania Twain cantando "From This Moment On" enche a sala. Diminuo a luz, no momento exato que ouço a porta se abrir. Julie entra, linda, com aquele vestido azul que compramos numa das muitas idas ao shopping em busca de móveis para nossa casa, quando ela acabou desviando o caminho e indo parar na loja de roupas femininas. Ela se vira e olha ao redor, com a boca aberta e completamente sem palavras. Bingo!

— *Bienvenue a Paris, mademoiselle!* — "Chocada" é a palavra perfeita para descrever sua expressão.

— Daniel... oh, nossa... Daniel, o que é tudo isto?

— *Puisque tu ne peux pas aller a Paris, je t'emmène Paris à toi* — falo, em francês, sorrindo para ela.

— Daniel... — ela repete meu nome, olhando ao redor, e vejo as lágrimas correrem por seu rosto. Será que ela não gostou?

— O que foi, baby? Não gostou? — Eu me aproximo e seguro sua mão, preocupado que ela esteja chateada.

— Oh, meu amor, como eu poderia não gostar. Olha tudo isto que você fez. — Ela faz um gesto, apontando ao redor da sala, abre um sorriso por entre as lágrimas e se aproxima para me dar um beijo. Eu a aperto em meus braços e a beijo, feliz por ela estar emocionada.

— Feliz Natal. É o meu presente para você.

— Eu não poderia imaginar um presente melhor — ela responde com um sorriso no rosto e os olhos brilhantes. Tenho certeza de que esta será uma noite verdadeiramente feliz.

Da mesma autora, leia também

Crush. subst. 2 gên.
Definição:
Gíria da internet com origem na língua inglesa. Paquera, paixão, quedinha, paixonite, estar a fim de alguém.

Aquilo que o Pedro é da Tati. Ou seria o que a Tati é do Pedro?

Após uma decepção amorosa, Tati sai do interior de São Paulo e muda de cidade em busca de novos horizontes. Na cidade nova, vai trabalhar em uma agência de publicidade ao lado de Pedro, seu crush da adolescência e a última pessoa que ela esperava ver após tantos anos.

No novo emprego, ela recebe um desafio: testar, durante um mês, um aplicativo de relacionamentos desenvolvido por um novo cliente da agência e criar uma campanha publicitária. O que ela não esperava era ser surpreendida pelo amor.

Sobre a autora

A. C. Meyer mora no Rio de Janeiro e é viciada em livros. Mesclando diversão e romance, atinge o tom das comédias românticas que encantam do começo ao fim.

É autora da aclamada série After Dark, e tem mais de vinte livros publicados.

Apontada pela Apple Books como autora em ascensão, teve dois romances eleitos como livro do ano na plataforma da Apple. Seus romances já foram traduzidos para vários idiomas, como inglês, francês, espanhol, coreano, chinês, hebraico, russo e turco, e é best-seller na Itália e na Europa Oriental.

Siga a autora em suas redes sociais:

- acmeyer.com.br
- A.C.Meyeroficial
- acmeyerbooks